二十一世纪出版社集团
21st Century Publishing Group
全国百佳出版社

图书在版编目（CIP）数据

灭秦：全 10 册 / 龙人著 . -- 南昌：二十一世纪出版社集团，2017.10

ISBN 978-7-5568-3105-0

Ⅰ . ①灭… Ⅱ . ①龙… Ⅲ . ①长篇历史小说－中国－当代 Ⅳ . ① I247.5

中国版本图书馆 CIP 数据核字 (2017) 第 243764 号

灭秦 龙 人 著

责任编辑 敖登格日乐

出版发行 二十一世纪出版社集团

（江西省南昌市子安路75号 330025）

www.21cccc.com cc21@163.net

出 版 人 张秋林

经　　销 新华书店

印　　刷 北京龙跃印务有限公司

版　　次 2018年1月第1版 2018年1月第1次印刷

开　　本 710mm × 1000mm 1/16

印　　张 150

字　　数 1572千

书　　号 ISBN 978-7-5568-3105-0

定　　价 498.00元（全10册）

赣版权登字—04—2017—747

目　录

楔　子

这晚是这位大秦始皇今世所见的最后一夜的月亮。

那浩瀚无边的星空，一道最耀眼的流星划过暗黑的天际，留下辉煌而灿烂的轨迹，殒落在天之尽头，而在流星殒落的方向，正缓缓地升起了两颗光芒四射的新星。

双星争辉！与此同时，在相距千里的巴蜀之地，一位老人同样看到了这异常的天象，更让他感到吃惊的是，随着双星的升起，滚滚乌云凭空而生，如一道黑幕突然横亘于天地之间，使得皓月当空之夜变得漆黑一片。

“乌气罩空，遮天蔽日，难道大秦……”老者目中的精芒一闪而逝，整个人变得异常亢奋起来。

“啪啪……”他沉吟半晌，这才抬起手来，在空中拍了两下。

一个玄衣人从暗黑之中走出，屏气凝神，恭手而立。

“老夫所说的话你都记在心上了吗?”老者目光盯着玄衣人，淡淡地问道。

“属下已铭记于心，请阀主放心!”玄衣人恭声答道。

老者满意地点了点头，道：“此事关系到天下苍生的命运，不可有半点大意。在我门中，能担此任者，唯你而已，希望你不要令老夫失望!”

玄衣人神色严峻，毫不犹豫地断然答道：“属下一定尽心尽力，誓死效命!”

老者微微一笑，踱步过来，轻轻地拍了拍玄衣人的肩，道：“如此最好，去吧!”

玄衣人躬身行礼之后，又消失在这暗黑无边的夜色中。

风乍起，吹起老者的衣袂，宛如飞舞的蝴蝶，留在老者脸上的，是一种窥破天机的神秘。

第一章　死亡之旅

“嘚嘚……”

一阵骏马急驰的声音轰然响起，迅如疾雷般由远及近，直奔淮水下游重镇淮阴而来，马蹄扬起漫天的尘埃，若一阵狂飙穿过这茫茫原野，当先一人，正是泗水郡令慕容仙。

慕容仙一脸严肃，目光死死地盯住百丈之外快速移动的一个小黑点，丝毫不放，眼看着目标就要闪入一片密林中，他的心中好生焦躁，等到慕容仙赶至密林边上，敌人早已窜入林中。

“萧何、曹参、谷车，你们各领一路人马，对这密林形成合围之势，本官就不信，这悍匪还能逃出我慕容仙的手掌心！”慕容仙毫不犹豫地发出命令，一扬手间，数百人纷纷下马，兵分四路，将这片密林迅速围了起来。

搜索开始，萧何、曹参、谷车各领一标人马入林。

谷车邀功心切，当先闯入林中。

这片密林面积之大，大大超过了谷车的想象，这让他心中多了一些阴影。

这是因为他知道对手并不是一个弱者，而且他把警觉提升到了一个极限。

谷车的每根神经绷直变紧，提刀的手情不自禁地颤动了一下。

便在这时，一道迅如闪电的寒芒掠入虚空，白光闪过，几名军卒的头颅已经旋飞空中。

还没等到谷车弄清到底发生了何事，那人已经起脚，将下坠的几颗头颅一点一踢，仿若暗器般射向谷车，隐带风雷之声，谷车以最快的速度横移。就在他一动的时候，蓦觉眼前一花，一条身影突然掠到了他的眼前。

“呼……”他心中大骇，出于本能，斜退了一步，然后劈出了竭尽全力的一刀，直到这时，他才看清眼前的敌人不过二十来岁，眉目有神，浑身上下散发出一股无比霸烈的杀气，浑如一尊煞神。

此人根本就没有理会谷车劈来的一刀，而是脚下错步，身形一扭，避开凛凛的刀锋，然后在虚空中划出一道凄美而灿烂的剑弧……

剑未至，但它所飞泻出来的杀气已经渗入谷车的肌肤，冰寒刺骨。

谷车还从来没有看到过如此霸烈的一剑，他到这时才明白慕容仙大张旗鼓地率领众多高手前来追击的真正原因。

谷车手中的长刀蓦起一道暗云，迎向了那弧迹的最前端。

“叮……”刀剑轻触，发出一声金铁交鸣之响，谷车忽然感到对方剑上生出一股牵引力，将自己的刀锋一带，劈向了旁边的大树。

“噗……”刀入树身，谷车一惊之下，正要拔刀，却见对方的长剑顺着自己的刀身滑下，向自己的手掌平削过来。

“呀……”谷车只觉手上一阵抽心般的痛感迅速蔓延至全身。

他蹬蹬连退数步，撞上了一棵大树。

看着对方剑上的寒芒毫无停顿地直逼而来，除了等死，他实在想不出自己还能做些什么。

“嗖……嗖……”突然空中数支劲箭如疾雨骤至，奔向那位年轻人的背部。

年轻人不想与谷车同归于尽，就唯有放弃击杀谷车的机会，所以他毫不犹豫地斜蹿，绕到谷车背靠的大树之后。

“谷将军，快闪!”一个声音随着箭声而至，然后一位身穿绵甲的中年将领飞奔而至，正是萧何。

萧何是慕容仙最器重的一号人物，不仅剑术极佳，而且极有谋略，灵活机变，为人大方，广交朋友，在泗水郡内无人不知其名。

年轻人听得萧何的声音，怔了一怔，低呼一声："罢了。"纵身一跃，隐没入这林间密生的野草之中。

萧何耳目极度灵敏，年轻人发出的声音并没有逃过他的耳目，但等他赶至近前，年轻人已是踪迹全无。

"奇怪，这声音怎么这般熟悉？"萧何心里咯噔了一下，脑海中浮现出一个人影！

"刘邦！难道是他？他身为大秦亭长何以会从陈地而返？"萧何不由担心起来。

他有心想帮刘邦，却又苦于慕容仙亲自督阵，但兄弟一场，他绝不会袖手旁观。

"萧将军，多谢你出手相救。"谷车一脸惨白，忍着剧痛道。

萧何笑了笑，没有说话，忽然想到什么，嘬嘴打了一个响亮清脆的呼哨。

呼哨声中隐带内力，可以传出很远，正是慕容仙事先设定的联络暗号。

片刻功夫，慕容仙已经率领军士围了过来。

"人呢？"慕容仙看了一眼要死不活的谷车，瞪眼向萧何问道。

"属下赶来之时，敌人已经逃走了。"萧何不慌不忙地答道。

慕容仙阴沉着脸，几乎要发作，怒道："他往何处去了？"他一向器重萧何，换作旁人，早已是一通叱责了。

"往哪个方向去了？"萧何张望了一下，然后指了一个相反的方向。萧何之所以敢这么做，是他知道谷车为了躲避刚才那致命的一击，视线受阻根本不知刘邦向何方向逃窜。

慕容仙再不迟疑，当下兵分两路，由萧何、曹参直追下去，而他自己另领一标人马，绕道前行。

刘邦就快要走出这片密林时，突然感到自己的心跳动了一下。

林外一片静谧，他却从空气中闻到了一丝危机。

他虽然拿定主意，却不愿意作无谓的牺牲，所以他以最快的速度检查着自己内息运行的状况，发现自己的情况并不像想象中的那么坏，这给了他强大的自信。

便在此时他看到了一个人——慕容仙！慕容仙是赵高赏识之人，其武功智计皆非常人能及。

刘邦见到慕容仙，想也没想身形暴退！慕容仙似早就料到了刘邦会退，大喝一声，整个身体如箭矢般向前，同时手臂一振，剑芒暴出，拖起一道玄奥无比的幻虹乍现空中。

一进一退，进者比退者要快，当刘邦刚好退到林边的刹那，慕容仙的剑芒已直向他的面门袭至。

“叮……”刘邦唯有挥剑格挡，剑锋相交，发出一声脆响，同时身形向林木间跌飞而去。

慕容仙心中暗道：“不妙！”只觉自己的长剑似无着力之处，劲力向前一送，反而加速了刘邦跌飞的速度。

等到慕容仙后脚跟入林中时，刘邦的人影似乎突然消失在空气中，竟然不见了。

近段时间以来，慕容仙一连接到几个线报，说是沛县境内，有人在频繁活动，上蹿下跳，联络江淮七帮，似有谋反之心。慕容仙一向对江淮七帮有所顾忌，倘若事情属实，定会令朝廷极为头痛，以眼前年轻人的武功，不能不使他联想到江淮七帮。

江淮七帮由来已久，立足江湖已有百年，据说这七帮子弟大多乃是战国时候一些小国的贵族遗民，因为不为人道的一些历史原因，流落江淮一带，渐渐开宗立派，在沛县一地渐成规模，这些子弟虽非江湖中人，但混迹于市井街巷三教九流各行各业之中，故又称九流七帮。

当日赵高指定慕容仙接任泗水郡令一职时，曾经说道：“江淮七帮虽然都不是江湖上有名的帮会，帮中的弟子也没有可以在江湖上叫得响的名流，但七帮所拥有的人力财力，以及他们的影响力，历来是朝廷心中的一大隐患。对于这一点，但凡有识之士，都有此共识，所以你上任之后，必须以安抚为主，尽心结交，归我所用。如果是被其他四阀或是义军利用，那么无异于是虎添双翼，让人追悔莫及了。”

慕容仙惊奇道：“既然它始终是个隐患，又只是几个民间组织，朝廷安抚不成，何不派兵剿灭？这样也可绝了一些有心人的念头。”

赵高道：“若能剿灭，朝廷早就动手了，何必等到现在？只因这七帮大多历史久远，根深蒂固，帮众遍布民间三教九流，难以一次肃清，是以朝廷才没有动手。何况此时正值战乱，我入世阁正需要这些亡国之人的襄助，所以才会派你前往，你可千万不要办砸了这件差事。”

慕容仙唯唯诺诺，走马上任后，牢记赵高的嘱咐，倒也拉拢了七帮中的一两个门派，尽心扶植，眼看有些起色，恰逢陈胜、吴广起义，数月之内攻城掠县，所向披靡，声势一时无二，而且在陈地建国，一时间让慕容仙紧张起来，因此他绝不会轻易放过眼前的敌人。

慕容仙观察了一下周围的地势环境，提剑向密林一处逼去。

“哧……”慕容仙前方的一片草丛突然拔地而起，齐向他射来，一股如狂风迅猛的剑风夹在万草间逼向慕容仙的各大死穴。

刘邦这不遗余力的一剑，无论是出手的时机，还是选择的角度，都已近趋完美。

慕容仙吃了一惊，身形暴退，他唯有退，才可以消缓对方的剑势，为自己赢得时间。

“轰……”只见虚空中犹如鲜花绽放般顿生万千剑影，重重地点在了对方剑势的最锋端。火花绽放间，两股强大的气流碰撞一点，然后如一团火药般炸裂。

“呀……”刘邦狂吐一口鲜血，身子如断线的风筝跌入草丛。

慕容仙却只是微晃了一下身形，然后横剑于胸，目光锁定被气劲扬起的尘土，不敢冒进。

他已经领教了对手的奸诈，他决定等待下去，等待烟尘的散灭。

烟尘散尽，慕容仙入目所见，并没有想象中对手横卧地上的场景，除了地上赫然开了一个大洞之外，对手竟然又不见了，慕容仙更有一种说不出的愤怒。

林外忽然传出一阵吆喝声，接着发出了弦动之音，慕容仙心中一惊，身形掠起，同时为了证实心中所想，大声喝道："给我留下活口！"

他留下活口的原因，一是因为此人的重要，虽然他还不知道对手真实的身份，却相信对方的嘴里一定有自己需要的东西；二是刘邦那一剑所挟的内力，让他想起一个可怕的人物。如果真如他心中所想的话，那事情将更为棘手了！

刘邦此时已窜出了林外，向河滩飞速奔去。

本来他绝不可能像现在这般容易地奔过林地与河滩之间的这段平地，但是慕容仙的这一吼实在来得及时，使得林外上百名军士拉起满弦，箭在弦上，却没有人敢斗胆乱放。

等到慕容仙赶到林外时，刘邦的身形已在二十丈开外。

"拦截他，不要让他跑了！"慕容仙一声令下，军卒们这才醒悟过来，策马直追。

眼见刘邦相距河水不过数丈之远，慕容仙再不犹豫，突然止步，伸手取出了自己心爱的无羽弓。慕容仙所用之物，乃是祖传神兵！慕容仙深深地吸了一口气，弓至满弦，而三枚烈炎弹已紧紧扣在他的手上。

"轰轰……"两声巨响，同时响起，另一弹却直追其后射入水中。

刘邦只感到背后有一股大力撞至，热力惊人，他一个踉跄，在烈炎弹在水中炸响的一瞬间，他迎着炸裂开来的惊涛骇浪纵入水中。

一入水中，他顿时感到河水灼热，同时似有无数股巨力将之撕扯，让他的头脑浑噩，犹如梦游。

随着身体的下沉，刘邦心中后悔不已，为了博取陈胜王的信任，使复国大业加速完成，他前往陈地之前将自身功力封了五成，否则像慕容仙这样的角色怎能将他逼得如此狼狈？

意识的慢慢消失让刘邦感到事情的严重性，忙将体内的内息遍布全身，但水流的冲击仍很快将他震昏过去……

当慕容仙赶到河岸时，惊涛已息，波浪渐止，大河仿佛又恢复了往日的平静，只是刘邦的尸体始终不见浮起……

慕容仙又气又急，回头大喝道：“马上派人在沿河上下五十里展开搜寻，本郡活要见人，死要见尸！”

“我呸，呸，呸……”在下游三十里外的一个河滩上，走来两个衣衫褴褛的少年，走在前面的那少年只有十七八岁，一脸顽皮，皱着眉头，不住地吐着口水，而后面的那位大概二十出头的年纪，耷拉着头，垂头丧气地跟在前面那位少年的身后。

走到河滩上，两人急急地脱光衣服，纵身入水。这两人的水性极好，一时嬉玩起来，犹如两条白鱼在水面上翻飞，好不容易游得累了，这才爬上岸来，躺在河滩上晒太阳。

这两人都是淮阴城中的无赖，那个年小点的少年，姓纪，大名空手，别看他年纪不大，却人小鬼大，混迹市井鲜有吃亏的记录，这在无赖这一行中也算得上是一大奇迹。而那个年长些的少年，姓韩名信，一身蛮力，酷爱习武，曾经自创三招拳法，也算得上无赖中的一大豪杰。两人自小混在一起，情同兄弟，骗吃骗喝，偶尔巧施妙手，总是搭档在一起。

昨夜韩信跑来，说是见得东门鞠家的长子鞠弓进了杏春院，纪空手平日里就对鞠家欺行霸市的作风反感，一听鞠弓进了杏春院，就计上心来，准备干他一票。

他们两人素知鞠弓与杏春院的头牌小桃红交情不错，是以到了杏春院，二话不说，先悄悄地藏到了小桃红的大床底下……直到天明，才取到了鞠弓挂在床边的钱袋。

等到他们溜出城来，打开钱袋一看，才发现这袋中只有几两银子，害得纪空手连叫晦气，一夜的代价还不如自己在街上转几圈的多，便拖了韩信来这大河之中洗洗霉运。

“不过此次虽然没有发财，却让我们长了不少的见识，想起小桃红那猫叫的声音，我至今心还痒痒的。”韩信脸上兴奋起来，咕噜一声猛吞了一记口水。

“不会吧？韩爷，你长这么大了，难道还是童身?”纪空手诧异地瞄他一眼，惊叫而起。

韩信急急掩住他的嘴道：“你叫这么大声干吗？生怕人听不到吗？我这童身是童叟无欺，难道你不是吗？”

纪空手没有说话，只是神秘一笑，好像自己已是情场老手，色中干将。其实他的心里嘀咕道：“你是童叟无欺，本少也是如假包换，咱哥俩半斤八两，谁也不比谁好到哪里去！”

他这一笑，倒让韩信有些不好意思起来，只好顾左右而言他，没话找话道：“今天的天气还不错噢，纪少！”

纪空手却仿佛没有听到一般，两只眼睛突然直瞪瞪地望着大河上游的方向。

“你中邪了？”韩信伸手在他的眼前晃了一晃，却被纪空手一掌拍开。

“快看，上游好像漂下来一件东西。”纪空手突然跳了起来。

韩信顺着方向瞧去，果然看到大河上游正有一个小黑点漂流而来。

“莫非是财运到了？”韩信不由兴奋起来。

纪空手看了半天，摇了摇头道：“好像是一具尸体。”

两人垂头丧气地坐下来，纪空手叹了一声，道：“我们俩昨晚沾了不少晦气，发财是没指望了，只盼这一洗，别让霉运沾身才是。”

两人又谈了一些市井逸事，东家长西家短地瞎扯一番，看看天色不早，便站了起来，想跑到河里洗掉身上的泥沙。

“快看！”韩信突然指着前方的河滩叫了起来。

纪空手抬眼一看，叫声“怪了”，原来那具尸体竟然被冲到了河滩上。

这两人都是胆大包天之人，又是光天化日之下，心中倒也丝毫不惧，两人相视一眼，同声道：“过去看看。”

到了近前，才发觉这具尸体入水的时间不过几个时辰，肤色还未完全漂白，身上衣衫碎成丝缕，浑身上下不下三四十处灼伤，看上去异常恐怖，简直不成人形。

但奇怪的是，这尸体的肚腹平坦，并没有呛水过后的肿胀。纪空手沉吟片刻道：“这乃是杀人之后抛尸，唯有如此，才会不显胀腹现象。”

韩信点了点头，忽然看到这尸体的手上紧握着一柄长剑，虽然毫不起眼，但剑锋处亮在阳光之下，泛出一缕青色的光芒。

“哈，这下好了，我一直愁着没钱置办上好名刃，这一下送到手上来了。纪少，你说我还能故作清高，义正言辞地说‘不要’吗?”他老大不客气地掰开这尸体的大手，抢过剑来，捧在手上仔细端详，口中不住地赞道：“好剑，好剑，只怕连淮阴城里也找不出第二把了。”

纪空手摇了摇头，道：“这剑只怕你还真不能要。”

韩信一脸疑惑，道：“纪少你别骗我了，这次就算你说到天上，我也不听，总而言之，这剑我是要定了。”

纪空手飞起一脚踹在他的屁股上，道：“你可真是个猪脑，看清楚，这可是一件人命案，就算官府不查，他的家人亲眷找来，你也怕难脱关系。”他“呸”了一声，又道，“都是你害的，搞得现在霉运已经附身了，我呸!”

他一口浓痰吐到那尸体的身上，却见那尸体突然抽搐了一下，吓得他大叫一声，转身欲跑。

韩信舍不得丢下手中的剑，赶忙拉住他道：“纪少，你眼花了不是，这又不是诈尸!”他话还没说完，却见一只大手从地上伸来，抓住了他的脚。

“呀……”这一下可把韩信吓得三魂去了两魂，扑通一声软瘫在地。

“这……位……小……哥……救……我……”那尸体突然睁开了眼睛，只是目无神光，满脸疲累，近乎挣扎地从口中迸出话来。

他的声音一出，顿时让纪空手与韩信将离位的魂魄收归回位，虽然脸上一片煞白，却已没有了先前的恐惧。

两人眼珠一转，对视一眼，这才由韩信俯过身去，对那人说道：“救你不难，只是酬劳多少，还请说明，否则我们又不傻，何必惹麻烦上身?”

那人神智一醒，顿时感到浑身上下如针刺般剧痛，豆大的汗水渗了一脸，道：“只……要……肯……救……由……你……开……价……”

韩信狐疑地打量了他这一身行头，神色不屑地骂道：“由我开价？你好大的口气，凭什么让我相信你呀?”

那人痛得龇牙咧嘴，犹豫了一下，方道：“在下……沛……县……刘邦……”说着人又痛晕了过去。

刘邦此言一出，顿时把纪空手与韩信吓了一跳，虽然刘邦只是沛县境内一个小小的亭长，但在江湖上的名气却大。尽管纪空手与韩信并非真正的江湖中人，却多少沾了点边，倒是听过他们的老大文虎提过这个名字，慕名已久，可惜未曾谋面，想不到却在这种情况下见面。

“纪少，这人怕是吹牛吧?他莫非故意找了个人的名头，来诓我们出手救他?”韩信将信将疑，抬头望向纪空手。

纪空手沉吟半晌，道：“只怕不像，你看，他虽然穿得破烂，但衣衫都是上好的料子，而且他的剑也绝非凡品，应该是大有来头。”

韩信听了，不由满心欢喜，道：“如果他真是刘邦，我们可时来运转了，你没听文老大说吗，此人家财万贯，有的是钱，而且与江淮七帮中人都有来往，若是他肯把我们收入门下，我们又何必把无赖这个职业做到老死下场?”

“谁说不是呢?”纪空手有感而发：“这无赖做到我们这份儿上的，也该知足了，可是我们就算风光过一回，倒有九回要看别人的脸色行事，真是没劲!”

“那我们还犹豫什么，赶快救呀，若是他老人家一命呜呼，我们岂不是在这里做了半天白日梦?”韩信关切地看着那人，见他一动不动，浑似没了气一般，不由着起急来。

纪空手摇了摇头：“救当然要救，可是我们还要想一个万全之策。你想想啊，这刘邦名头这么大，听说身手也好生了得，连他都遭人摆布成这个熊样，可见他的仇家来头不小，若是一着不慎，只怕不仅救不了他，还得再搭上你我这两条小命替他风光陪葬!”

韩信吓得哆嗦了一下，脸露怯色：“这可不是闹着玩的，我生下来长到这么大，还没有碰过女人呢，若是就这么陪葬了，岂不冤枉?”他陪着笑脸道，“要不，我们就当什么也没有看见，溜回城去继续干我们那蛮有前途的职业。”

纪空手狠狠地在他头上敲了一记栗暴，骂道：“亏你这般没出息！放着大好的机会来了，此时不搏，更待何时？”他似乎拿定了主意，伸手摸那人的腕脉，感到脉息虽乱，毕竟存在，心头顿时轻松了不少。

韩信闻言，只觉热血沸腾，狠狠地道：“对呀！豁出去了，我就不信我们一定会输掉这场生死局！”

两人猛地伸手击掌，以示决心，正想着要如何安置这人时，忽听得沿大河两岸同时响起了一阵马蹄声。

纪空手脸色一变，惊道：“只怕是麻烦来了。”当下环顾左右，只觉河滩上一片矮小茅草，根本就无法藏身，脚踩泥沙，忽然灵机一动，“韩爷，看来我们只有把他藏到这泥沙里面了。”

当下两人手脚并用，忙碌一阵，刚刚将人掩藏好，一标铁骑已悍然而至。

当先一人，正是萧何！

萧何策马而来，却看到了两个少年赤条条地躺在沙地上，神态悠闲，似乎正在欣赏天边的一抹红霞，不由心中一动，拱手问道：“两位小哥，借问一下，你们可看到这河中漂下来一具浮尸？”他有求于人，虽然是将军身份，也显得极尽礼数。

“见是见着了，只是时间过去了这么久，此刻只怕已在十里之外了吧？”答话的人是纪空手，脸上镇定自若，丝毫不露破绽，倒是韩信斜在纪空手的身后，身体情不自禁地哆嗦了一下。

萧何一听，心里好生激动：“照这般说来，刘邦一定还活着，我得赶在慕容仙之前寻到他，再行设法营救。”

但是萧何一向为人谨慎，遇事不乱，寻思道：“此时正逢初夏时节，正是下水嬉戏的好季节，若是正巧这河中淹死了人，那浮尸不是刘邦，我岂不是误了他的性命？”

他拍马近前几步，道：“两位小哥，再问一下，你们可曾看清那浮尸的模样？”

纪空手冷笑一声："这位军爷却也怪了，我们俩在这里想晒干刚才游水打湿的裤子，见到浮尸已觉晦气十足，谁还有心思去看个仔细？"

萧何并不着恼，叫声"得罪！"便要扬鞭前行。

但他转头之际，忽然见得后面那位少年轻吐了一口气，脸上似乎多了一丝如释重负的轻松，他的心中顿时起了疑心。

他勒马缓行，绕着圈子，仔细打量这两位少年。他的目力端的惊人，只片刻工夫，已经看出了一丝破绽。

这破绽就在他们所站的沙地上，在韩信的脚边，竟然露出了一小缕真丝织就的红缨。

萧何一眼就认出了这是刘邦所佩宝剑的剑缨，心中不免一阵狂喜："这样也好，若是刘邦能得他们相救，倒省了我不少麻烦。"

他一路走来，其实都在寻思着找到刘邦之后，怎样才能不让慕容仙起疑，又可放走刘邦的两全之策，绞尽脑汁之后，终究无果，心里委实苦恼得紧，这会儿见到此等情形，方知天大的难题就此迎刃而解，心中真有种说不出的高兴。

他寻思道："不过将刘邦的性命交到这两个少年手中，终究难以放心，我得先装模作样追查下去，然后再找个机会一个人悄悄回来，方可保证他性命无虞。"

他拿定主意，望着纪、韩二人微微一笑，再不回头，扬鞭而去。

就在萧何勒马而止时，纪空手心里一惊，几乎与萧何同时看到了那一缕剑缨。

他的心陡然一沉，心道："这一次可真是死定了，想不到我纪空手第一次拿命相搏，就输了个干干净净，彻彻底底！"

"纪少，我总觉得有些不太对劲。"韩信回过头来，望望身后，并没有发现有什么异样，可是不知为什么，他的背上已有冷汗渗出。

"我也觉得奇怪，总感到有人在背后跟踪我们一样。"纪空手压低声音道。

两人躲入林中，侧耳倾听，过了半晌工夫也没有听到除了风声之外的任何声音，两人都松了一口大气，相视而笑。

“这就叫作贼心虚。”纪空手自嘲地笑道。

“我们是贼吗？我怎么觉得我们就像是两个救人于危难之际的大侠，难道不是吗？”两人哈哈大笑起来，一前一后向密林深处走去。

越往里走，光线越暗，纪空手与韩信完全靠着记忆找到了一棵千年古树。古树树围两人合抱犹难抱住，树中有洞，刘邦正是被他们藏匿于此。

两人小心翼翼地将刘邦从树洞里抬出，平放在厚草地上，摸了摸刘邦的鼻息，觉得渐趋平稳，不由放下心来。

“这刘邦若再敷上回春堂的灵丹妙药，只怕要不了几天，就可以痊愈了。”纪空手取出那一包药膏，谨遵叮嘱，内用的内用，外敷的外敷，忙了好一阵子，才算完事。

“那是。你也不想想，我只对刘夫子说了病人的特征，他就这点药要了我十两银子，而且还只管三天，奶奶的，比到杏春院嫖妓还贵，害得我又干了几回偷鸡摸狗之事。如果没有奇效，看我不把他回春堂的招牌给砸了。”纪空手得意地一笑。

韩信坐下来歇了一口气，道：“别的都不是问题，而是这淮阴城只怕我们难回了！”

“这你就不用为我操心了，我堂堂纪少自一生下来，就从来不知道什么叫麻烦。”纪空手听出韩信话里的担心，拍拍他的肩膀，老气横秋地道。

“不过你很快就会知道了。”就在这时，韩信的脸色陡然一变，努了努嘴，眼睛望向了纪空手的身后。

纪空手根本不知道在他的身后发生了什么事情，但是以他的敏感以及对韩信的了解，他知道韩信不是在开玩笑。

他的额头上顿时渗出了丝丝冷汗，蓦然回头，只见在他身后的草地上，斑驳陆离的树影显得阴森惨然，枝丫横斜间，有一个朦胧的人影站在那里，犹如一个不散的阴魂。

空气变得沉闷至极，无论是纪空手，还是韩信，都感到有一股莫大的恐惧漫卷全身。此时此刻，阴魂鬼怪已不是最可怕的东西，对他们来说，最不想遇见的是人。

“你是谁?”纪空手深深地吸了一口气，将心中的恐惧压制下去，然后问道。

一阵微风吹过，那条人影顿时在飘摇中不见。然后便听到一阵风声从林间疾速而出，一个三十来岁的健汉站在了他们的面前。

“你们就是纪空手与韩信?”那人微微一笑，似乎并无恶意，但纪空手一看他的身形如此快速的移动，就算明知他是敌人，也只有任其宰割。

“没错！你能知道我们的名字，就说明你也是道上的朋友。人过留名，雁过留声，还未请教阁下的大名?”纪空手双手抱拳，装成老江湖的模样，显得不伦不类。

其实他无心知道对方究竟是谁，他只想拖延时间，寻找对策。但是一时之间面对这样的高手，无论是打还是逃都非良策，倒让纪空手顿有无计可施的窘迫。

那人笑了笑，道：“我是谁并不重要，重要的是我是刘邦的朋友，而非敌人，这是不是已经足够?”

韩信摇了摇头：“空口无凭，谁敢相信你说的就一定是真话?”

那人不动声色，伸手在空中一抄，便见他的食指与拇指之间凭空多出了一把七寸飞刀，在斑驳的光影之下，散发着凛凛寒意。

刀现虚空，透发而出的杀气使得林间的气压陡增，纪空手只感到来者就像是一堵临渊傲立的孤崖，气势之强之烈，让人有一种无法企及之感。

他还知道，只要来人出手，他和韩信就只有一条路可走，那便是死路！

“这刀也许可以证明。”那人冷冷笑道，笑声中自有一股傲意。

“嗖……”刀已出手，宛如一道闪电破空而出。没有人可以形容这一刀的霸烈，但每一个人都感到了这一刀飞泻于空中的杀气。

纪空手与韩信同时感到呼吸不畅，仿佛有窒息之感，情不自禁地闭上了眼睛。

"噗……"飞刀射中了纪、韩二人身后的大树，刀锋没入，刀柄震颤，发出嗡嗡之声。

纪空手与韩信转过头来，顿时被眼前的情景震得目瞪口呆，似乎不敢相信这是人力所为，疑惑的目光重新盯在了那人的脸上。

"你们既然是刘邦的朋友，就无须害怕，我使出这一刀来，只想证明我就是樊哙，因为樊哙的招牌绝技就是飞刀!"那人将纪、韩二人的讶异尽收眼底，笑了笑，然后非常真诚地道。

"樊哙?"纪空手与韩信同时惊叫了起来，简直有些不敢相信这是真的。

在他们眼中，樊哙的声名要远远大于刘邦，他们也是在了解樊哙之后才知道刘邦的。这并不表示樊哙的武功就一定比刘邦强，名气就一定比刘邦大，而是纪、韩二人在淮阴城拜的老大文虎，恰恰是樊哙的乌雀门在淮阴设下的一个坛主而已。他们经常听文老大吹嘘，自然而然地便对樊哙之名早有仰慕。

"属下叩见门主!"纪空手一拉韩信，两人跪下，连连磕头。

樊哙怔了一怔，豁然明白："原来你们是跟着文虎的门人。"他伸手扶起纪、韩二人，然后走到刘邦身边，俯身查看。

半晌过后，他站起身来道："你们跟着文虎有几年了？现在做的是什么职事?"

纪空手道："我们其实也不是文老大手下的人，只是借他这块招牌，在淮阴城里瞎混。"

"哦?"樊哙看了他一眼，"那你们怎么又救了刘邦呢?"

纪空手赶紧将事情的经过一五一十地说了出来，边说边注意着樊哙的脸色。樊哙却喜怒不形于色，只是专心地听着，听完之后，方才重新打量起纪、韩二人来。

"你们可知道，你们这一念之慈，不仅救了刘邦，也是我乌雀门上千子弟的大恩人呀!"樊哙突然跪下，在地上叩了一个响头。

纪空手慌了手脚，便要来扶，谁知入手处仿若大山般沉重，樊哙的身体纹丝不动。

“哎呀，这可使不得。”纪空手与韩信大惊之下，急得直跺脚，好不容易扶起樊哙来，纪空手心中惊奇：“我不是救了刘邦么？怎么樊哙倒给我叩起头来，难道说刘邦与乌雀门也有渊源？”

樊哙道：“其实你们说的那位军爷，乃是郡令慕容仙手下的一名将军，名叫萧何。若不是他来通风报讯，我又怎会知晓你们救了刘邦呢？”

纪空手与韩信不由大喜，笑嘻嘻地道：“如果樊爷真是赏识我们，不如从今天起，我们就跟着你闯荡江湖？”

樊哙微微一笑，道：“你们为了刘邦，甘冒大险，我本应重谢！但是刘邦此刻昏迷不醒，伤势还不稳定，我必须尽快将他送回沛县，以确保他能完全康复。所以这一次我还不能带你们走，只能暂时让你们受些委屈，一月之内，我必定再来相迎二位。”

他此话一出，纪、韩二人相视一眼，脸上好生失望，樊哙看在眼里，从树上拔出飞刀，递给纪空手：“你们也用不着沮丧，虽然这一次不能与我同回沛县，但我樊哙说话，从来就是一诺千金，你们只需凭着这把飞刀去见文虎，他见刀如见人，自然会好生款待你们，奉作上宾！”

纪空手接过飞刀，但见这刀虽只七寸，却入手甚沉，绝非是普通铸铁打造。刀身薄如蝉翼，刀锋犀利无比，做工精致，线条流畅，一看便知是出自高人之手。心中顿时好生喜爱，拿在手上久久不肯放下。

樊哙抬头望天，知道时间不早了，叮嘱几句之后，将刘邦负在身上，一纵而起，消失在黑暗之中。

韩信望着樊哙消失的背影，心存疑惑：“你真的相信樊哙还会再来吗？”

纪空手道：“凭我的直觉，樊哙的确是一个值得我们信赖的人，我没有理由不相信他。”

“那我们现在怎么办？”韩信不由得问。

纪空手微怔，想了一想，道：“我得去见姓丁的那老妖怪，你先去文老大那里等我吧！”

韩信不由得一脸同情地望了望纪空手，幸灾乐祸地道："看来老夫子还真是你的克星！"

纪空手记挂着与丁老夫子的约定，为了自己的屁股不遭罪，与韩信分手后，一个人直奔财神庙。

财神庙里空无一人，这显然是在纪空手的意料之中。他似乎一点都不着急，等到夜色渐深时，才听到了门外传来"笃、笃、笃"的三记敲门声。

这是他与丁老夫子约定的暗号，他的回应就是轻咳一声，然后便见到丁老夫子慢悠悠地踱步进来。

"你好，老夫子，不知今天你又想出什么花样来折磨我呀？"纪空手见他一脸和善，带着微笑而来，心中不由咯噔了一下。

"今天没有花样，就是想和你说话聊天。"丁老夫子挨着他坐下。

纪空手吐吐舌头："这可是太阳从西边出来啦，不仅稀奇，而且奇怪。"

"迄今算来，你我认识也有三年了，一个闷着头教，一个闷着头学，时间过得还真快，眨眼之间你都快成大人了。"丁老夫子深有感触地道。

纪空手一本正经地道："我可是度日如年，自从认识你，我压根就没有睡过一夜好觉，还和你猜了整整三年哑谜！"

"你很想知道我为什么要这样做的原因？"丁老夫子悠然笑道。

"当然。"纪空手笑了，"虽然你对我一向不错，可是我还不想被别人当作白痴。"

丁老夫子透过窗棂，放眼望向暗黑的夜空，心有所思，半晌才道："我来淮阴乃受人之托，但三年间我踏遍淮阴的每寸土地，却仍无所获。"

纪空手不解地道："你说你来此地是受人所托？"

"至少当初我来此地绝非我的本意。"丁老夫子淡淡地道，"你可听说过盗神丁衡这个名字？"

纪空手摇头道："这个人未免也太狂了吧，贼就是贼，还要在后面加上一个神，是不是有神经病？"

"我呸！"丁老夫子断然答道，"天下有像我这样聪明的神经病吗？"

纪空手"呀……"的一声，吐吐舌头，道："难道你就是盗神丁衡？"

丁衡悻悻地道："你见识浅薄我并不怪你，可你不能信口开河，敢说我丁衡有病的人你是第一个，若不是看在你我三年的交情上，我一定要把你打得满地找牙！"

纪空手微笑不语，心里却不以为然："你说得这么漂亮，又是盗神盗帅的，其实也就是一个贼，就算你是个大贼，也没有什么了不起的。"

丁衡眼缝里逼出一道寒芒，仿佛看到了纪空手头脑里的思想，冷笑一声："就算我是一个贼，也是普天之下无人能及的贼！天下各行各业之中敢称第一的人，完全应该得到他所应得的那份顶礼膜拜式的崇拜，而不是像你这样的冷嘲热讽。"

纪空手道："这也怪不得我，我跟你学了三年，除了这化装易容之术还能派上点用场之外，其他狗屁绝学一概毫无用处，这怎不让我怀疑你这个盗神的真实性呢？"

丁衡傲然道："你不愧有无知小子的美誉，竟然敢说妙手三招、见空步这等神技一无用处，真是无知者无畏。你可知道，这三年来，你所学的每一门技艺都是天下无双的绝技，无一不是江湖中人梦寐以求的东西？"

纪空手不由哑然失笑："佩服，佩服。"

"你现在总算明白了吧！"丁衡似乎没料到纪空手的态度转变得如此之快，颇有几分诧异。

"是的，我的确佩服你吹起牛来倒是天下第一，你的妙手三招、见空步既然这么神奇，我怎么就一点感受不到呢？"纪空手一针见血地道出了问题的实质所在。

丁衡一怔之下，终于笑了："这个问题问得好。我这三年里，所授的技艺都是套路招式，却从来没有教过你任何内功真气的运气法门，这就好比我修建了一幢百丈的高楼，框架已经立起来了，却没有打下地基，是以根本经不得风吹雨打，一推就倒。而我现在要做的事情，就是准备给你打牢地基，让你出道江湖之后，可以经得起狂风暴雨的冲洗。"

纪空手猛然间想到了一身是伤的刘邦，心中暗道："也许老夫子没有说错，如果没有内力，刘邦只怕早已一命呜呼了。这样看来，我至今一无所长，莫非真与自己毫无内力大有关系？”

他忽然又想起另一个问题，道：“人家都是先打地基，再修高楼，你为什么偏偏要反其道而行之呢？”

“我早说过，我来此地是受人之托，但是三年间我日访千家，夜过万户，却仍无所获，而唯一让我看得上眼的也只有你这小子，直到今日，我才把丑事相告于你，只因我将离开淮阴。”

“我呸！不知我是否倒了八百辈子霉，才会让你看上。”纪空手拍开他的手，“既然你来淮阴找人，为什么到这时才告知于我？难道你不知在这淮阴的地头上，我纪空手可以手遮半天吗？”

丁衡哈哈一笑，道：“手遮半天？是不是也要老夫学你，用手遮住一只眼睛，每天半睁半闭的，最多也只能看见半天边？老夫之所以能看得上你，并不是因为你是帝王将相的弃儿，也不是达官贵人的遗婴，而是因为你自己。你虽然混迹市井之中，干的又是无赖这个行当，但你贫而不贪，贱而不弃，颇有侠义心肠和小聪明，更难得相格清奇，正是我一心要找的最佳人选呀！”

纪空手的脸难得地红了，不好意思地道：“我听起来你好像是在骂我。”

丁衡肃然正色道：“有些事情不只能单看眼前，时间一长，你自然就会明白，但你一定要相信我，我丁衡曾盗遍天下，阅人无数，绝不会把人看错，你的的确确不是池中之物，早晚有一天，会成为人中龙凤！”

纪空手眼睛一亮，油然生出一股信心，道：“对，这就是我的抱负与理想，别人能做到的事，我纪空手也一定能够做到！”

“不！”丁衡摇了摇头，“不仅如此，就是别人不能做到的事，你也要想方设法做到，这才是英雄的本色。”

纪空手挠挠头，道：“可我还是不明白你要我去做一些什么样的事情，是否去偷天下间别人没法偷到的东西？”

“呸！老夫如果想要的东西，天下间没有人能够阻止我拿到，老夫还用叫你去偷？我只是想让你知道一个人生于人世，要活得轰轰烈烈，无怨无悔，如真能做到这八个字，那你将死而无憾！”丁衡心有所感地道。

“轰轰烈烈，无怨无悔?”纪空手一怔之下，若有所思，“这段时间我经常听人说起陈胜王与吴广大将军的事情，他们只不过是普普通通的人，却提出‘王侯将相，宁有种乎’的口号，不仅立国张楚，陈胜还自立为楚王，他们只怕活得也算轰轰烈烈了吧?”

丁衡道:“陈胜、吴广能够创下今天这样的大局面，看似偶然，实则必然，所谓暴政之下民心思反，只要有人登高一呼，八方百姓必一齐响应，壮大声威。但是以陈胜、吴广的才智和能力，走到今天这一步已是勉为其难了，随着时间的推移，自然由盛而衰，最终导致灭亡，而真正能够与暴秦一争天下者，当是能避开锋锐，最终后来者却能居上的大智大勇者!”

“他会是谁?”纪空手好生仰慕地道。

“也许是你，也许是我，也许就是我来此地所找的那人，但只要你努力，自然就会拥有这种机会，所以你定要切记，成败对你来说并不重要，重要的是你是否参与。”丁衡拍了拍纪空手的肩膀。

纪空手骤然听到这些震人心弦的话语，整个人顿觉热血上涌，好生激动。他忽然想到，丁衡对自己说这些话，是因为他看好自己，以为自己有这个能力去把握机会。可是凭自己现在的这点实力，连江湖都从未涉足，又何以妄言天下?

“路，是靠人一步一步走出来的，只要走好眼前的每一步路，未必就不能登上人生的顶峰。”纪空手暗暗地对自己道，这就好比一个登山者，他的人还在山下的时候，已经惊叹眼前的风光，沉醉其中，可是当他登上顶峰时，他才蓦然发现，刚才所看到的一切也许很美，但真正极致的美，只有在你登上顶峰时才可以欣赏得到。

所以登过山顶的人都知道，无论道路如何艰险，无论环境多么恶劣，既然自己欣赏过顶峰之上的美景，那么绝对不会再对沿途的景色再感兴趣。

纪空手恰恰就是这一类人。

“从今天开始，你是不是就要替我打下基础，传授我内家真气的修炼法门呢?”纪空手显得有些迫不及待了。

丁衡微微一笑，道："你可知道，三年前我为何只教你妙手三招、见空步，而不传你内力修炼之法吗？"他顿了一顿，深深地看了纪空手一眼，接着道，"一是你错过了修炼内力的最佳年龄；二是我所学的内功心法不合适现在的你，因为我三岁习武，五岁练气，二十六岁始有小成，直到今天，我的内力依然难以列入天下三十强之列。我都尚且如此，你此时修炼，又有何用？"

纪空手浑身一震，知道丁衡所言非虚，脸上情不自禁地露出失望的神情。

"这么说来，我岂非毫无希望？"纪空手似有不甘地道。

"不，天下间武学心法千奇百怪，你应该还有机会。比如当年轩辕黄帝开创史前文明之初，也是在你现在这个年龄才偶得奇遇，然后九战蚩尤而九败，最终领悟到武道的至深极境，成为天下第一高手，这才一统洪荒，号称我华夏始祖。他死之后，据说曾经将他的帝道武学悉数载入两只玄铁龟中，留待后来有缘人。只要我们能够找到这两只玄铁龟，破解其中玄机，你跻身天下一流高手的梦想便指日可待！"丁衡一脸肃然，丝毫不带玩笑的成分。

纪空手摇了摇头，道："天下如此之大，要找到它谈何容易？"

丁衡道："要得到它反而不难，难就难在根本无法破解其中的奥秘。这玄铁龟现世以来，已经有数千年的历史，在这么漫长的岁月里，不知流经过多少大智大勇人士之手，至今依然无法破解，可见其难度之大，非人力可以为之，必须要具备一定的运气，方能得偿所愿，最终成为这玄铁龟上武功的第二代主人。"

关于玄铁龟的故事，一直是江湖上最流行的三大悬案之一。有人说这只是轩辕黄帝故弄玄虚，引人上当的一个骗局；有人说这玄铁龟上并没有武功心法的记载，倒像是两把开启宝藏秘门的钥匙；还有人说这玄铁龟的龟身纹路里蕴含着某种玄机……总之是议论纷纭，流言四起，但不可否认的是，天下武者无不对它大感兴趣，心存觊觎。只要它一现身，必将在江湖上掀起一场大风暴。

第二章　奇珍易主

纪空手默然无语，心中更生失落，只觉得自己的一腔豪情最终只能随流水而去，始终只能混迹于市井，成天为衣食奔波，庸庸碌碌地了却一生。

丁衡看在眼里，悠然道：“如果说玄铁龟此刻就在我的手里，你会不会相信?”

“当然不信!”纪空手脱口而出，因为这太不可思议了。

“是吗？那么你看，这是什么?”丁衡的手微微在空中一晃，再摊开时，已经多了两只鸡蛋大小的黑色铁龟。

纪空手将信将疑，盯着丁衡的手看时，只见两只玄铁龟通身玄黑，远观已是几可乱真，近观其纹理鳞甲，头足嘴眼，无不是精雕细刻，活灵活现，让人不禁赞叹造物者的鬼斧神工，绝妙技艺。

纪空手眼中陡然放亮，眼芒透过虚空，似乎在刹那间与玄铁龟发生了一丝似有若无的心灵感应。

他这是第一次看到玄铁龟，根本无法辨认其真伪，但不知为何，他第一眼看去，就相信这一定是真的，似乎冥冥之中有一定的玄理。

财神庙原本暗淡的光线随着玄铁龟的出现，似乎亮了不少，纪空手与丁衡的眼眸中同时闪烁着一道亢奋的激情，投射在这两只流传江湖已久的玄铁龟上。

“这难道就是记载了帝道心法的玄铁龟?”纪空手擦擦眼睛，有种置身梦境之感，根本不敢相信幸运来得如此突然。

“童叟无欺，如假包换。它的的确确就是玄铁龟!”丁衡傲然道：“普天之下，除了你、我之外，从此再也没有人知道它的下落了。”

纪空手缓缓地从丁衡的手中接过玄铁龟，小心翼翼地端视良久，道：“它来自何处？你又是怎么得到它们的?”

丁衡似乎猜到了他要问这个问题，淡淡一笑：“它消失江湖已有些时日了，上次出现，它还在吴越剑宗的手里，迄今算来，已有五十年的间隔，但吴越剑宗虽然强大，可惜它在其手里的时间并不长，就被人以卑鄙的手段抢走，从此下落不明。不过抢夺玄铁龟的那人没有想到那一句古语，就是若要人不知，除非己莫为。他们的恶行还是落在了一个人的眼里，而让我来此地的人又正好知道这个秘密。”

纪空手再也忍不住心中的好奇，问道：“他到底是谁？难道让你前来此地就是为了寻找玄铁龟吗?”

丁衡摇了摇头，道：“我只能告诉你，他是一位悲天悯人、心怀天下的好人，他之所以要我来此地，是希望能找到在这个乱世之中有所作为之人。”

纪空手听到这里，只觉得身在迷雾之中，糊里糊涂的，他只是觉得这一切太过荒唐。

他只是一个小无赖，虽然没有做过太多的坏事，却也很少去积德行善，只是按着自己心中的善恶标准，来赚衣骗吃。他不笨，在一群无赖之中，他也许称得上绝顶聪明，可是他怎么也想不通，像他这种人，有时候连自己都瞧不起自己，丁衡怎么会将三年的心血花在他的身上?

“你不能理解这很正常。”丁衡见他一脸迷茫，不由笑道，“其实就连我自己也不能理解，我之所以能看得上你，也许就是世人口中所说的机缘吧。但我坚信，以我阅人无数的眼光，不会看错你，所以这三年里，我不仅传授你一些技艺，而且经过周密的踩点，终于在半个月之前从漕帮的总堂盗来了这两只玄铁龟。”

“漕帮总堂?”纪空手几乎吓了一跳，道，“你是说这玄铁龟原来落在了漕帮的手里，然后你花了三年的时间，才以其人之道还治其人之身，将它盗了出来？”

纪空手心里顿生恐惧，因为他深知，这漕帮与樊哙的乌雀门一样，同属七帮，势力遍及江淮，是个颇有名气的帮会。丁衡惹上他们，无异于是在虎口中拔牙，凶险异常。

丁衡道：“漕帮在别人的眼中也许可怕，但在我丁衡的眼中，它不过是只纸老虎而已，根本算不得什么。我之所以花了三年时间才得到玄铁龟，一来是江天此人老奸巨滑，将玄铁龟藏在了一个让人意想不到的地方；二来我必须在你艺成之后才能将它取来交到你的手里，假如动手早了，会引起不必要的麻烦。”

“什么？你是说这玄铁龟是为我而盗？”纪空手没有想到这天下武人竞相觊觎的东西如此轻易地就归属自己，想到玄铁龟中暗含的绝世武功，他的心里便有一股抑制不住的激动，可是他又想到此物几经易手尚且无人能够破解其中奥秘，自己想必也不会例外，不由又生出身入宝山空手回的失落与惆怅。

丁衡的眼中爆出一道寒芒，直射在纪空手的脸上，道：“是的，玄铁龟到了你的手上，也就是我们分手的时候，如果你能从这玄铁龟中得到你想要的东西，那你就可以踏足江湖，去闯出属于你自己的一片天地。”

“我想你的心血多半是白费了。”纪空手转动着手中的玄铁龟，毫无底气地在心里说道。一想到这三年来与丁衡相处的日子，又难免有些伤心：“你真的要走吗？”

丁衡的脸上虽然不动声色，但心里却恋恋不舍，毕竟他们相处了三年时间，虽然平日里没大没小，又打又骂，其实他们的感情之深，如同父子，一时之间，也难以割舍。

“其实有了玄铁龟，你更应该留下来帮我，凭我们两人的头脑，才有把握将玄铁龟里的秘密破解。”纪空手见丁衡不说话，赶紧找了个不能分手的理由出来，希望能把丁衡留住。

丁衡的眼中似有泪光闪动，深深地凝视着纪空手，淡淡一笑：“事已至此，我已不能再对你有所帮助，从今往后，一切就只有靠你自己了。不过我必须告诉你，玄铁龟能否成功破解，不在于你的智慧，而在于你的机缘，如果上天注定你不能过平凡的一生，那么它就一定会对你有所眷顾，否则，你最好忘了这三年来发生的一切事情，安安稳稳地过完自己的一生。”

纪空手听得他话里透出的一股父爱般的感情，心中好生伤感，哽咽道：“我一定谨记你的教诲。”

丁衡怜爱地看着他将玄铁龟揣入怀中，叮嘱道：“这玄铁龟事关重大，千万不能让第二个人知道。假如你实在无法破解，就将它藏到一个隐秘的地方，留待后来人去发掘，切记切记。”

纪空手知道他去意已决，点点头道：“你我虽无师徒之名，可在我的心中，一直把你当作父亲与师父看待，能否在你临走之际，让我亲口叫上一声？”

“不，你错了，其实我们是朋友，一对真正的朋友。如果我不是要事缠身，定会留下帮你破解玄铁龟之谜。可我相信你的机缘，定能破解玄铁龟之谜，臻入属于你的武学天地。”丁衡微微一笑，希望自己的话能够激起纪空手的信心。

“谢谢！”纪空手明白他的意思，真诚地道。

“你不要谢我，我只是做了自己应该做的事情。”丁衡拍了拍他的肩头，“虽然马上就要分手了，但我还可以为你再做一件事。”

纪空手怔了一怔，刚要说话，却见丁衡脸一沉，冲着门外喝道：“江帮主既然到了，何不进来一叙？这般鬼鬼祟祟地站在门外偷听别人说话，只怕不是一帮之主应该有的行径吧？”

纪空手莫名心惊间，便听得门外传来一声冷哼：“天下间能从我手中盗得玄铁龟的，也只有你盗神——丁衡！”

声落人现，便见庙门处闪入一个中年汉子，一身儒衫，身形如鬼魅飘忽，衣衫拂动之中，人已在丁衡面前两丈处站定。

他的人一出现，浑身便透发出一股杀气，迅速地在庙殿之中弥漫开来。纪空手显然禁受不住这种杀气的侵袭，呼吸一窒间，直退到墙脚处。

丁衡似乎并不因江天的突然出现而感到心惊，在他看来，该来的终究要来，与其迟来，倒不如早来，将这段恩怨了结，自己也可轻松回巴蜀交差。

“从你的手上盗走东西并不难，也用不着什么高明的手段。江帮主这么说，似乎有抬高自己的意思。”丁衡似是有意想激怒江天，是以出口便是损人之词，词锋甚是犀利。

江天眉间陡生一股怒意，冷笑道：“你不用把自己看得太高了，虽有盗神之名，但说到底也不过是一个贼，我江天单枪匹马就可将你拿下！”

丁衡“哦”了一声，脸上似有不屑：“你想以多欺少也不成呀！因为你只能一个人来，毕竟玄铁龟的秘密关系重大，少一个人知道就多一分安全，江帮主，我说得对吗？”

丁衡有恃无恐的样子的确让江天有几分顾忌，他虽然对自己的武功十分自信，但盗神之名久传天下，看样子也并非浪得虚名之徒，他不得不提醒自己，不可大意。

“玄铁龟乃我漕帮不传之秘，历来只有本帮帮主可以知道，你又是从何得来的消息？”江天心里一直在想着这个问题，百思不得其解，是以忍不住开口问道。

丁衡笑了笑，忽地扬起手来，五指张开，在眼前晃了一晃。

江天微一沉吟，脸色陡然一变，惊道：“你说的难道是五……”

就在这时，丁衡出手了，人如一道闪电扑向江天。

江天心中大骇，全身如箭矢飙射般向后急退，迅如闪电间，他的脊背撞在了身后的一堵墙上。江天却借着这一撞之力，身形弹起，如一只大鸟般从丁衡的头顶掠过。

“锵……”人在空中之时，他终于赢得了拔剑的机会，剑锋一振之下，犹如万道寒芒扑天而下，罩向丁衡周身的每一道要穴。

“轰……”刻不容缓之际，丁衡的手徒然切入江天的剑芒之中，一拍之下，江天只觉手臂一沉，一股大力如电流般透剑而来，几欲让己剑脱手而去。

江天错步一退，为之骇然，似乎没有想到丁衡不仅招数精妙，而且内力也在自己之上。忽然他意识到自己犯下了一个错误，他不该孤身一人前来。

“轰……轰……”剑掌在瞬息之间交错几次，刮起一股莫名的气流，横扫虚空。丁衡掌影翻飞间，一一化去了江天这一轮凌厉的攻势。

他的每一掌发出，似乎都带出一股强大的劲气，如旋涡般具有内吸的功能。初次两人以快打快，身影进退之间，足可让观者眼花缭乱，十招之后，江天只觉得剑上仿佛被一股绵力粘住，出手已不能快似先前。

他是身不由己，而丁衡似是有意为之，仿佛是在刻意演练这妙手三招的妙处所在。纪空手人在墙角，虽然感到劲气如利刃般割入肌肤，却睁大眼睛，仔细地观摩着丁衡的每一次出手，每一招应变，脸上不自禁地露出一丝喜色。

他惊奇地发现，丁衡与江天相搏以来，所用的招式始终是妙手三招。而且他每一次出手，根本不拘泥于固有的形式，信手拈来，皆成变化，在不知不觉中已经占尽上风。

直到这时，纪空手才明白，自己一直认为毫无用处的妙手三招，一旦实战，竟然有诸般奇效。

他顿有所悟。

突然间一声大喝，江天身形一扭，如一条毒蛇般脱开丁衡掌力的控制，向窗外飞扑而去。

“想走？没那么容易！”丁衡冷哼一声，双手一错，犹如从高山疾扑而下的恶鹰，照准江天的后背抓去。

“叮……”江天快要接近窗口之时，突然手臂一振，剑尖点在了窗棂上，迅即弯成弓弦一般，然后他借着这一弹之力，倒翻半空，人已在丁衡之后。

“呀……”纪空手显然也看到了其中的凶险，情不自禁地惊叫起来。

但是丁衡处乱不惊，即使是剑锋逼入他一尺范围时，他的身体爆发出一股无可比拟的活力，硬生生地横移了三尺。这一变化不仅让纪空手看得目瞪口呆，就连江天也为之震撼，他只感到自己眼睛一花，丁衡的身体就从一个空间横移到了另一个空间，致使自己这惊人的一剑刺入了虚空。

江天的心仿佛坠入了一个无底的深渊……

战局已经非常明朗，完全已被丁衡占据了主动，但让江天感到诧异的是，丁衡明明可以空手夺白刃迫使自己弃剑，但他却并没有这样做。

无意之中，江天看到了躲在墙角的纪空手，当他捕捉到纪空手眼中那丝惊喜的神情时，顿有所悟。

“嘿……”江天冷哼一声，对着丁衡飘忽不定的身影连刺七剑，每一剑刺出，剑未至杀气已破空而来，剑气如潮水般弥漫了整个空间。

丁衡不敢大意，在剑气迫来的同时，他的身形开始移动，踏着一种非常怪异的步法，忽而在前，忽而在后，正好与江天的剑势构成了一个相对的节奏。只是他的步法明显要快上半拍，使得他总能在剑锋掠至的刹那避过。

七剑一过，江天大喝一声，手中的长剑突然加速，以旋转的形式在自己身前连划数道圆圈，气旋随之而涌，同时他的身形以电芒之速向后滑退。

丁衡一时之间也莫名其妙，似乎没有料到江天这一招的真正用意，可是当他看到江天滑退的方向时，不由大吃一惊。

“你……”丁衡怒意横生，没有想到堂堂漕帮之主竟然会对一个手无寸铁的少年下手！江天也不想这么做，但他已经没有更好的办法，他已看出丁衡很在意那少年，只有将那少年擒住，借机要挟，他才有希望带着玄铁龟离开此地。

所以他没有犹豫，先以七剑引开丁衡的注意，然后再用剑气阻缓丁衡的来势，最后才倏然出手抓向纪空手！

“呼……”纪空手本来缩于墙角处，眼见江天的大手抓来之际，他的脚疾抬而出，身形竟然斜移了一尺左右。

他毫无内力，只是像常人一般踱步，但在有意无意之间，正好使上了见空步的步法，与江天的大手擦身而过。

这似乎是一种巧合，但对纪空手来说，这些步法不知习练了多少遍，纯熟到了不用思考的地步。当江天抓来的时候，他完全是出于本能，自然而然地便踏出了见空步的步法。

“咻……”江天一手抓空，心中的惊骇非同小可，身形一滞间，长剑顺势一旋，直追纪空手的后背而去。

可是这一切都已迟了，一瞬间的时间也许一闪即过，但在高手的眼中，已经足够让他做完该做的事情，而丁衡无疑就是这样的高手。

“呼……”江天的剑锋尚在虚空之中，便骤然感到一股强大的劲气封锁住了利剑前进的角度，但是江天已经别无选择，唯有提聚劲力，强行切入。

两股气流悍然相撞，顿生一道狂飙，席卷着整个虚空，江天的人在向后跌飞中，倏觉嗓门一热，喷洒出一口血雾，飘飞一地。

丁衡任劲风吹动衣袂，身形兀立不动，只是冷冷地看着瘫倒在地的江天，道：“从前江淮七帮在江湖中的风头之劲，除了五阀之外，少有人可以与之争锋，但是从你的身上，我似乎看到了一种逐步的没落。”

江天的脸色已是一片煞白，眉头紧皱，显然在这最后一击中遭到了重创，以致肺腑受损。不过在这种情况下，他不想失去作为高手应有的风范，勉力强撑，道：“你无须……冷……嘲热……讽……我……技不如人……要杀……要剐……悉……听尊便。”

“剐倒不必，杀则必然！”丁衡眉间紧锁一股咄咄逼人的杀气。

“噗……”江天似乎难以坚持，张口又喷出一道血雾，半晌才道，“那……就让我……先行一步……黄泉……路……上……恭……候……大驾……”

“不必了，我怕让你久等。”丁衡微微一笑，“你我阴阳相隔，走的是完全不同的道路。”

“我……技不如人……自……然该死……你若……技不如……人……只怕……也难逃一死……”江天大口地喘着粗气，眼眸中竟闪出一丝诡异的笑意。

“就凭你?”丁衡缓缓地踏前一步，已经来到了江天的身前。

江天摇了摇头，道：“我虽……然笨……中了……你的奸……计……但我……来此之前……曾……经用……重金请……到了万无……一失鬼影儿……但不……知什么……原因……他……竟然未……至……不过他……的信誉一……向很好……当……不误我……千金之……酬……”

丁衡陡然一惊：“万无一失鬼影儿?”

江天狂笑一声，眼耳口鼻顿时渗出缕缕鲜血，挣扎着叫道：“不……错!”

“砰……”的一声，终于向后仰跌，气绝而亡。

庙殿里一片寂然，烛火时明时暗，映射在丁衡的脸上，只见他已是一脸凝重，仿佛罩上了一层严霜。

纪空手走到他的身边，拍拍胸口：“好险好险。”

丁衡这才从沉思中惊醒，转头望向纪空手，道：“是的，的确很险，要不是你逃过了江天的那一抓，我还真不知道自己面对江天的要挟时，应作出怎样的决断。”

纪空手笑道：“我也没有想到自己能够躲过江天的那一抓，只是情急之下，自然而然地便将平日里练熟的东西搬了出来，误打误撞，竟然大功告成。”

丁衡也颇为他感到高兴，若有所思地道：“你体内不存一丝内力，仅凭步法的精妙，就能避过江天那凌厉的攻击，这说明你的天分之高，悟性之强，的确是当世罕有的习武天才。虽然这有一定的偶然性，但世间的很多事情都是这样的，只要你踏出了第一步，那就意味着一个崭新的开始!”

纪空手没有想到丁衡竟然如此夸赞自己，这是三年以来绝无仅有的事情，倒有些不好意思起来。低头之时，忽然记起江天的一句话来，惊奇道：“那万无一失是个什么样的人物?怎么你一听到这个名字，就好像见鬼了一般?”

丁衡的眼神里透出一丝惊惧，望向窗外的茫茫夜色，良久方道：“在杀手这个行当中，万无一失绝对不是一个有名的人物，他行事低调，行踪隐秘，认得他真正面目的人不会超过三个。但正因为如此，他才显得非常可怕，因为他始终躲在暗处，而你却在明处，只要你一有破绽，他就会倏然发难，突施致命的一击。江湖传言，他入杀手这个行当已有十年，至今未曾有失手的记录，可见他这个人的确是杀手行当中的绝顶人物。江天既然以千金酬劳请他出山，只怕我的将来就难有安宁的日子可享了。”

纪空手霍然心惊，他刚才目睹了丁衡制敌杀敌的从容，已经认定以丁衡的实力足可位列天下高手的最前列。可是当丁衡提到鬼影儿时，言语中多少有几分忌惮，可见鬼影儿的可怕绝对超过了自己的想象。

“听江天的意思，鬼影儿已经就在附近。”纪空手担忧地道。

丁衡眉锋一挑，寒芒闪出：“就算他来了，我也不是毫无机会。”

“你的意思是……”纪空手灵光一现：“引蛇出洞!”

丁衡终于笑了。

鬼影儿手抱长矛，静静地蹲坐在屋檐下的一角，双目微闭，状若养神，其实方圆十丈内的动静尽在他的耳目之中。

“笃笃笃……”三更鼓响，夜色已浓，长街上已无人迹，清风吹过，更添寂寥。

他已在此等候多时。

因为他认定丁衡必将从这里逃出淮阴，如果他不想自己“千金杀一人，空手绝不回”的信誉就此作罢，这无疑是他的最后一次机会。

对于他来说，抓住机会永远是成功的秘诀，而选择时机则是成功的关键。当他每接一桩生意时，便已开始有所顾忌了，尽量不接那种颇有难度的生意，以免砸了自己历经十年创下的金字招牌——万无一失。

鬼影儿想到这里，不由得有些暗自庆幸。因为那一夜财神庙里发生的事情，他躲在暗处，将一切都看在眼里。

那一夜，他如约而至，甚至比丁衡到得都早，选择了一个最利于远眺的位置蹲伏。他始终认为，杀手不仅要有好的身手，冷静的思维，还要做到一个“勤”字。只有多一分努力，才会多一分成功的机会，成功的概率与你付出的汗水永远都是成正比的。

然后他便看到了丁衡，在他的档案里，丁衡无疑是他设定的免杀人物之一。他曾经花费大量的心思来研究江湖上的每一个成名高手，为了不使自己空手而回，他制定了一份名单，名单里的人物都是他认为没有把握对付的，因此他不将这其中的任何一人作为自己刺杀的目标。

这无疑是一个明智的决定，也是他能保证盛名不衰的妙方。只是这一次，他接到江天的雇请之后，没有事先问清目标的情况，因为他觉得，无论是个多么高明的贼，都不可能在他的矛下逃生。

但丁衡绝对是一个例外，他不仅是贼，而且是个了不起的大贼。盗神之名得以传扬天下，又岂是侥幸所致？所以鬼影儿决定静观其变，绝不贸然出手。

事实证明了他判断的正确，丁衡的武功之高，甚至超出了他的想象。但是鬼影儿虽然眼睁睁地看着江天的死去也没有出手，却并不表示他会放弃这次的行动。作为一个杀手，名声虽然重要，但诚信却在名誉之上，所以他只是觉得自己应该忍，忍到强援的到来。

这也是他唯一一次需要别人的帮助来完成的刺杀，因为只有这样，他才有十足的把握将丁衡置于死地，做到真正的万无一失。

“三更天了。”鬼影儿看看天色，就在这时，长街的尽头突然响起了一阵马蹄嘚嘚之声，虽然距离尚远，但听在鬼影儿耳中，心里已生一股杀机。

一辆马车缓缓进入了他的视野，由远及近而来，长街上传出车轮辘辘的回音，使得这流动的空气中弥漫出一股淡若无形的杀气。

杀气很淡，淡得让人几不能察，但鬼影儿却能清晰地感受到它的存在。他的眼芒透过眼前压力渐增的虚空，锁定住这辆无人驾驶的马车，更似要透过那薄薄的帘帷，去洞察车帘之后丁衡的表情。

通过这空气中的压力，他几乎可以断定车中之人就是丁衡，可是他不惊不喜，反而更加冷静，静下心来继续等待。

马车越来越近了。

十丈、五丈、三丈……

就在这时，那车上的帘门无风自动，突然向上翻卷，虽只是一刹那的时间，但鬼影儿的眼睛一亮，终于看到了稳坐车中的丁衡的脸。

鬼影儿深深地吸了一口气后，终于起动。

长矛破空声骤起，如风雷隐隐，贯穿了长街之上的虚空。

哧哧之声穿行于气旋之间，三丈，正是长矛发动攻势的最佳距离。鬼影儿这竭尽全力的一刺，已经有必杀之势。

就在他逼近马车七尺范围内时，他的心突然一沉，警兆顿生。

“轰……”一声惊天动地般的爆响，从马车的下方传来，碎木横飞间，一条人影从车底飙射而出，鬼影儿大惊，欲退之际只觉喉间一紧，然后他听到骨裂的声音，最后入目的却是丁衡那充满怜悯的眼神。

鬼影儿绽出一丝苦涩的笑容，这一刻他才知道丁衡的手不仅擅偷，也擅杀人!

丁衡悠然松开紧扣鬼影儿咽喉的手，在对方尸体轰然倒下的一刹那，竟深深地叹了一口气。

“千金杀一人，空手绝不回”，鬼影儿没有失信于天下，他至少用自己的生命来证明了自己的诚信，只是面对这种诚信，不知是可悲，还是可笑。

丁衡的心情并没有轻松，反而更沉，在他放开鬼影儿时，却见三条蒙面黑影自黑暗中幽灵般袭来。

假如鬼影儿在天有灵，一定会因此而感到后悔。后悔不该抢着出手，他本以为他一出手他身后的人便会立即出手相助，但他还是低估了丁衡，事实上他根本就不会相信丁衡会在一招之内杀了他!

但丁衡做到了一出手间鬼影儿便死了，这使他的三个同伴连出手相救的机会都没有，这确实是鬼影儿的悲哀!

就在这一刹那间，丁衡的眉锋一挑，刀已出手!

这一刀的出手时机拿捏得妙至毫巅，配之玄妙的角度，闪电般的速度，贯入虚空之中，一举粉碎了对方可能的联手攻击，转而形成了各自为战的局势。

丁衡需要的就是这种效果，既然出手，他的脚就踏出了见空步的步法，以飘忽的身法连攻三刀。

攻势如潮，刀如骇浪，长街上的气氛顿时凝结，酝酿已久的杀机终于如决堤的洪流，完全爆发。

敌人显然没有料到丁衡对刀的使用也能几达完美，微微一退间，却见丁衡手中的刀幻生出一片白茫茫的雪光，笼罩了数丈长街。

这三人的眼中同时闪过一丝诧异，毫不犹豫地一振剑芒，直刺入刀芒的中心。

丁衡面对这三大高手，没有丝毫的退缩。

“呼……”这三人中，两人使剑，一人使矛，长短相配各守一方，颇显相得益彰。那使长矛之人斗得兴起，丈二长矛陡然破空，矛锋乱舞，势如长江大浪，掀起一波又一波的怒涛骇浪，漫天掩杀而来。

丁衡眼芒一亮，大喝一声，劲气陡然在掌心中爆发，一道白光脱手而出，迎向这如恶龙般飞来的长矛。

“刺……”短刀削在矛身之上，爆出一溜刺目耀眼的火花，迅速蔓延至这长矛的终端。

使矛之人手臂一振，没有想到丁衡竟敢舍刀而战，而更让他吃惊的是，这短刀带出的无匹劲气，已经袭向了他握矛的手掌。

无奈之下，他也只有弃矛一途。

“呼……”虽是同时舍弃兵器，但效果却截然不同。丁衡擅长的本不是刀，而是他的手，所以在他弃刀的同时，握刀的手已变成一记铁拳，带着螺旋劲力当胸击来。

这一拳之威，令观者无不骇然，那弃矛者识得厉害，只有飞退。

“呼……呼……”两名剑手眼见势头不对，挥剑而出，一左一右，从两个不同的方向扑杀而来。

“呔！”丁衡突地双脚蹬地，纵向半空，突然大喝一声，仿若炸响一道惊雷，以无匹之势抢入剑芒之中。

“轰……”巨响顿起，强风呼呼，汹涌的气流犹如中间开花，迸裂而射，震得长街石板无不嗡嗡震动。

三人身形一震之下，纷纷向后跌飞，血雾喷洒间，那两名剑手竟被丁衡这惊人的一拳震得血脉寸断，当场立毙。

丁衡“哇……”的一声倒翻而出，气血翻涌间，忍不住狂喷几大口鲜血，踉跄间落在地上。

就在这时，一股强大的杀气迎着汹涌的气浪逆行而来，速度不是很快，但气势十足，选择的时机正是丁衡旧力已尽、新力未生之际。

来者就是刚才弃矛之敌，空气中的压力陡然剧增，随着这一矛的贯入，虚空中一时肃杀无限。

在这紧要关头，丁衡心神犹未慌乱。

无论丁衡作出如何的抉择，面对强敌这惊人的一击，他已注定了非伤即亡的结局。现在丁衡努力要做的，就是怎样才能以最小的代价来躲过这一劫。

他强行提聚自己全身的功力，凝聚于自己的左肩之上，然后硬将身形横移，在间不容发之际，矛锋直直地贯入他的左肩之中，来了个对穿对过。

丁衡陡觉肩上一凉，强烈的痛感逼使他怒吼一声。“去死吧！”丁衡发尽皆倒竖，发一声喊，一脚正中敌人的心窝。

那人根本没有想到丁衡竟如此的强悍，一惊之下，眼见丁衡的脚由下而上踢来，再想变化已是不及。

不过他临死之际号叫一声，双手发力，将全身的劲力通过矛身强行贯入丁衡的肩上。

“噗噗……”一幕惊人的场景倏然呈现，在丁衡的肩上，突然炸出几个小洞，鲜血如血雾般射出，染红了一身衣衫。

这显然是丁衡将体内的内劲全都寄于脚上击出，而使血管难以承受外力如此强大的挤压，突然爆裂之故。那使矛之人目睹了这一切，狰狞一笑，这才倒地毙命。

血还在咕咕地向外冒泡，丁衡的脸色已是一片苍白，喘着浓重的粗气，双腿一软，坐倒在长街的中央。

“你怎么啦?”纪空手从车中钻出，不禁大惊失色，赶紧跑上前扶住他，吓得几乎哭出声来。

“看来我不行了！刚才此人临死一击，将全身内劲传入我体，让我全身血脉炸裂……”丁衡艰难地挤出一丝微笑，脸上依然不失强者的傲气。可是当他说完这一句话时，呼吸愈发显得浑浊，仿佛上气不接下气一般。

“你不会有事的，只要等到天亮，我就去请大夫来看你。”纪空手带着哭腔喊道，一脸关切。看着丁衡肩上炸开的血口，赤肉翻转，白骨森然，纪空手已是六神无主。

“你……你……不要哭……记住……我的话……玄铁……龟对……于你来说……很……重要……千万……不能……让任……何人知……道它的……下落……”丁衡挣扎着凑到纪空手的耳边道。

纪空手紧紧抱住他的头，极力不让眼泪流出来。

“你要……相信……自己……在……我的眼……中……我始终……坚信……你……虽不……具……虎相龙形……但你定……不是……一个……平凡……的人……”丁衡说到这里，两只眼睛深深内陷，瞳孔逐渐放大，已然无神，拼着最后一点力气，不无遗憾地幽然叹道，“可惜……的是……我……已经……不能看……到你……叱咤风……云的……那……一天了……”

丁衡的声音愈来愈低，说到最后一个字时，已是悄然无声，几不可闻，可是他的脸上，至死都带着一丝微笑，一种无悔的微笑。

一声惊雷从半空炸起，闪电划过夜空，形似白昼。纪空手紧紧地抱住丁衡愈来愈冷的身躯，两行泪水缓缓地从他的面颊流下。

“韩爷，我要离开淮阴。”纪空手脸上依旧带着几分悲痛，遥看天上的那一片流云，断然道。

韩信并不因此而感到诧异，当他听纪空手说起这两天来淮阴城里的这几起命案都与他有所关联的时候，他心惊之下，也认为离开淮阴是纪空手此刻的最佳选择。

“你舍得离开吗?”韩信觉得这个问题问得有些傻，照纪空手此时的处境，舍不舍得淮阴他都必须离开，这是无法逃避的事实。

纪空手并没有直接回答这个问题，而是依然盯住那一片在天空中缓缓移动的流云，不无惆怅地道:“我自小就生长在这个城市里，若说没有感情，那是假的。随着我的年龄一点一点地增长，我又经常问着自己，我真的属于这座城市吗?如果回答是肯定的，那么这么多年来，这座城市又给予了我什么?贫穷、饥饿、居无定所，难道这些东西就值得我去留恋吗?不!我想我不属于这座城市。”

他摇了摇头，将目光转移到韩信的脸上，缓缓接着道:“这些年来，我想我最大的收获，应该是得到了两个好朋友，一个是丁衡，也就是丁老夫子，另一人就是你。这是我唯一不会后悔的事情，如今丁衡去了，我更加珍惜你我之间这种同生死、共患难中产生出来的友情。”

韩信微微一笑，没有说话，只是将自己的手伸出，与纪空手紧紧握在了一起。

“这几天来，发生了太多的事情，每一件事情都似乎向我预示着我的未来会有所改变，特别是丁衡临终之前，曾经对我说过这么一句话，他相信我不是一个平凡的人。”纪空手的眼中透出一丝亢奋与自信，缓缓接着道:“于是我就想，连别人都对我充满信心，我又有什么理由选择自暴自弃?既然淮阴已经不适合我发展，那我为什么不走出淮阴，去迎接更大的挑战?”

韩信道:“那就让我陪着你，到沛县去，这本来就是我们事先商量好的计划。”

纪空手眼睛一亮:“我正有此意，与其在这里无所事事，倒不如我们现在就去。以樊哙在乌雀门的地位，完全可以安排一个适合我们的位置，再说，我也非常牵挂刘邦的伤势是否完全康复。”

韩信一听，顿时兴奋起来，道:“对呀，我们毕竟是他的救命恩人，他也算是沛县黑白两道吃得开的人物，只要有他一句话，就足够我们混一辈子啦。”

“混？”纪空手眉头一皱，道，“如果要混，在淮阴城里当个无赖也不差，何必还要跑到沛县去？我们既然要去沛县，就一定要有所作为，出人头地。”

韩信苦笑道：“就凭我们？一到沛县，就算是踏入江湖。江湖险恶，单凭头脑显然不行，江湖江湖，终究还是要凭实力说话。”他顺势摆了个掷飞刀的架势，显然又想到了樊哙那一夜在树林里的英姿，好生羡慕。

纪空手沉吟半晌，深深地看了韩信一眼，咬咬牙道：“韩爷，你是否真的把我当作兄弟？”

韩信顿感莫名其妙，搔了搔头：“这还要问吗？一直以来我唯你马首是瞻，虽然我比你年长两三岁，可我一直把你当作兄弟看待。”

纪空手伸出掌来，两人一拍，道：“有你这句话，我便知足了。”他从怀中取出玄铁龟来，小心翼翼地捧在手上道，“这是丁衡相赠之物，他再三叮嘱，此物乃江湖武人无不觊觎之物，万不可让外人知晓。不过我想，你我既是兄弟，就不是外人，我没有必要瞒你。”

韩信将玄铁龟接到手中，端详半天，发现双龟除铁质一寒一热外，别无不同，咧嘴道：“纪少，你可又拿我开心了，这不就是两只小铁龟吗？送到当铺去，最多也就值个三五钱银子，根本用不着弄得这么神秘兮兮的。”

纪空手摇摇头，道：“你可知道它来自何处？”

韩信道：“我还真不知道。”

“它是丁衡从漕帮总坛盗来的，而且一经现世，便出了淮阴这几宗命案。你想想看，有这么多人为了它而不惜生死，它还会是无用之物吗？”纪空手一五一十地将玄铁龟的传说说了出来，顿时吓得韩信目瞪口呆，半天都合不拢嘴。

“如果我们能破解出其中的奥秘，那么岂不是可以纵横天下、驰骋江湖了么？”韩信啧啧称奇，重新打量起这两只毫不起眼的玄铁龟来。

纪空手道：“所以说这就是我们最大的本钱，只要我们能把握住这个机会，就算我们不去投靠刘邦、樊哙，也会有出人头地的一天。否则的话，你我就注定了寄人篱下，靠别人给饭吃了。”

韩信被他一激，信心大增：“凭你我的头脑，相信终会破开这玄铁龟的秘密。我就不信，这天下间还有能难得了我们两兄弟的事情。”

当下两人简单地收拾了一下行李，向文老大道别，文虎听了他们的去意之后，眼见挽留不住，便送了些银两，叮嘱几句。

纪空手与韩信结伴出了淮阴，走出百步之后，两人不约而同地转过身来，恋恋不舍地看了一眼。

“淮阴啊淮阴，今日老子去了，但是总有一天，老子还会风风光光地再杀回来！”韩信闷了半晌，突然大声吼了起来，惊得几个路人驻足观望。

纪空手微微一笑，道：“但愿你我能够梦想成真！”说完这句话，两人扭头就走，再也没有回头。

由淮阴到沛县，相距不过三四百里，水陆皆可通达。纪空手心知丁衡的死颇为蹊跷，那三名蒙面人绝非是凑巧遇上，假若他们身后大有背景，他们的同伙必然会寻丝问迹地怀疑到自己的头上。因此，为了保险起见，纪空手还是决定走比较难行的陆路，这样一来，纵是遇上突发事件，他们也好趁机逃逸，总比在船上坐以待毙要强。

主意拿定，两人避开大路，攀上了一座大山，沿着一条采药人走出的山道走了几个时辰，终于看到了山脚下的凤舞集。

只要到了凤舞集，就算是出了淮阴的地界，进入了沛县境内。顺着山路而下，没过多少时候，两人便进入了凤舞集。华灯初上，凤舞集颇为热闹，除了本镇的居民之外，因为这里是三郡交界的必经之道，所以还有不少外来的旅人与商贾。

纪空手与韩信毕竟是少年心性，喜欢热闹，又仗着口袋里有几两银子，便择了一家颇具规模的酒楼用起膳来。

叫了满满一桌的好菜，两人又喝了一壶好酒，醉意醺然间，韩信的心性乱了起来，悄声道：“纪少，我在淮阴的时候，就听说凤舞集的女人出奇的勾人，难得来这么一次，咱们是不是也去见识一下？”

纪空手趁着酒性，想起那一夜桃红的猫叫声，心里顿时有些痒了，道：“韩爷有此雅兴，纪某当然奉陪，只是我们初来乍到，不知行情，可别让人敲了竹杠。”

“问问不就行了吗？”韩信刚要站起，却见旁边桌上过来一个猥琐汉子，眼珠滴溜溜地转个不停，一看就知道是个无赖出身，双手一拱，笑嘻嘻地道：“两位兄台请了，在下王七，这厢有礼了。”

“王七？”韩信与纪空手对视一眼，一脸茫然，显然都是头一遭听说这个名字。

“两位不用想了，咱们的确是头一遭见面，听两位的口音，倒像是淮阴人氏，若两位想找乐子，我倒介绍一个好去处。”王七大咧咧地坐下，大有骗吃一顿的意思。

“哦，何不说来听听？”纪空手问道。

“凤舞集最有名的便是花间派名下的天香楼，不若两位与我同去，包二位满意！”王七肯定地道。

纪空手与韩信不由相对笑了。

天香楼给人的第一印象，就是气派，像是有钱人家的一个庄园。

纪空手与韩信虽然都是头一遭嫖妓，但是他们自小就混迹于青楼赌场，对其中的门道轻车熟路，根本就不像是一个生手。

三人在一个妖冶妇人的领路下，上了一座楼阁，楼内布置典雅，丝毫不见粉俗之气。

“好去处，好去处，能把青楼经营成这等气派，生意想不红火都难得很呀！”纪空手忍不住啧啧称奇。

“待会儿叫了姑娘来，纪少才知道什么叫物有所值了！”王七眨了眨眼睛，嘻嘻一笑。

其实他们一路行来，不时遇到一些换场的姑娘从身边经过，其中不乏美女艳妇，见得纪、韩二人少年俊美，英气勃发，不时抛来媚眼，眉梢眼角尽是撩人的风情，害得纪、韩二人直吞口水，大饱眼福之下，已是心猿意马。

在期盼中等来两位姑娘，果真是二八佳丽，眉间含情，生就一副惹火身材，紧挨着纪、韩二人坐下。王七笑了起来，打趣道："两对新人坐在一起，真是绝配，所谓春宵一刻值千金，在下再不识趣，纪少、韩爷就要怪我不懂调调了。"当下接过纪空手递来的几钱散碎银子，道了声谢，径自去了。

纪空手与韩信对这等场面虽然见得多了，可叫姑娘毕竟是头回，难免有几分羞涩，倒是这两位姑娘落落大方，擅长交际，几句话下来，彼此变得熟稔起来。

纪空手正要叫些酒菜来，把酒言欢，刚一站起身，忽觉肚子痛得难受，知道是吃坏了东西。当下匆匆离开厢房，问明路径之后，直奔茅房。

待了半盏茶的工夫，纪空手才觉得肚子舒服了些，正要起身，忽听得一阵脚步声传来，有两人进得茅房，正好就在纪空手蹲位的隔壁站住。

"你真的没有看错?"一个粗大的嗓音刻意压低声调道。

"没错，我仔细问过了，的的确确是那两个小子。"一个似曾耳熟的声音传到纪空手的耳中，令他心神一跳，因为他听得分明，这说话之人就是把他和韩信带到天香楼的王七。

"他们现在何处?"那粗大嗓音者沉吟片刻，兴奋地道。

"被我安排在小翠、秋月的房中，我还要她们替我盯着哩。"王七笑嘻嘻地道。

"好，我们先稳住他们，等到朱管事来了，再动手也不迟。"那粗大嗓门说道，同时一声水响，这人显是耐不住了，撒了一大泡尿。

两人匆匆而去，留下纪空手一人待在茅房里，冷汗迭冒，手脚冰凉，明白他们被这王七卖了。

直到此刻，纪空手才豁然明白，这王七之所以如此热心，不仅仅是骗吃喝打秋风这么简单，原来他早已看出了自己的底细，知道有人正在追查自己的下落，是以才会请君入瓮，骗自己来到这天香楼。

这样说来，要追查自己的人显然来自花间派，而且最大的可能是与那天长街出现的被杀的三个蒙面人有关，否则他们不会知道自己与丁衡的关系。

想到这里，敌人的意图已经十分明朗，就是冲着玄铁龟而来，自己此番只怕是凶多吉少了。

纪空手提起裤子，走出茅房时，他的脸上已经有了一丝笑意，因为他已经想好了一个绝妙的主意。

纪空手的主意不仅绝妙，而且简单有效，关键在于不能有怜香惜玉之心。

这个主意就是要委屈一下两位美女，将她们捆成一团，塞到床底，再寻出美女的汗巾，堵住她们的嘴，然后他们乔装打扮，男扮女装，大摇大摆地走出了天香楼。

一出天香楼，韩信的脸都白了，轻舒了一口气，道："好险，好险，鱼儿没吃到还差点惹了一身腥。"

纪空手瞪他一眼，道："我们可还没有脱离险境，要想活命，就得少说话，多跑路。"腰肢一扭，已是行走如风。

一连走过几条小巷，到了一个暗黑处，两人脱去女装，正要易容成另一副模样，却听得"叮……当……叮……当……"一阵铿锵有力的打铁声从小巷的深处悠然传来。

"前面有家铁匠铺，不若我们去打两把兵器防下身，也好胜过手无寸铁呀！"纪空手提议道。

小巷尽头，一家门面破旧的兵器铺出现在视线之内，一个瘦小却精干的驼背老者正站在烈焰熊熊的炉火前，全神贯注地一锤一锤地敲打着一件几近成形的刀坯。

"喂，老头，生意上门了，也不招呼一下吗？"韩信难得身上有钱，免不了大咧咧地喝道，因为他始终觉得有钱就是大爷，自己照顾了别人的生意，就理所当然该是别人的大爷一般。

那驼背老者仿佛根本就没有听到一般，依然一门心思地打造着手中的刀坯，眼神中似有几分亢奋。他挥臂的姿势虽然非常难看，却有板有眼，敲出了动听悦耳的节奏，让人感觉到有一种丝毫不逊于丝竹管弦所奏出的韵律之美。

韩信不由得与纪空手相视一眼，脸上露出几分诧异，又耐不住这自火炉中散发出来的烈焰热浪，不自禁地退了一大步。

“你耳朵聋了，没听到我在跟你说话吗？”韩信既担心敌人追至，又恨这老头如此高傲，心中顿生出一股怒气来。

驼背老者抬起头来，眼中逼射出一道寒芒，横扫在纪、韩二人的脸上。

纪、韩二人顿时感到有一股寒意生出，迫得他们不寒而栗，再退一步。

老人重新低下头，手臂挥动间，又是一阵叮叮当当声，敲击着手中的刀坯。这几下动作飞快，疾如狂风骤雨。过了片刻功夫，顺手将手中已经铸成的黝黑刀坯探进一旁的盐水盆中，便听得滋滋声响，一股白色的水雾弥漫了整个空间。

纪空手看得入神，心中暗道：“此人动作娴熟，做工精细，想必做这一行颇有些年头了。只要我好生相求，再送上银子，说不定可以买到一两把宝刀利刃。”他正想着心事，那老者见水雾散尽，蓦然大手一抬，只见一道豪光如电芒般跃入虚空，一时满室生辉。

第三章　铸刀奇缘

纪空手与韩信顿觉眼前一亮，如同在阴沉的天气里，陡然见到骄阳破云而出，给人一种强光刺眼的感觉。二人不期然地心中一凛，身不由己地再退两步。

待这种惊悸慑魂的心情稍稍一缓之后，二人才定睛看去，只见刚才老者拿在手中的那把毫不起眼、通身黝黑的长刀，此时却变得豪光闪闪，凛凛生寒。

“好刀!”纪空手与韩信几乎是异口同声地叫起好来。二人自小混迹市井，绝非胆小之人，但是面对这把刚出炉的长刀，却在无形中感到了一种令人窒息的威压。

老者依然眼芒跃动，全神贯注于手中的长刀，对纪、韩二人的赞叹充耳不闻，深深地吸了一口气后，蓦地见他右臂一动，刀光闪过，已将他自己的左手食指划出了一条血口。

鲜血如露珠凝固，缓缓溢出，老者似乎丝毫不觉疼痛，眼中绽放出一种狂热而痴迷的神态，小心翼翼地将血珠滴在刀身之上。

“刺……”血雾扬起，顿生猩气，升入空中渐化无形，但在雪白锃亮的刀面上，赫然多出了两滴如泪珠般的血痕，抹之不去，让人一见之下，顿生一种凄美悲凉的心境。

“英雄建伟业，宝刀当饮血，十步杀一人，轻生如离别。离别，离别，就叫离别刀吧!”老者深情地抚摸着刀身上的血痕，悠然而道。

纪空手乍听老者随口吟出的诗句，心中惊悸俱灭，陡生一股豪情，觉得做人一世，就当干一番轰轰烈烈的事业，不说为天下苍生、黎民百姓，就算是为了丁衡，为了自己，也当努力拼搏，方不枉来这人世走一遭。

试问众生，有谁不想荣华富贵？有谁不想权倾天下？纪空手自然也不例外。

他眼珠一转，先瞅了瞅铺子里排列整齐的满架兵器，又将目光停留在老者手中的宝刀之上，暗忖道："不比不知道，一比吓一跳，若是把铺子里的兵刃与这把刀相比，简直就成了一堆无用的垃圾。如果我有了它，倒是可以保得一时性命无虞。"

思及此处，他与韩信相视一眼，大有不得此刀誓不罢休的决心。

"老师傅，在下这厢有礼了。"纪空手毕恭毕敬地行了个礼。

老者仿佛直到此刻才发觉身边多了两个人，目光从宝刀上离开，稍稍打量了两人一下，微微一笑，道："二位是在跟老夫说话吗？"

"是的，我们是外地人，这次路过贵地，正好需要一两件称手的兵器防身，不知老师傅手中的宝刀肯否割爱？"纪空手见他神情缓和，似有商量的余地，赶紧说明来意。

"哦，你们想要这把刀？"老者摇了摇头，答非所问地道："照你们的眼力来看，老夫这长刀铸得如何呀？"

纪空手见他一脸的得意之色，正是一个铸兵师完成了一件得意之作所应该出现的表情，不由投其所好，由衷赞道："这刀的确是一把好刀，相信就是传闻中的当世三大著名铸兵师亲手打造，也不过如此。"

老者哈哈一笑，目光重新回到宝刀身上，道："刀虽是好刀，但未必就是世间最锋锐的兵器。其实无论什么样的神兵利器并不重要，重要的是使用兵器的人。在大师手中，飞花摘叶已可伤人，在庸人手中，神兵利刃也只是切菜屠狗的工具。"

他言语之中已有不屑之意，似乎根本就没有将纪、韩二人放在眼里。纪空手与韩信都是聪明之人，哪里听不出他话外之意？脸上顿时露出失望之色。

老者看在眼中，心有不忍，淡淡笑道："二位若是真想要刀，不妨就在这铺子里任选一件，老夫可以保证，这铺子里的兵器就算再劣再次，比起一般的兵器铺来，只怕还要略胜一筹。"

纪空手犹有不甘，道："何以老师傅就不肯将手中的宝刀割爱呢？"

老者摇了摇头，道："不是老夫不肯割爱，实因这宝刀另有主人，老夫花费三年的心血铸得此刀，就是等着有一天亲手奉到它的主人面前。"

纪空手无奈之下，只得与韩信入店，随手抓起一柄刀来，还未细看，却听得有一阵人声与脚步声由远及近迫来。

纪空手心中一惊，探头一看，却见巷外的半空中一片火光，照得整个市集亮如白昼，显然是花间派的人发现了纪空手的调包计，大张旗鼓地搜索而来。

韩信惊道："糟了，我们只顾买刀，却忘了身处险境。"

纪空手提起刀来，拔腿就跑，刚刚跑了几步，却听得巷外人声已近，火光耀眼，追兵竟然堵在了巷口。

"在这里，你们看，这里还有两套换下的衣裙。"有人大声呼道，接着巷子里便传来纷沓而至的脚步声，如急雨般打在小巷的青石板上。

纪空手这才想到自己一时疏忽，竟然留下了一个老大的破绽，当下也不犹豫，转身回跑，重新回到了兵器铺。

"老师傅，能否让我们在这里躲上一躲？"纪空手一脸惶急地道。

老者目睹着纪空手跑动的每一个动作，眼中闪过一丝诧异之色，似乎有些不敢相信自己的眼睛所见。等到纪空手跑到身前，他又重新打量了纪空手一眼，道："这些人只是花间派的小角色，你又何必怕他们呢？"

他压根儿就没有看见那些人的人影，就能从对方的脚步声中听出武功路数，这不由得让纪空手大吃一惊。他忽然明白了，眼前这个其貌不扬的老头，竟然是个深藏不露的高手！

"老师傅也听说过花间派么？"纪空手似乎镇定了许多，虽然脚步声愈来愈近，但他的神情已恢复了常态。

老者笑了笑，道："花间派位列七帮之一，除了其掌门莫干和几位管事有几分能耐之外，其他的人不过是滥竽充数，壮壮声势，两位不必害怕。反倒是老夫有一句话想问问你，希望你能照实回答。”

“但问无妨。”纪空手怔了一怔，赶忙说道。

“你是否就是淮阴的纪空手？”老者眼芒一闪，直直地逼射在纪空手的脸上，神色极是凝重。

纪空手显然不明白老者何以会有此一问，更不明白老者真正的用意，他感到奇怪的是，自己只是一个流浪街头的小无赖而已，这位老人怎么会知道他的名字？

“是，我就是纪空手。”纪空手面对老者咄咄逼人的目光，虽然未知吉凶祸福，却断然答道。

老者的脸上顿时露出一股温和的笑意，缓缓地道：“幸会，老夫名为轩辕子，乃丁衡的朋友。”

他此话一出，纪空手又惊又喜，惊的是他从来就没有听丁衡提过轩辕子这个人；喜的是轩辕子既是丁衡的朋友，又知道自己的姓名，此刻大敌当前，想必他不至于袖手旁观，自己或可逃过此劫。

韩信没有想到事情居然出现了一丝转机，高兴得有些忘乎所以，伸手拍了一下轩辕子的肩头。

“哎哟……”他惨呼一声，手刚触及轩辕子的肩膀，便感到有一股大力反震过来，几乎将他摔了个四脚朝天。

“好功夫！”韩信伸出舌头，做个鬼脸，由衷赞道。先前惊惶如丧家之犬的模样已荡然无存，因为他心里清楚，有了轩辕子这个保护伞，自己想不安全都不行。

便在这时，马嘶长啸，蹄声正疾，三人三骑如旋风般驰入小巷，马上骑士一带缰绳，骏马人立长嘶，然后前足着地，在兵器铺的门口悠然停步，呈一字形排开。

随着马嘶声的节奏，小巷四周已是火光映天，数十名持刀弄棍的汉子密布而立，已经对这条小巷形成了包围之势。

轩辕子却视若无睹，只是深深地凝视着纪空手，半晌才道：“丁衡呢?”

他本不想问，因为他了解丁衡，如果丁衡没有出事，他根本不会让纪空手离开淮阴，但是他又不愿接受这样残酷的事实，是以心有不甘，希望能听到一个与自己的预感截然不同的结果。

纪空手眼圈一红，没有说话，只是低下了头。他的表情似乎说明了一切。

轩辕子的脸色变得煞白，几无血色，拿刀的手出现了一丝轻微的颤动，显示着他的内心并不平静，沉浸在悲痛之中。

然后他紧了紧手中的离别刀，缓缓地走出店门。走出几步之后，突然回头道:“我之所以能认出你来，并不是我们曾经见过面，而是你的身法中有见空步的影子，而一年前丁衡来此地时又提到过你，我相信以丁衡阅人无数的眼光，定不会看错人，所以假如我死了，你就是离别刀的主人。”

他说完这句话时，人已站到了马前一丈处，双脚不丁不八，气度沉凝如山，刀已在手，杀气溢泄空中。

马上三人心中无不凛然，似乎都感受到了轩辕子身上透发出来的压力。轩辕子的出现显然出乎他们的意料之外，更没想到在这凤舞集还能遇上像轩辕子这般的高手。

“朱子恩、李君、谢明，花间派三大管事一齐光临敝店，是想照顾小店的生意呢，还是想拆小店的台?”轩辕子冷哼一声，眼芒扫过，一口叫出了对方三人的名字，显然对这三人的底细了若指掌。

这朱子恩、李君、谢明的确是花间派有数的高手，在江湖上也算得上是响当当的角色，可是听轩辕子的口气，似乎并没有将他们放在眼里，这不由得让他们心惊之下，小心戒备。

“不敢，在下前来，与前辈并不相干，只是为了前辈铺子里的那两个小子而来。倘若有冒犯之处，还请海涵!”朱子恩看出对手绝非泛泛之辈，抱着多一事不如少一事的想法，依照江湖礼数，抱拳而道。

轩辕子冷哼一声:“谁说他们与我毫不相干?他们在我的铺子里，就是我轩辕子的衣食父母，只要他们不踏出我店门一步，我就绝不允许有人动他们!”

朱子恩闻言大惊，若非亲耳所闻，他根本就不相信眼前这位精瘦驼背的糟老头竟会是名动天下的三大铸兵师之一!

要知道，作为江湖中人，每天过的是刀尖舔血的日子，纵然一时风光无限，但一觉醒来，还不知道明日又会遇到怎样的凶险。因此，只要是在道上混的，他们最大的梦想就是希望有朝一日能够拥有一件神兵利器，不仅能够防身，也可用来杀敌。

所以，但凡优秀的铸兵师，都会获得江湖中人的尊敬，而轩辕子无疑是他们中间的佼佼者。像这样一个名人，竟然会隐居在这凤舞集的兵器铺里，难怪朱子恩的心中有几分不信。

“敢问前辈，您真的就是樊山轩辕子?”朱子恩不由追问了一句。

“难道这江湖上还有几个轩辕子吗?”轩辕子冷傲反问道。

朱子恩与李君、谢明相视一眼，顿感今日之事颇为棘手，虽然他们在人数上占有绝对的优势，但轩辕子更是一个不容任何人小视的对手!

“这么说来，前辈是一定要与我花间派作对了?”朱子恩道。

“你错了，并不是我想与你们花间派作对，而是你们要与我作对。我好好地在这里卖艺求生，你们却要砸我的买卖，其错并不在我。”轩辕子微微一笑道。

朱子恩咬咬牙道：“如果前辈的确是因生意上的事与我们计较，你开个价，我把这里的兵器悉数买下，这样一来，前辈应该不会为难我们了吧?”

轩辕子道：“此话当真?”

“当真。”朱子恩爽快地应道。

“那好!你只要付得出三十八万九千二百两现银，我马上拍屁股走人。”轩辕子伸出手来，一本正经地道。

“原来前辈是在消遣我。”朱子恩的脸一沉，大手已经落在了腰间的短矛上。

轩辕子哈哈一笑道：“你太抬高你自己了。”他将手中的宝刀微抬，刀身反射火光，正好投射在朱子恩的脸上。

“你可认得，这刀是用何物打造而成?”轩辕子似乎并不在意朱子恩握矛的动作，反而悠然问道。

朱子恩明知贸然动手，绝无把握，只得随口答道：“倒要请教。”

“此刀乃是用一方玄铁打造，要知玄铁一物，产于东海深处，世人欲求一睹已是太难，更不用说拥有此物了。我历经三年，费尽心血，精心锻造，直到今日才铸刀有成，想来思去，还是你们三位运气好哇!”轩辕子一脸艳羡，感叹不已，说得朱子恩好生糊涂，如坠雾里。

“我们运气好在哪里?”朱子恩忍不住心中的好奇，问道。

轩辕子眼芒一寒，道：“好在你们可以为它一试刀锋!”

他话音一落，只见一道白光亮起，快如电芒，他的人伏地而去，长刀所向，锋芒毕现，只听得马嘶悲鸣，三头骏马瞬间仆地而倒。朱子恩三人心惊之下，飘下马背，手执短矛，已将轩辕子团团围住。

原来轩辕子之所以说了这么多话，只为扰乱敌人的心神，然后抓住机会，一刀出手，已然将对方的马匹齐膝斩断，但见残马流涕，哀鸣不已，血肉狰狞，其情其景惨烈而诡异。

轩辕子一招之下，已尽现高手风范，虽然人在三敌包围的中心，却怡然不惧。

他入道江湖数十年，平生最喜恶战，今日又有离别刀在手，令他更生豪情，当下也不犹豫，大喝一声，刀已出手。

刀锋绽放出一道绝美的幻痕，划向虚空，寒光凛凛，竟然不染一丝血迹，这正是绝世宝刀之特点——血不留痕!

在刀出的同时，朱子恩、李君、谢明开始移动身形，三人踏着不同的步伐，形成一种奇异的节奏，挥矛而出，竟然破去了轩辕子这必杀的一击。

轩辕子一刀不中，立马回撤，不是向前，而是向后直退，因为他看出了这三人之中，以谢明的实力最弱，而在这个时刻动手，正是三人步法移动之后，谢明进入他身后空间的时间。所以，谢明就是轩辕子要攻击的第一个目标。

“呼……”离别刀在该出现的地方出现了，刀锋反撩，如电芒般刺向谢明的咽喉。

这一刀，快得不可思议，等到谢明挥矛格挡时，刀锋已滑过森冷的矛身，磨擦出一串耀眼的火花，直扑向他的面门。

谢明大惊之下，只有弃矛一途，否则他的五根手指便难以保住，同时他的身体硬生生地借力向左横移，疾移七步。

轩辕子一刀就迫得对手两手空空，当然不会错失良机，刀锋一转，如阴魂不散的幽灵追斩向谢明的腰际。

如此迅猛的动作与速度，谢明很难在瞬息之间作出应有的反应，脸色惨白之下，已无血色，双眼蓦生恐惧……

但是事实并非如人想象，就在轩辕子的刀锋强行切入到谢明腰间一尺之距时，朱子恩的步法已经到位，正好伸矛挡住了这凌厉一击。

“轰……”刀矛迸击间，朱子恩的身体向后跌退数步，一口血雾喷射而出。

他的内力明显不及轩辕子，以硬抗硬，自然不是最佳的选择，同时他的短矛也无法对抗玄铁刀的锋锐，“哧……”的一声，矛尖竟被削去。

轩辕子亦被气浪一震之下，感到气血翻涌，身形微晃间，蓦然觉察到一股强大的杀气从身后迫来。

他此时正是旧力已尽、新力未续之际，敌人选择在这个时候偷袭，显然经验的确老到，他只有侧身避让。

他现在需要的是一点时间，只要让他缓过一口气来，就可以理顺自己的内息，从而还原功力。但是李君显然也看到了这一点，利矛在手，舞得虎虎生威，漫天攒动，如行云流水的攻势掩杀而至，丝毫不给对方以任何喘息之机。

轩辕子无奈之下，突然一声大喝，身形立定，以自己的手臂作出一个大的摆幅，硬生生地将咄咄逼人的矛锋夹在腋下。

五尺短矛撼然不动，矛尖却在轩辕子的腋下划开了一道尺长的血口，空气中顿时弥漫出一股浓烈的血腥味，轩辕子果然强悍，一狠至斯。

李君没有想到轩辕子竟会用这种方法破去他如水银泻地般的攻击，两人相距不过尺许，四目相接，竟连轩辕子脸上鼓起的血筋与颤动不已的白眉都清晰至极，一目了然。

轩辕子的眼芒如电，怒气贯眉，借着这一顿的时间，功力尽复。他毫不犹豫地飞出一脚，犹如重锤般狠狠地朝李君的腿膝处踹去。

“嗖……”腿势之快，犹如奔雷，李君不抱任何的幻想，选择了唯一正确的反应，弃矛！

弃矛是李君唯一能够逃生的方式，也是最为正确的方式，所以李君没有一丝的犹豫。此刻的轩辕子就像是一头受伤的猎豹，长刀扬起，展开了绝地反攻。

朱子恩三人唯有退，沿着来路而退。但轩辕子显然不想放过他们，沉重的脚步如两军对垒时的鼓声，响彻于小巷的上空，杀意盎然地缓缓向对手一步一步迫去。

以青石板铺就的巷道，在这一刻间一片死寂，那足以让人窒息的压力充斥着每一寸空间。

纪空手与韩信连大气都不敢喘，躲在铺门之后，目睹着战局的整个过程。当轩辕子孤身一人独对群敌展露出的那股豪情迸发出来的时候，纪空手这才明白，有的时候武功高低并不重要，重要的是要有怡然不惧的勇气，就像此刻的轩辕子一般。

虽然此时的战局对轩辕子十分有利，但纪空手的心中依然还有几分莫名的恐惧，这不仅是因为此刻小巷中充满了摄人心魄的杀气，更是因为轩辕子的那一句话。

“假如我死了，你就是离别刀的主人。”轩辕子这么说道，但听在纪空手的耳畔，心中却生出了一丝不祥的预兆，他突然发觉，这很有点像是临终托孤的味道。

纪空手知道玄铁龟给自己带来的麻烦还不仅仅是一个开始，真正的危机显然潜伏在后，会给自己带来无穷的后患。

纪空手想到这里，忽然灵光一现："既然玄铁龟如此重要，在花间派人的眼中，自然比我们这两条小命值钱。只要他们找不到它的下落，自然就不敢对我们下手，这玄铁龟无形中也就成为了我们的护身符。"他熟知人性的弱点，对人的心理也算是理解得十分透彻。既然前有投鼠忌器的典故，那么在玄铁龟与他们的生命之间，孰轻孰重，花间派人不会不懂。也唯有如此，他和韩信才能最终保全性命。

纪空手仔细地打量着这铺子里的每一个地方，用不同的视角来衡量藏匿地点的可靠性，最终他将目光锁定在了火炉旁边的那只大风箱上。

他心中一喜，蹑手蹑脚地爬将过去，将风箱拆下，搁在火炉的平台上，正要把玄铁龟藏入其中。

就在此时，屋外传来轩辕子一声大喝："杀！"如一道惊雷乍起，轰震四方。

纪空手吓得脸无血色，手一哆嗦，两只玄铁龟应声而落，在炉台上滚了几滚，正好掉进了那炉青红色的烈焰之中。

轩辕子的身形甫动，杀气四溢，刀锋破空，犹如风雷隐隐。他这一刀已有必杀之势，毫不留情地向朱子恩三人的头上斩落。

朱子恩退得不慢，却没有料到轩辕子的刀会比他们想象中更快，仓促之间，李君接过朱子恩递上的半截短矛，硬生生地挡了一记。

"当……"刀矛相接，气旋爆裂，发出一声刺耳的惊响。

李君蹬蹬蹬连退三步，几乎无法承受轩辕子借着刀身透传而来的压力，而他手中的短矛也被离别刀削去一截，所剩不过一尺来长，但这一切只是让轩辕子的身形略顿了一顿，根本挡不住轩辕子那如水银泻地般的狂猛攻势。

"看你能挡得住老夫几刀！"轩辕子怪笑一声，刀势更烈，犹如暴风骤雨般卷向李君，气势端的骇人。

李君再退三步，突然稳住身形，不再退缩，这本是一个反常的举动，在他的身后，依然还有一段空间可以供他闪避，但是他再也没有退却，而是手挥短矛直迎而上。

“当当当当……”刀矛在虚空中漫舞，一攻一守，眨眼间交击了四个回合。

谁都看得出李君是拼命死撑，绝对不会是轩辕子的对手，更无法抵挡离别刀的锋锐，此刻他已喷出两大口鲜血，短矛也只剩下手握的一部分，眼看就要赤手与对方相搏了。

不难想象，当一个人的武功不如对手，而对方更有削铁如泥的宝刀的时候，他最终将会是怎样的一个结局。

轩辕子为李君这突然表现出来的强悍感到诧异：李君本来用不着如此苦撑下去，他至少还可以退。

一丝疑问闪入轩辕子的思维中，同时他捕捉到了李君的脸上不经意间泛出了一丝邪邪的笑意。

轩辕子大惊，他没有看错，李君的脸上竟然真的露出了得意，这种得意，通常是一个人在阴谋得逞时才会表露出来。

轩辕子的心一下子变得透凉，因为他感到了一股如电般的杀气从背后迫来。

“轰……”在他的身后，是一道木墙，突然间裂开无数道裂缝，碎木横飞间，一杆如恶龙般的长矛从木墙中破空而来。

“莫干！”轩辕子蓦然明白了来者的身份，更明白自己掉进了莫干事先设下的圈套中。其实莫干早就来了，只是利用朱子恩三人为饵，然后躲入暗处，企图一击成功。

可惜轩辕子知道得太迟了，等他明白眼前发生的一切时，他已经没有时间来化解莫干这一式势在必得的杀招。

花间派能列入七帮之中，这本身就说明了莫干的实力。换作平时，以轩辕子的武功，未必就一定能胜过莫干，何况他此时人在明处，莫干在暗处，以逸待劳，出其不意，轩辕子根本就躲不了这精心布置的刺杀。

“呼……”他连忙运聚全身的功力，硬将身形由左向右横移了八寸，同时运力于肩。他的位置刚变，长矛便从他的喉间贴着擦过，击中了右肩的中心处。

轩辕子惊痛之下，反而激发了体内的潜能，连挥数刀，劲气飙射，如堵堵气墙横立虚空，阻挡住莫干的攻势。同时身体向后急滑，退出三丈开外，这才站稳身形。

他抬眼一看，只见一个矮胖老者手持长矛，身着一袭华服，一脸富态之相，乍眼看去，谁也不会把他当作闻名黑白两道的花间派掌门莫干，只有当他微眯的眼眸里闪出一道寒芒之时，才隐现他一帮之主的赫赫威势。

这一刻，小巷倏然变得很静，只有兵器铺里那只大火炉里发出一阵“刺刺……”之响。

当然，除了纪空手与韩信外，没有人会注意到这种小事，其他的人都把目光投在了轩辕子与莫干的身上，仿佛完全被这场即将爆发的决战而吸引。

“完了，彻底完了。”纪空手心中的痛苦简直是无以言表，当玄铁龟掉入烈焰中的刹那，他的心仿佛从高山滚落，直坠深渊，那种无奈与失落的感觉，好像永远没有尽头。

难道这就是命？

难道自己真与江湖无缘？

如果这问题的答案是肯定的，那么丁衡死得岂非不值？轩辕子这番拼命岂不是拼得很冤？而自己，岂非就是一个罪人？

纪空手只觉头大欲裂，思路乱如团麻，心中的结一环紧套一环，无法解开。浑浑噩噩中，眼睛死盯着那熊熊燃烧的烈焰，眸子里已是一片空洞。

轩辕子一门心思都放在莫干的身上，根本就没有精力注意铺子里的动静。他听到了一种声音，却不是来自于火炉，而是来自他自己的肩上，血珠坠地，滴答不停……

“你没事吧？”莫干回头望了李君一眼，眼神中露出一丝欣赏之意。正是因为李君死死地撑住轩辕子如潮水般的攻势，才给他创造了一个绝佳的偷袭良机。

“属下没事，还能挺得下去！”李君毕恭毕敬地答道，同时狠狠地瞪了轩辕子一眼。

“你没事就好，否则我不管他是不是轩辕子，还是什么铸兵师，我都要将之大卸八块，以泄你心头之恨。”莫干淡淡地道，仿佛此刻的轩辕子，已是他砧板上的鱼肉，任他宰割一般，随即又补充了一句，“不过既然你没事，我就只给他一招，一招足以致命的绝杀！”

他显然想激怒轩辕子，高手对决，讲究心境平和，只有让轩辕子动了真火，他才有可乘之机。对他来说，轩辕子毕竟是一个很强大的敌人。

轩辕子明白莫干拖延时间的用意，也知道他想激怒自己的用心，但是事态的发展已经出乎了他的意料之外，渐渐地脱离了他可以控制的范围。此刻的他，只有退而求其次，只要能让纪、韩二人逃出险境，他就已经十分知足了。

“纪空手，你给我听着！”轩辕子大喝一声，一字一句地道，“从现在起，你们就开始逃，能逃多远就逃多远，是否能逃出去，就看你们自己的造化了。”

纪空手惊醒过来，不由关切地道：“那你呢？”

“不用管我！”轩辕子将刀一横，傲然道，“我倒想看看，有谁能够在我的刀下闯过去抓人！”

他说这句话的时侯，浑身上下似乎洋溢着一股豪情，眼睛是那般的坚决与深邃，就像是遥不可及的星空。

“保重！”纪空手压下自己心中的失落，语调中竟似有了一些哽咽。自此之后，铺子里便再也没有任何的动静。

莫干的脸上缓缓露出了笑意，好像一点都不着急。按理说，他今天赶来的目的是为了纪空手，而不是轩辕子，纪空手一旦跑了，他岂非竹篮打水一场空？

他之所以处变不惊，是因为他相信纪空手很难逃出这条小巷！在他的严令下，花间派的门人弟子已经包围了这里，凭纪空手和韩信的那点能耐，很难闯过去。

所以他不急，一点都不急，他相信轩辕子一定会抢先出手，肩上伤口的流血已不容轩辕子有任何的犹豫。

轩辕子的眼芒掠过虚空时，正好与莫干的眼芒在虚空的某一个点上悍然交接，于是他出刀了。

轩辕子出刀的速度也许不算最快的，力道也许不算最猛的，但他的刀一出手就绝对有效！当他挥出离别刀的刹那，莫干的眼中出现了一丝惊诧的表情。

当他听说这个兵器铺里的老铁匠竟是名动天下的三大铸兵师之一时，他除了有几分好奇之外，并不认为轩辕子的出现是个麻烦。

但是轩辕子的出手还是让他吃了一惊，当他看到那一道白光泛现虚空时，他不得不承认一个事实：轩辕子远比自己想象中的可怕！

莫干没有犹豫，就在轩辕子出刀的刹那，他向后退了一步。

轩辕子没有犹豫，刀光漫出，一道极为优雅却又极富激情的电弧划破长空，罩向了后退的莫干。

轩辕子的这一刀，不是劈向莫干，而是劈向了莫干右手方的一处虚空。

莫干的脸色一变，心中凛然，轩辕子长刀所劈的方位正是他气机中的一道空隙，也是他身形移动的必经之路。

莫干只要出手，就已失去先机！

他唯有再退，轩辕子一招得手，绝不留情，他的气势陡然疯涨，在瞬息间攻出了七招，随着七声刀矛迸击的异响，莫干出手了，他的双锋长矛亦是玄铁所铸，根本不畏对方宝刀的锋锐，从容不迫地化解了轩辕子的这一连串攻击。

轩辕子大喝一声，斜斜劈出三招之后，突然感到了从对方的矛身上传来一股反击的力量，由弱渐强，正一点一点地占据着整个战局的主动。

轩辕子身受重创在先，又失宝刃优势于后，渐渐生出力不从心之感。每一刀劈出，都感到自己置身于一个强力旋涡的中心，而旋涡中产生的向内的吸力，正消蚀着他刀锋中的锐气。

在双方攻守搏杀了七八十招之后，一声清悠的叹息，夹杂在一片矛啸之中。

矛起，升腾在隐挟风雷之声的气旋中。

“当当……”两声刺耳的脆响，引发了气流无序的裂动。

轩辕子握刀的手臂一阵酸麻，是莫干的长矛阻截了离别刀前行的势头。

轩辕子的身形一阻之下，脚下立刻错步，他看不到长矛的来处，却感受到了杀气如电芒般飙射而至，直指他的眉心深处！所以他毫不迟疑地变招，离别刀由上而下急斩而出，几乎用尽了他残存的全部力量。

“去死吧！”莫干充满杀意的声音仿佛来自于苍穹的极处，遥不可及，却又像在轩辕子的耳畔，犹如鬼魂索命的嘶号。

轩辕子的心头蓦然漫上了一股无边的恐惧，不仅骇异，而且震惊，在他的离别刀出手的刹那，他突然感到了左肋处一寒，一道冰凉的矛锋插入他的肋骨中，发出了刃刮骨骼的森然异响。

轩辕子低下了头，他终于看到了双锋矛的来处，但那寒锋已经从他的心脏一穿而过。

瞳孔在不断地扩散放大，恍惚之中，他似乎看到了莫干狰狞的笑脸。

“噗……”就在临死的刹那，轩辕子提聚了所有的力量，突然张口一喷，一口血雾带着惊人的劲气直扑莫干的面门。

这完全出乎了所有人的意料，就连莫干也没有想到轩辕子人之将死，居然还有这么一手。

他飞身直退，不敢有半点的迟疑，可还是慢了一拍，他只觉得自己的胸口遭到了重重一击，气血翻涌，有一种说不出的难受。

他在朱子恩的搀扶下，好不容易站住了身形，手捂着胸口，脸上已是一片惨白，可是当他抬起头时，却忍不住笑了。

轩辕子依然直立着，一动不动，离别刀还在手中，却已不能挥动，那充斥于空气中的杀气渐渐散尽，小巷似乎又回复到了它往日的宁静。

轩辕子死了，他与丁衡一样，在某方面的成就足以震惊江湖，但为了纪空手他们情愿付出自己的生命！

莫干冷冷地看了一眼轩辕子倒地的尸身，这才不慌不忙地想到了纪空手。可是他一点都不急，他相信纪空手两人已是瓮中之鳖，根本就逃不出他的手掌心！

“你们就在这里等着吧。”莫干深深地吸了一口气，觉得胸口的痛楚减了不少，这才甩开朱子恩搀扶的手道。

“帮主，要不要属下陪您进去？”朱子恩赔着笑脸道。

“不用，我没事，莫干淡淡一笑，他不想让玄铁龟的事情被更多的人知道。

莫干精神一振，缓缓踱步过去。刚到门口，却没有听到铺子里有任何的动静。

以他的功力，若是有心，数丈内的细微声息休想逃过他的耳目，可是他此刻人在门外，哪里见着半个人影？

“糟了！”莫干心惊之下，再也顾不得自己的风度，人如箭矢般奔进去。

铺子里的铁器物什依旧，炉火渐熄，但纪空手与韩信却在众人的眼皮底下突然不见了。

这条小巷明明已在他花间派的控制之下，纪空手两人又是怎样逃出去的？

莫干心中一动，道：“传令下去，外围的每一名弟子由外到内仔细搜索，不要放过任何角落，最后到这里集中！”

朱子恩等人听他火气十足，不敢怠慢，赶紧分头指挥。忙碌了老半天，数十人已团团围在这间铺子周围，眼睛都盯在一脸铁青的莫干身上。

莫干一眼望去，心中明白搜索毫无结果，当下沉吟片刻，道：“你们确定没有人从你们把守的区域里经过吗？”

花间派的门人弟子无不应声答道：“确定！”

“好！”莫干道，“既然如此，朱子恩，你带一队人马搜查这间铺子；李君，你带一队人马仔细搜查这一带有无水沟暗道；而谢明带一队人马迅速封锁凤舞集通往各地的交通要道！对于纪空手，我是活要见人，死要见尸！”

他的眉间现出一股杀意，显然对眼前发生的一切始料不及，这就好比煮熟的鸭子又让它给飞了，这怎不叫莫干恼火生气呢？

可是搜寻了两三个时辰，就差掘地三尺了，却还是不见纪、韩二人的踪影，这时一个在天香楼管事的弟子上前禀道：“帮主，这纪空手精通易容之术，刚才就是扮成院子里的姑娘混出了天香楼，这一次会不会又是故伎重施？”

莫干惊道：“竟然有这等事情？”

那名弟子苦笑道：“若非如此，他根本就逃不出天香楼！”

莫干怒道：“你何以现在才说？耽搁了我的大事！”抬起一脚，将他踢开，赶紧召集人马，分几路追查下去。

在他看来，既然搜寻无果，那么纪空手就已经逃了出去，而逃跑的手段，便是易容成自己的属下，然后大摇大摆地蒙混过关。

这是唯一的可能，这个假设也极有说服力，所以莫干毫不犹豫地就确定了行动的方案，改原地搜索为四处追捕。

一声令下之后，上百人马顿时消失在夜色之中，小巷终于回复了往日的宁静。

莫干一向以心思缜密闻名江湖，但是这一次却失算了。

他怎么也没有想到，纪空手与韩信不仅没有逃走，而且根本就没有离开这铺子一步。

其实纪空手准备逃跑时，的确也想到要用易容来混入花间派的门人中，然后再借机脱身。可是他仔细一想，这易容容易，但要想在众目睽睽之下混入人群却有不小的难度，毕竟他们是由里往外走，肯定会引起别人的注意。

既然此计不成，纪空手看到了轩辕子置放在角落里的木床，虽然藏在床底这个办法很笨，但纪空手却别有想法。

一来是因为这既然是一个笨办法，敌人反而不会太去关注它；二来纪空手人在床底，却不是伏在地上，而是手脚并用，贴在床板之下。这样一来，纵然是有人伸头来看，也未必能发现他们，除非有人把床掀开。

于是他将此法跟韩信一说，韩信也觉得这是一个不错的办法，当下一拍即合，两人钻进床底藏身。韩信的手刚刚撑在一条床腿上，突然听到身下发出“吱……”一声的轻响，床底下的地面竟然向两边缓缓滑开，露出了一个数尺宽的洞口。

纪空手大喜之下，当先跳入进去，仔细察看，才发觉这开启密室的机栝原来安在床腿上，若非韩信无意中触动了机栝，要想发现这石板下的玄机绝非易事。

“真是天助我也!”纪空手心中暗叫一声，在密室又寻到了另一个机栝，一按之下，头上的地面悄然滑动，重新回位。表面上看去，谁也想不到这床底之下还另有洞天，可见设置机栝之人颇费了几分苦心。

纪空手与韩信蹲伏密室内，为防敌人发现，屏住呼吸，不敢出半口大气。这密室中所设的通风口却接连在火炉的大烟囱之上，故此由于烟囱拉风的原理，人待在里面并不感到气闷，但外面的动静也丝毫不能听见，可见其隔音的效果上佳。

纪空手心中暗道：“这叫天无绝人之路。”他想到玄铁龟几经易手，终究不属于自己，心中顿时好生失落，黯然神伤。

“花间派何以对玄铁龟的下落了解得这么清楚?”纪空手突然对这个问题产生了兴趣。照丁衡的话说，玄铁龟的秘密除了他与自己之外，就只有江天知道，江天为了请到鬼影儿相助他夺回玄铁龟，或许透露了一些风声，而鬼影儿为了对付丁衡，又请来三个蒙面人助拳。现在看来，那三个蒙面人显然与花间派大有关联。

可是鬼影儿何以会信任花间派？他们之间到底是一种什么关系？

纪空手脑中灵光一闪，心中暗道：“这鬼影儿所使兵器是矛，莫干用的兵器也是矛，难道说这两人本是师出同门，鬼影儿才会如此相信莫干不会泄露他的秘密?”

纪空手想到此处，不由又担心起轩辕子的安危来。莫干既然对同门师兄弟尚且如此，对外人自然更是不会留情。

纪空手在心中轻轻叹息一声，思维已成一片空白。也不知等了多少时间，韩信轻轻地碰了他一下，悄声道："纪少，我们出去吧？"

纪空手这才惊醒，怔了怔道："莫干他们走了吗？"

"我不知道，不过过了这么长的时间，他们应该离开了吧。"韩信也是一片茫然，摸摸咕咕直叫的肚子道。

纪空手记挂着轩辕子此刻的生死，按动机枢，侧耳倾听密室外的动静，半晌之后，两人才从洞中爬了出来。

此时夜色最浓，淡淡的月光透过残破的木板缝隙，射入这间一片狼藉的店铺，斑驳陆离，有种说不尽的凄凉。

"不知这轩辕子跑到哪里去了，花间派的人呢？怎么都不见了？"韩信置身于这宁静的气氛中，大感莫名其妙。

纪空手摇了摇头道："我也不清楚，不过，我知道轩辕子只怕已是凶多吉少。"

他说完这句话，心中一阵难过，似乎早就预料到了会是这样的一种结局。他只恨自己空有机智，却无实力，只能眼睁睁地看着朋友一个个地远离自己而去。

韩信一脸迷茫："那可怎么办？此刻花间派的人肯定在四处搜寻我们的下落，只要我们一现身，必然是自投罗网。"

纪空手道："你说得不错，现在这种情况下，最安全的办法只有藏在这个铺子里，敌人才不易觉察到我们的行踪。所以当务之急，我们必须找点吃的，躲它个三五天，等到风声过了再走不迟。"

当下两人搜遍了整个铺子，总算找到了一些干粮，正要带进密室去，却见韩信脸色一变，仿佛看见了鬼似的，整个人一动不动，眼睛都直了。

纪空手被韩信的表情吓了一跳，顺着他的目光望去，只见那铁炉的上方泛出一丝淡淡的异彩之光，融入月色中，显得异常诡异玄奇。那炉火早已熄灭，就算不熄，又哪来的这种淡淡的赤光呢？

两人都一脸狐疑，相视一眼，掩饰不住心中的好奇。

“这是怎么回事?”韩信沉吟片刻，随即脸上一喜：“会不会是玄铁龟不熔于火，根本就没有被火熔化?”

“这不可能!”纪空手不抱任何希望：“轩辕子用这炉火是来锻造离别刀的，而离别刀的质地也是玄铁，两者之间断然不会有太大的区别。因此，玄铁龟绝不会完好无损地还在炉里。”

“但这光芒又是怎么回事?”韩信似有不服。

纪空手道：“这很简单，只要我们过去一看不就知道答案了吗?”

当下不再犹豫，大步向铁炉走去，探头一看，便见那偌大的炉膛中积了厚厚的一层炭灰，而光芒便是自灰底下透出。

纪空手与韩信不由得对望了一眼，顺手操起一柄铁剑轻轻拨开炉灰。

蓦的，两道光芒破空而起，只见炭灰之下，两块如鸽蛋大小晶莹剔透的圆石静躺其中，冷热两道光芒交相辉映，若有质物体般在炉上方形成一幅阴阳卦象。

异象突现使两人愣立在旁，半响才回过神来，异口同声地叫道：“玄铁龟!”

“快！我们将圆石拿走，不然这光华产生的异象定会将莫干等人引来!”纪空手边说边将手抓向炉中的一块圆石。

韩信当然也不是傻子，自不甘落后，但将圆石抓入手中之时，浑身一颤，一股怪异的阴冷从掌心透入，向全身经脉涌去，而且越涌越急，越涌越寒。

韩信大骇，忙望向纪空手，发现眼前的纪空手面红耳赤，全身如置蒸笼般热气迷惘。

“好热！怎么会这样?”纪空手几近呻吟。

“纪少，我好冷，定是这石头作怪，我们快丢掉它!”韩信被冻得惊叫。

“不要！这也许就是玄铁龟的功效，我们忍耐一下，说不定真能成为高手。”纪空手突然想到什么似的道。

韩信此刻已被冻得浑身打战，见纪空手仍在苦撑，犹豫了一下，狠声道：“为了成为高手，老子赌了!”

“快，我们先回密室，在这里只有等死!”纪空手强忍着痛苦向密室走去。

而韩信也知道，等会儿自己身上还不知会发生什么变化。如果留在这里，莫干等人一回头，不用赌……死定了!

等韩信爬入密室，纪空手关好入口，便迫不及待地道：“快，把手给我!”

韩信此刻早已将手伸向纪空手，他与纪空手一样需要对方身上的东西。

但当两手相握的刹那，冷热两股气劲像异性般相吸引，分别向对方经脉涌进。两人丝毫没感到痛苦的减轻，反而感到浑身被两股气劲冲得像要炸了一般。

冷热互冲，炎寒相融，两人身上的光芒越来越亮，竟在黑暗的密室中再次形成一幅阴阳卦象。随着卦象的转动，纪空手与韩信蓦地感到全身一震，昏死过去……

纪空手与韩信也不知自己昏迷了多久，当他们醒来之时，发现整个世界像变了样。手中的圆石已毫无光泽，如一般石头一样。而黑暗的密室中的一切却清晰地映入眼中，室内的虫蚁爬动声与地面上的吆喝声也都能清楚地分辨而出。

“这……这是怎么回事?”韩信一脸惊疑地望着同样表情的纪空手道。

“也许这就是丁老爷子口中所说的机缘吧!”纪空手道。

“对！我们先去把莫干这小子阉了，接收花间派好好地做回大爷!”韩信语不惊人，却听得纪空手皱起眉毛，好笑地望着不知天高地厚的韩信笑骂道：“妈的，你以为自己是谁?天下无敌啊!”

“可你说玄铁龟是天下最神奇之物，我们已得到它的好处，难道还不是莫干的对手!”韩信不以为然地道。

“哼，你有什么实力与人家相提并论，先不要说江湖经验，就是杀人的招式我们也不如人家。还去阉人，先把自己的命根保住吧!”纪空手没好气地骂道。

韩信被骂得低头傻笑道："那就听你的先让他多活几天，但我们现在怎么办?"

"我想只有先去找樊哙大哥!"纪空手想了想回答道。

"好！我们马上就走!"韩信立刻赞同。

这日，纪空手与韩信路过一个小镇，不敢作太多的逗留，便搭乘一条去沛县的大船，上溯而行。

问明船家之后，才知道此地距沛县还有三日行程。两人躲在一间暗舱中，为了避免行踪暴露，两人半开舷窗，这才敢欣赏舱外的景致。

淮水到了此段，河面已然十分宽阔，流水渐缓，河水粼粼，倍显恬静。两人的心情也轻松了不少，叫船家送了几样酒菜，对饮起来。

经过了这段时间的奔波，两人丝毫不觉疲惫，反而觉得身上充满了力量，就像是变了一个人，浑身上下洋溢着一种奋发向上的豪情。

"这实在是因祸得福呀，这些天来，我感觉自己浑身上下的每一个器官都灵敏异常，身轻如燕，行走若风，身手似乎好了很多，很像是别人口中说的内家高手的样子。"韩信喝了口酒，得意地一笑。

纪空手的心情也是出奇的好，笑道："我们是不是高手这不重要，关键是经过了这一劫之后，我发现我们总算具备了行走江湖的一点资本，再也不是以前那种任人宰割的小无赖了。"

韩信拍掌一笑，道："从此你我联手，终将成为没有人敢小视的一代英雄豪杰!"

"现在说这话只怕还早了点。"纪空手拍一拍他的肩，冷静下来道，"真正要成为英雄豪杰，我们还有非常艰难的路要走，单凭一点内力尚远远不够，我们必须要做到像樊哙樊门主那样，拥有一门让别人害怕的绝活。"

韩信眼睛陡然一亮，道："对呀，若是我们练成了飞刀绝技，那花间派的莫干又何足道哉？早晚都会成为我们的下饭菜!"

"问题是，这飞刀既是樊哙的绝活，凭我们和他的这点交情，他未必肯倾囊相授。”纪空手摇了摇头道，“可惜呀，如果丁衡还在，就算他不传我武功，但也定会告诉我在哪里可以找到适合我修炼的内功心法。”

韩信这些日子已经十分了解丁衡的事情，不由怔了一怔，道：“丁衡身为盗神，他为何来到淮阴这小地方三年时间才肯离去？”

其实这些问题一直萦绕在纪空手的心头，连他自己也不知道答案。倒是韩信的最后一句话提醒了他，引起了他长时间的思索。

以他以往在市井街头的见识与阅历，他深深懂得了在这个世界上，人与人只是一种相互利用的关系，丁衡能为别人花费这么大的精力，绝对不会毫无所求，无私奉献，必然有他这样做的道理。

纪空手决定不再想下去，刚要伸手去端酒杯，忽然看到岸上有几匹良驹，正不紧不慢地在河岸上悠闲而来，两者相距虽有一二十丈，但纪空手脸色一变，压低嗓音道：“情况好像有些不妙。”

韩信惊道：“发现了什么？”便要探头来看。

纪空手一把将他按住，道：“岸上那几个人自我们上船之后，一直就这样不紧不慢地跟着我们，此时我们正是逆水而行，船速极缓，如果他们不是为我们而来，早可以抢在我们前面，又何必这样亦步亦趋呢？”

韩信一听纪空手的分析，顿时恍然大悟：“想不到花间派的耐心这么好，过了这么长的时间，还在追查我们！”

纪空手一脸肃然：“玄铁龟一直是天下武者梦寐以求的宝物，相传记载了一套天下无敌的武功，我们虽然不知它的奥秘所在，但误打误撞，还是从中得到了不少的好处，这是不可否认的事实。莫干既然好不容易知道了这玄铁龟的下落，自然不会轻易放弃，看来我们还是太大意了，以至于暴露了自己的行踪。”

韩信突然一脸坏笑，道：“可是莫干万万没有想到，他如此费尽心机，就算将我们擒获，也只能看到两枚毫不起眼的石头，却再也看不到玄铁龟的风采了。”

“他虽然得不偿失，但我们也不能让他得偿所愿。看这副光景，我们还是有逃跑的机会。”纪空手沉吟片刻，似乎蛮有把握从这船上逃走。

“既然能走，我们还待在这里干吗?”韩信一听，早已跳了起来。

纪空手拉住他，道：“瞧你这么性急，只怕你还没走出这个舱门，就已经被人拿住了。”

韩信一惊，道：“你是说这船上也有花间派的人?”

纪空手轻骂一声：“你可真是反应迟钝，其实这船压根就是花间派早早布置在小镇上的，他们迟迟不动手，显然是在等莫干赶来。”

韩信疑惑地瞟了他一眼，道：“你既然早知道我们上了贼船，为何现在才说?”

“我也是刚刚才知道这是一条贼船。”纪空手道，“只要你静下心来，就不难发现这船上的所有人都是会家子，他们的脚步声与气息已经暴露了这一点。”

韩信侧耳倾听，半晌才道：“果然如此，这船果然有鬼，否则一帮撑船度日的船老大哪来的一身武功?”他望向纪空手道，“我们现在该怎么办?”

“等待，只要等到天黑，我们就可以潜水而逃，到时就算他们发现了我们逃跑的意图，只怕也只能望水兴叹了。”纪空手胸有成竹地道。

“那万一他们提前动手呢?”韩信觉得这并非没有可能。

纪空手道：“自从我们逃出了凤舞集之后，莫干显然意识到了我们并不是像他想象中的容易对付，况且他也不愿有更多的人知道玄铁龟的秘密，有了这两点，我可以断定在莫干赶来之前，这些人不会动手。而莫干此刻人在沛县，就算他以最快的速度赶来，估计也应在三更天后了。”

韩信嘻嘻一笑，道：“听了你这一番分析，我算是放了心啦。纪少就是纪少，谈到算计功夫，天下有谁匹敌?”

两人说笑一番，好不容易等到天黑，运足耳力，不放过船上的任何动静。

此刻两人都身怀灵异外力，意念一动，耳目的灵敏度大增十倍，方圆数丈内的细微声响全在他们的掌握之中。

“朱管事，这两个小子似乎根本就没有觉察到我们的存在，等到莫掌门一到，我们就来个瓮中捉鳖，保管是十拿九稳。”一船老大的声音从甲板上传来，纪空手纵是凝神倾听，也只能听个大概，显然此人是故意压低了嗓门说话。

“嘘，千万不可大意，上一次我们在凤舞集就上了这两个小子的当。这一次若再让他们跑了，我朱子恩可真的没法向掌门交差了。”朱子恩似乎心有余悸，还在为凤舞集的事情感到惊诧莫名，毕竟那一次他们花间派精英尽出，包围了整条小巷，就算一只苍蝇都休想逃出去，可最终却还是没有发现纪、韩二人的踪迹。

韩信听得分明，黑暗之中伸出大拇指来，在纪空手的眼前晃了一晃，表示钦佩之意。纪空手拍开他的手，悄声道：“准备行动。”

第四章　入水化龙

纪空手、韩信两人悄无声息地打开舷窗，攀上窗格，刚要下水，却听得一阵铃声骤然响起，在静寂的夜空中，显得刺耳而诡异。

“那两个小子想跑！”铃声响起的同时，船上有人大喊起来，一阵急促的脚步声纷沓而至。

纪空手陡然一惊，在黑暗之中看到脚下竟有七八根细不可察的丝线连在一处，一直通向舱中的一间房内，而铃声正是从这间房中传出来的。

“原来敌人还有这么一手，老子可真有些大意了。”纪空手心中暗骂一声。紧接着他们再不犹豫，扑通跳入水里。

纪空手深吸一口气，身体陡然下沉，竟然潜入水下足有七八尺深。换作以前，他如果沉潜到这种深度，不仅会有窒息之感，而且难以承受这水中的压力，可是此时此刻，他的感觉依然良好。

他明白这种变化全系那枚圆石之功，正自欣喜间，忽然浑身的毛孔向外舒展，微微翕动，似乎感到了这水中的一股危机。

他没有回头去看，却能清晰地感觉到两名水性极好的敌人手持鱼叉水刺，正一左一右地向自己包抄而来。

花间派这一次果然是势在必得，为了防范于万一，竟然在水中还布置了两名人手，根本就不让纪、韩二人有再次逃跑的机会。

纪空手心静而不乱，静静地潜在深水中，一动不动。他相信在这完全暗黑的深水里，敌人只能依凭水流的变化来判断出自己的方位，而自己最大的优势，就是能在深水中看到对方的一切动作。

敌人来得很快，身形只有细微的摆幅，就能在水中从容进退，纪空手暗暗吃惊。

他心惊之下，只有更加小心，等待着敌人一步一步地逼近。

三丈、两丈、一丈……

当敌人进入到他身边三尺不到的水域时，纪空手果断地出手了。

他用的是妙手三招中的声东击西，意念一动，一股灵异外力便从掌心爆发而出，带出一股很强的引力，奔向靠左那名敌人的手腕。

他的出手很快，借着水势的走向，迅速缠上了敌人的手腕，同时整个身形破水硬移三尺，让敌人的鱼叉堪堪从自己的肩上掠过，刺向了靠右的敌人。

这一连串的动作不仅快，而且准，讲究的是险中求胜，其中的任何一个环节只要稍稍处理不当，就有可能造成行动者的死亡。

这在以前是不敢想象的，虽然纪空手对这妙手三招熟悉到了耳熟能详的地步，但真正用在临场搏击上，这尚是首次，可以说他已经是超水平发挥了自己的潜能。

“哧……”在纪空手借力牵引之下，靠左的那名敌人扬起手中的水刺，以飞快的速度刺入了同伴的胸膛；而与此同时，他的同伴显然从水流的异动中感到了危机，也以相同的方式结束了他的性命。

他们的出手都非常狠，也非常精准，可是他们至死都没有想到，自己竟然是死在同伴的鱼叉水刺之下。

这一切只因为他们根本看不见水里的动静，更没有想到纪空手会用一招声东击西，让他们两人自相残杀。

这样的结果令纪空手感到亢奋，同时信心大增，毕竟这是他踏入江湖的第一战，小试牛刀，竟然一战功成，这令他心生一种莫大的成就感。

血水从敌人的胸膛中咕噜咕噜往外冒出，纪空手不忍再看，腰身一摆，又向前游了数丈远，这才从水里冒出头来。

此刻的船上已是一片灯火，染红了半个江面，人声喧嚣中，乱成一片。

“这一下可够你们忙上一阵子了，对不起，纪大爷先走一步，恕不奉陪。”纪空手心里暗笑一声，加快游速，上岸与韩信会合。韩信在水中没遇上敌人，早已在岸上等候。

两人从茅草丛中钻出，涉过一条小溪，天色微明。当他们走在这片溪石间时，纪空手眼皮陡然一跳，似乎有一种不祥的预兆涌上心头。

当他一踏上溪边的这片沙石时，就清晰地捕捉到了前面密林中的一点寒芒。

寒芒在林间一动未动，如果不是天色微明，霞光隐生，纪空手根本难以捕捉，恰巧一缕霞光照在了这点寒芒之上，产生了一道明晃晃的反光，虽然一闪即没，但这已经足够让纪空手发现它的存在。

纪空手的身形戛然而止，凝神静气，异力瞬间运行于耳目。

心惊之下，他从这流动的空气中似乎感觉到了一股淡若无形的杀气，而杀气的来源就在林中，从呼吸的缓急程度来看，对手至少在三人以上，而且身手都不弱。

韩信的脸色也变了一变，显然感受到了这空间里的异常。

“这些人难道是冲我们而来?”韩信低声问道。

“我不知道。”纪空手也觉得有些不可思议，仿佛置身于敌人铺开的一张大网中，不管他们怎么逃，都没有可能逃出这张大网笼罩的范围。

“但愿不要是花间派的敌人，否则前有伏击，后有追兵，我们只怕是死定了。”韩信说这句话的时候，声音微微出现了一丝震颤，表明他的心中并不平静，似有几分惊惧。

纪空手横了他一眼，道：“我也希望他们不是，但是好像不凑巧，他们偏偏就是花间派的人。”他的话音刚落，便见李君带了三五个随从自林间缓缓走了出来，每一个人的脚步都非常沉稳，目光紧紧地锁定在纪空手一人的脸上。

敌人依然在一步一步地逼近，有意无意间，他们的步幅微微错开，形成了一个半圆弧的攻击态势，进入到纪、韩身体的三丈范围内，才终于停住了脚步。

“纪空手，你束手就擒吧，在我们花间派布下的罗网中，你要想逃出去可不是一件容易的事情。”李君紧了紧手中的短矛，傲然道。

纪空手淡淡一笑：“困兽犹存好斗之心，何况是人？你把我逼急了，大不了以死相拼，难道还任由你宰割不成？”

“那你别怪我手中的利矛不长眼睛！”李君怒意横生，一抖短矛。

矛锋横空，最是无情！

纪空手心神一跳，顿时感受到了那来自矛锋上比冰雪犹寒三分的杀气。

但是当李君的矛锋划入虚空的刹那，纪空手突然发现这一矛刺来的速度并不是自己想象中的那么快捷，它在虚空中运行的轨迹清晰可见，让纪空手几疑这是自己产生的错觉。

怎会这样呢？

他不知道，也没有时间考虑，在矛锋刺来的刹那，他踏出见空步的步法，身形之快，堪堪使李君的短矛擦身而过。

李君“咦”了一声，感到自己的这一矛竟然落空，十分惊异，但他没有回头，觉得自己根本没有回头的必要，而是反手一撩，矛锋倒掠，如灵蛇般从肋下钻出，像是长了眼睛一般，直奔纪空手的后背。

其实连纪空手自己也没有想到这一步踏出，竟然化去了李君凌厉的绝杀之招，心神一定之下，心中的怯惧顿时去了三分，尽管身后的矛锋擦身如针刺般直侵肌肤，却激起了他心中莫大的自信。

有了自信，心神自定，纪空手整个人仿佛一下子进入了临战的状态，任由灵异外力在自己的经脉中窜行，耳目异常灵敏。当李君的矛锋再次刺出时，他听声辨位，已经判断出了李君这一矛刺来的速度与角度。

李君的短矛连连刺空之后，才惊奇地发现对方的步法如此诡异，总是能踏在令人匪夷所思的方位上，不仅避过了自己的攻势，而且随时还可以发动反击。

李君心中骇然，深知只要纪空手反击，自己绝对是被动之局。可奇怪的是，纪空手明明有这样的机会，却根本没有出手，只是一味地闪避，李君心怀疑窦，滑退七步而立。

李君有些糊涂了，自从莫干下令缉捕纪空手以来，他就对这两人有过非常详细的调查，得出的结论是：这只是两个不入流的小混混而已，与人街头混战亦是输多赢少，根本不足为惧，自己只用一只手就完全可以将他们搞定。

可是到了此刻，当他第一眼看到纪空手时，就发现自己的想法错了，简直是大错特错。眼前的纪空手仿佛在这段时间里变了个人似的，并非如自己想象中的那么容易对付，就算他此刻两手空空，也已令李君不敢有任何小视之心。

“你可真是真人不露相呀！凭你的实力，完全可以在江湖上争得一席之地，何必自甘堕落，混迹市井？”李君在殊无把握的情况下，不敢贸然出手，于是及时改变策略。

“难道混迹市井就是自甘堕落吗？”纪空手自小在市井中长大，对市井生活有着一种难以割舍的情怀，所以对李君的话甚是反感反驳道，“龙有龙路，蛇有蛇路，就算市井百姓一生贫贱，从来无名，永远没有风光的时刻，但是他们凭着自己的手艺与力气生存于世间，至少可以问心无愧，绝不像有些人强取豪夺，仗势欺人，自以为学了几手三脚猫功夫，就要学那螃蟹横行！”

李君知他话中有话，脸上一红，微生愠意，道：“这本就是劣汰强留的社会，我比你强，就应该高你一等，这根本就是无可厚非的事情。”

“那你只能与禽兽为伍，而不该身为人类，你这是禽兽的生存法则，只有没有感情和良心的人，才会说出这种屁话来！”纪空手淡淡一笑，眼睛始终不离李君的大手。其实在他的内心深处，非常认同李君的说法，但是为了激怒对方，他不得不说出这违心之言。

李君显然不能忍受纪空手一脸不屑的微笑，更不想在自己的手下面前丢面子，冷哼一声，寒芒从眼缝逼射而出，矛身贯入虚空，人已踏前三步。

他这三步踏得很有讲究，每一步踏出，都是一尺七寸，仿佛用直尺量过一般，认识他的人都知道，这是李君仗以成名的三必杀的起手式，在江湖上不仅有名，而且实用。但是纪空手并不知道它的来历，只觉得胸口一闷，有一股压力随着李君踏前的步伐如波浪般缓缓迫来。

纪空手心中一凛，知道李君此番出手，已然全力以赴，而自己却丝毫没有应对之策。他看过丁衡对见空步的实战运用，也有自己对见空步的深刻理解，是以他选择了敌动我动、后发制人的策略，只有在敌人出手的刹那，他才会有所行动。

于是他站立在河滩的沙地上，一动不动，当他避过李君的两记矛招之后，对见空步的步法大有信心，同时对李君亦不如初见时那般忌惮。他本是聪慧之人，顿时想到了这一切的变化全仗于自己怀中的那枚怪石。

他静静地站立，脸上轻松而自在，已经没有了先前的那份紧张与拘谨，两道目光从眼眸里挤出，如利刃般割破虚空，与李君的眼芒相触。

李君的身体发生了一丝战栗，脸色微微一变，感到纪空手的眼芒中似有一股杀气迫来，使他心头上承受了一定的压力。他从对方的眼芒中看到了对方的内力修为远在自己之上，可是他不明白，如此年纪的一个少年，怎么会拥有如此惊人的内力？

但他绝对没有失去战而胜之的信心，因为他是李君，他总会将一切困难想得很多，所以在他现身之前，已经留了一手。想到这里，他的眼角便微微上扬，竟然笑了。

笑也是一种自信，所以李君笑了。在笑的同时，他的利矛也如他的人一般信心十足地奔杀虚空，沿着一道非常曼妙的轨迹刺出。

“哧……”青锋暗淡，寒气四流，杀气如同一团急动的旋涡直卷空中，带出的是矛锋的无情。

纪空手没有动，甚至连眼睛都不曾眨动一下，只是冷冷地看着眼前的这一切。他的目光空灵而犀利，计算着矛锋的角度与变化，同时感受着这股如冷风飞飙的杀气。

瞬息之间，他的心静若止水。

李君暗自心惊，为纪空手表现得如此冷静而心惊，虽然他这一矛已然出手，似乎把握了整个战局的主动，但是他依然无法捉摸到对方的动机与意图。

这让他感到了一种无所适从。

“杀……”他唯有号叫，以自己声音的激情来引发自己胸中的战意，从而增强信心。在这一刻，他甚至感到了一种难以名状的恐惧。

这可是他遇上的非常少有的事情。

矛锋扑面而来，逼到了纪空手面门的三尺处。李君甚至看到了纪空手的眉毛微微颤动，但在陡然之间，纪空手消失了，就在李君的眼前如鬼魅般消失不见。

李君大惊之下，毫不犹豫地旋身回刺。

他几乎可以断定纪空手就在自己的身后。

所以他很快地转身，迅速地挥矛而出，矛锋上逼射而出的青芒如匹练般漫舞虚空，罩向了人在七尺之外的纪空手。

好快的一矛，这已是李君竭力刺出的一招矛法，几乎到了一个极限。但在纪空手的眼中，它还不算快，至少还能让他做出一个必要的动作。

他终于出手了，一出手便是妙手三招中的第二式——凌虚化实。

他的动作非常简单，只是由上而下劈出，犹如寻常人劈柴一般，但李君却从虚空中感到一股巨大的压力如一堵城墙般强行迫来。

他感到了压力，同时也看出纪空手至少存在三处破绽，但他想都没想，就断定这三处破绽都是纪空手设下的陷阱，只要自己放手攻击，肯定上当。

他的判断来源于他的直觉，因为他始终认为，一个人的内力如果达到了纪空手这般程度，断无可能会出现如此低级的错误，而且还是三处破绽。

他相信自己的直觉，只能放弃进攻，改为撤步退守。在退的同时，他迅速封锁了对方可能攻击的几条线路，只等纪空手的攻势迫至。

可是他没有等到纪空手的逼进，就在他一退之时，纪空手同样也收住身形，退到了数尺之外。

李君一怔之下，不怒反笑，眼神中突然多出了一丝异样的色彩。然后手腕一振，矛锋在空中再次发出嗡嗡之音。

这是一个信号！

“嗖……嗖……”伴随着短矛在空中扬起的轨迹，几声轻微的弦响带出破空之音，异常尖锐。

纪空手蓦然色变，一怔之下，已看到四点寒芒乍现虚空。

箭是自暗处飙射而至，来自四个不同的方向，四支劲箭如闪电般穿越虚空，带出的是凛凛寒气。

这很像是一个有预谋的杀局，李君振动短矛并非只图花哨好看，而是事先约定的一个动手的信号。

就在暗箭飙射的刹那，李君毫不犹豫地动了。短矛再振，仿若恶龙游动，直奔向纪空手的咽喉。

这才是画龙点睛式的一杀，有了它，才能使这个杀局更趋完美。

无论从哪个角度来看，纪空手都已在劫难逃了。他此刻若动，不管从哪个方向突破，都会遭到暗箭最凌厉的封杀；如果不动，等待他的将是李君刺来的咄咄逼人的矛锋。

纪空手没有动，但是眼神发亮，显得锋锐而慑人。他眼中看到的不是危机，而是一线生机，当暗箭袭来的刹那，他就有一种预感。只要对方以为自己身处绝境，他们在气势上就会有所松懈，此时就是自己与韩信逃跑的最佳时机。

所以纪空手没有动，甚至连眼睛都未眨一下，看着暗箭与矛锋逼近他身体的三尺范围。

“纪少，小心……”韩信已是吓得面无血色，仿佛看到了纪空手倒下的身影。

但就在李君认为这一矛刺出必定封喉时，他的矛居然刺入了一片虚空，毫不着力。

李君还是算错了一点，在他的眼中，他一直把纪空手当成是一个高手，既然身为高手，就应该具有高手的风度，绝不会像一个无赖般就地打滚，狼狈逃窜。

但是纪空手从来就不觉得自己是一个高手，而更觉得自己像是一个无赖，所以他在矛锋及体的刹那，伏下身形，就地一滚，正好躲过了短矛与暗箭的袭击。

这让李君与他的同伙无不大吃一惊，一怔之下，却听得纪空手翻身起来，大叫一声“快闪!”，与韩信一同向密林冲去。

等到李君反应过来时，纪空手两人已冲出了一两丈远，身形之快，如箭矢飞射。李君惊道：“给我截住他们!”人如一头奔驰于草原之上的苍狼般奋起直追。

纪空手蓦然一声大吼，左手扬起，天上顿时扑落一层沙土，随风卷向李君，同时他的右手用力一掷，便听“呼……”的一声，一股惊人的劲气扑面而来。

李君顿觉视线受阻，微一顿足，又听得风声隐起，急忙强提劲气，挥矛一格。

“当……”一声脆响霎时响彻空中，李君只觉手臂一麻，定睛看时，原来攻击自己的竟是纪空手倒地时随手捡来的一块鹅卵石，与钢矛相撞之后，已成粉末。

只这么稍稍一缓，纪、韩二人又抢出了一两丈远，李君心惊之下，没想到二人的内力如此雄浑，奔行起来速度实在惊人。

李君怒气陡生，再不迟疑，一挥手间，率领手下紧追不放！此时他的心中只有一个念头，就是绝不能再让煮熟的鸭子飞了!

这一逃一追，奔行了数十里远，纪空手与韩信二人慌不择路，逃出密林，沿山势一路狂奔，渐渐地与李君等人拉开了一段距离。

两人奔行虽急，但气息悠长，似乎毫不费力，只觉跑的时间越长，速度越快，那股灵异外力在自己体内就越是活跃，让人心生一种无比畅快的感觉。

逃出一个时辰之后，再回头看时，李君等人的身影早已不见，两人这才放缓脚步，向山腰间的一座自半空横拉的索桥走去。

这座索桥乃是通往沛县的必经之路，横跨双峰之间，下临湍急流水，地形险峻，过了此桥，只要再行五十里山路，便可踏入沛县地界。

此时已快正午时分，日头高照，却透不过这密林茂密的枝丫，留下丝丝缕缕的光线，从叶片间反射下来，显得地面斑驳陆离，仿若一张魔鬼狰狞的面具。

纪空手远远望去，便见索桥虽有二十来丈，但隐于山林之间，难见全貌。此时已是初夏时节，山风呼啸而过，不暖还寒，倒让他心中不自禁地多出了几分沉重。

等到两人就要接近桥头的刹那，纪空手心中陡然一惊，蓦生警兆，只感到有一股似有若无的杀气竟然来自桥底。

纪空手眼芒缓缓地从虚空划过，掠过密林，掠过山石，最终落到了索桥的另一端尽头。在一棵古树之下，一人盘坐在树根上，头戴一顶青竹笠，一手端酒，一手拿着一只香味扑鼻的狗腿，自顾自地一人独饮。

“轰……”一声惊天巨响，从索桥中央炸出，桥板裂成块块碎片，向四处激射，气旋翻涌间，一杆丈二长矛凭空而出。

桥下的人终于动了。

“莫干!”纪空手与韩信同时惊呼。

纪空手不知道，也已不想知道，他根本就没有多余的时间去考虑问题，面对莫干这惊天动地的一击，他必须作出反应。

“快闪!”纪空手不敢有一丝的犹豫，猛地一推韩信，两人如鼠般向两边飞窜。

“轰……”莫干的长矛带着沛然不可御之的劲力，撞在桥头边上那块重达千斤的大石上，大石顿裂，迸出无数粉末石尘，弥漫了桥头整段的空间。

莫干没想到纪空手竟然能在自己的这一击之下全身而退，虽然他接到手下的报告，知道纪空手闯过了朱子恩与李君两关围截，可是他仍然不相信这两个小无赖有多大的能耐。

但在这一刻，他改变了自己的看法，虽然纪空手躲过自己的这一击有些狼狈，甚至笨拙，但却有效。虽然自己只看到他这一躲的姿势，以他莫干的眼力，当然不会看不出纪空手身上具有非常雄浑的内力。

“一个小无赖，短短数天里变成了一个内家高手，这似乎太不可思议了。要出现这种奇迹，唯有一个原因，那就是玄铁龟。”莫干灵光一现，心中又惊又喜。

但无论如何，他也不会动摇他得到玄铁龟的念头，他已经为这玄铁龟付出很多。当他从杀手小师弟鬼影儿那里知道消息，立刻派出二师弟配合鬼影儿去截杀丁衡，但他怎么也没想到，本以为万无一失的杀局，结果却与丁衡同归于尽！花间派之所以能立于七帮，很大程度上是依靠鬼影儿在江湖中的刺杀，而他与鬼影儿的关系江湖中很少有人知道。丁衡一战，更坚定了他取玄铁龟的决心！

不经意间，他的目光瞟了一眼对岸，却见那位神秘人依然是一副悠闲的神情端碗饮酒，似乎对眼前的一切视而未见。

相距只有两丈，纪空手已经清晰地感受到了莫干身上那种势在必得的气势。

他缓缓地从韩信的手中接过一把来自于轩辕子兵器铺里的长刀，这把刀是韩信在凤舞集时顺手取来的，一直带在身边，直到此刻才算派上用场。

“我一直在找你，没有恶意，只是想与你谈一笔交易，你为什么要躲着我呢?”莫干却开口道。

“我也很想相信你，可是直觉告诉我，你的每一句话都不是出自内心的，很像是在演戏。”纪空手深深地吸了一口气，回应道，说完心中似有一股暖流窜升，渐渐地缓和了自己紧张的情绪。

“我花间派位列七帮之一，我莫干又贵为一派掌门，虽不敢说一言九鼎，但说过的话还是算数的，只要你交出你身上的那件东西，我可以保你享尽荣华富贵，一生衣食无忧。”莫干并不为纪空手的话生气，而是晓之以利。他相信自己开出的条件已是十分丰厚，绝不是纪空手这种小无赖能够抵挡得了的诱惑。

“不!”纪空手断然的回答显然出乎莫干的意料之外，“轩辕子一死，在我们之间就不可能再有任何的交易，唯有仇恨!”

莫干深深地看了他一眼，突然笑了。

“你知道这座桥叫什么名字吗?”莫干指了指身后的索桥，淡淡笑道。

他深知自己越是装得轻松惬意，就越可以给对方造成紧张的情绪。既然利诱不成，他只有选择武力解决了。

“不知道。”纪空手没有想到莫干会问这样一个问题，怔了一下道。

“在此之前，我也不知道。”莫干眼芒一寒，死死地盯着纪空手道，“但是，如果你执迷不悟的话，过了今天，别人就会称它为奈何桥!”

这句话并无奇特之处，却激起了纪空手心中的狂傲之气，道：“是的，也许是你，也许是我，今天恐怕必有一人要入地狱!”

莫干哈哈一笑，傲然道：“没有也许，今日要在这里入地狱的，只能是你，因为我已经决定，三招之内，必取你性命!”

纪空手并未因此而愤怒，而是愈发冷静，他的手微微紧了紧刀柄，脚步稍分，微微一笑，道：“动手吧!”

矛是好矛，足有一丈二长，精钢玄铁打造，矛锋一出，与虚空蓦生的狂飙融为一体，扬起漫天凄迷，莫干终于出手了。

纪空手的眼芒为之一跳，心如不波的古井，清晰地捕捉到了对方这一矛的轨迹。他似乎不是刻意要想出一种招式来应对对方的这一招矛法，而是兴之所至，随后一挥，就在对方这一矛由虚空迫近的刹那，他手中的长刀“呼……”的一声，带出一股疯涨的杀气，迎向了长矛的气势锋端。

他这一招纯属臆想之招，刀在空中，一改刀固有的邪性，变作了长矛般的霸烈。

莫干哑然失笑，看出纪空手竟然是刻意模仿自己的出手，这不得不让他感到滑稽。

可是一笑之后，出现在莫干脸上的是一种讶异与震惊。他怎么也没有料到，纪空手虽然是在模仿他的招式，却不拘泥于形式，以非凡的灵性与悟性，衍生变化着矛招中固有的精髓。

也就是说，纪空手的刀招形似矛招，但在对攻防之道的理解上已经跳出了固定的思维模式，更趋于实效性。

以敌之招，破敌之招，似乎与以其人之道还治其人之身有异曲同工之妙。

纪空手以其智慧，以及天才般的想象力，在刹那之间选择了这样一个绝妙的克敌之道。

这本身是一件只能想象却很难付诸实践的事情，所谓有招才能仿招，才能破招！以莫干出手的速度与力度，根本不容对手有太多的耐心来思考，但这只是莫干的想法，事实上当这股灵异之力注入到纪空手体内经脉的刹那，纪空手的本身已在根本上有了质的飞跃，每一个感官都在最短的时间内得到了异力的改造，完全可以在一瞬之间洞察到别人无法洞察的事情。

所以当莫干这惊人的一击乍起半空时，纪空手已经看到了他施展长矛的任何一个细节，从而毫不费力地以相同的刀招对应而出。

莫干的眼神陡然一跳，仿佛有凶兆，等他反应过来时，一股莫大的劲气若潮水般疯涌而来，眼看就要与自己的矛锋相撞。

“呼……”刀气直侵肌肤，令莫干的脸上如针刺般剧痛。纪空手劈来的这一刀就如一条吐信的毒蛇，正一点一点地吞噬着莫干势在必得的信心。

莫干大惊之下，唯有退，因为他已看出刀中挟带的劲气十分霸烈，倘若自己与之硬抗，未必就能占得便宜。

奇怪的是，纪空手同样选择了退，完全与莫干一样的身法招式。这情形看上去就像是两个同门师兄弟在切磋武功，浑不似一场生死较量，引得韩信都忍不住莞尔一笑，紧张的心情减弱几分。莫干没有笑，也笑不出来。他已经渐渐感受到了纪空手给他带来的压力，莫干眼见形势愈发对己不利，心神一动，顿时想到了一个可以对付纪空手的办法。

他倒退三步，突然举矛一横，矛锋转向了自己的咽喉，仿若自杀一般。

他倒想看看，纪空手既要模仿，是不是连这一个动作也能模仿得像。

“我还不傻!”纪空手没想到莫干会做出如此怪异的举止，轻轻一笑。他只是举起刀来，横在胸前，一双眼睛紧盯着莫干，就像是在看一个傻瓜一般。

就在这时，莫干的头突然向后一仰，矛锋贴脸一旋，直逼向纪空手的咽喉！“哧哧……”直响中，犹如一道决堤而出的洪流，声势之大，令人咋舌。

这是一记绝杀，一记真正的绝杀！

纪空手只在这一刻才惊醒过来，再想出手，已是迟了半拍。他终于明白：与人对敌，你永远不能把对手当傻瓜。

可惜，他这明白来得太迟了，这种一瞬间的失误也许要用自己的生命来作为代价。

纪空手眼睛一闭，心中顿感彻寒……

他感到了矛锋在虚空中涌动的气旋，感到了那空气中夺人魂魄般惊人的压力，他甚至闻到了一股浓烈的死亡气息……

就在这千钧一发之际，“呼……”的一声爆响，从天空中炸出，一件物事陡然旋上虚空，如电芒般撞向莫干那咄咄逼人的矛锋。

“轰……”的一声，两股劲气悍然相撞，莫干只觉手臂一麻，长矛几欲脱手。

他惊惧之下，撤步飞退，定睛看时，才知撞开他这威力惊人的一击的东西竟是一个土制的酒碗。

一个酒碗，已成粉碎，碎片散落一地，仿佛完成了它最后的使命。

每一个人的目光全部投向了一个方向，凝集在一个人的身上。因为只有这个人，手里有过这个土制的酒碗。

那位神秘人依然静静地坐在那里，身体纹丝不动，就连他那只端酒碗的大手，依然保持着原有的姿势，悬凝空中。唯一不同的是，此刻他的手上已不再有碗。

莫退出三丈开外，这才眼芒一寒，冷冷地望向这神秘人道：“阁下是谁？何以一直跟踪在下，还要干涉莫某的大事？”

那神秘人似乎充耳不闻，啃下手中的最后一块狗肉，这才拍拍手，抬起了藏在竹笠下的面容。

这是一张人到三十常有的面容，眉宇紧锁，脸色铁青，显得极是刚毅。他的神情里不经意间流露出对人世的彻悟，更有一种历经世事的沧桑，眼芒迫出，自有一股慑人的威势。

当他头抬起的刹那，无论是纪空手、韩信，还是莫干，三人不由自主地“啊”了一声，他们怎么也没有想到这人竟会是乌雀门门主樊哙！

樊哙站起身来，面对莫干射来的咄咄眼芒浑似不觉，沉声道：“莫干，你也太不要脸了吧？对付一个孩子，还使出这种下三滥的手段！”

莫干脸色一沉，道：“你樊门主跟在我的后面，难道是光明正大的事情吗？”

樊哙微微一笑：“我只是受人之托，想看看你莫干究竟在干什么，谁叫你这段时间老是鬼鬼祟祟的？”

莫干冷哼一声：“原来你是刘邦派来监视我的。樊门主，你们这样做可就太过分了，当初我们七帮结成同盟时曾有约定，虽为同盟，不到非常时期，还是应该井水不犯河水，各自管好自己帮中的事务。”

莫干所言的确属实。当时七帮同在沛县开山设堂，结成同盟，原是为了应付愈来愈乱的天下大势而采取的权宜之计，樊哙只是乌雀门的门主，与莫干身份等同，他这样做，难怪会让莫干心中火起。

“我这样做一点都不过分，此时正是非常时期，再过几天，就是我们七帮约定的会盟之日，我可不能因为你的原因而损害了我们七帮的利益。”樊哙断然答道，眼芒迫出，慑人至极。

莫干与樊哙虽然同在沛县，但交情不深，一向对这位豪爽正直的乌雀门门主心存忌惮，因为他花间派做的是见不得人的买卖，所以经常遭到樊哙的冷眼相待。

“你说这些话的意思，是不放心我？”莫干毕竟是一帮之主，自有帮主的风范，傲然问道。

“正有此意。”樊哙的回答毫不客气，一字一句地道，“若要人不知，除非己莫为，近段时间你和青衣铺的章老板究竟在干些什么，只有你们自己心里明白！”

莫干脸色一变，道：“这只是敝帮帮内的事务，用不着你来横加指点。”他深深地吸了一口气，知道樊哙难缠得紧，为了能够顺利得到玄铁龟，不由口气一软，“不过你相信也好，不相信也罢，这次我来这里的确是为了个人的一点私事，你就请便吧。”

樊哙这才将目光投向了纪空手与韩信，眼中闪过一丝欣喜，微微点了点头，算是打了招呼。

纪空手与韩信没想到会在这里碰上樊哙，惊喜之下，一颗心总算放了下来，因为他们都对樊哙充满信心，只要有他在，自己绝对是安全的。

“不巧得很，这虽然是你个人的私事，却涉及到了我的两个朋友，看来我是不管不行呀。”樊哙淡淡笑道，同时脚已踏在了连结索桥的铁链之上。

此刻的索桥木板已毁，只有四五根臂粗的铁链横亘空中，樊哙一步一步地向前迈进，如履平地一般，身体竟然没有一丝的晃动。

“他们不过是淮阴城的两个小混混儿，怎么会是你樊门主的朋友?”莫干一脸狐疑，随即摇了摇头道，“这只是你编出来的一个借口。”

他的眼中蓦起凶光，盯着樊哙的人行到索桥中段，大喝一声，振出长矛，用力戳向索桥的铁链。

“刺……”火花迸射中，铁链应声而断，“呼啦”一声跌下谷中。樊哙借势落到另一根铁链上，行得几步，莫干的矛锋又戳向了他落脚的那根铁链。

莫干的动作非常快捷，意图十分明显，就算不能使樊哙摔入谷底，也不能让他从容过桥。

樊哙只有加快脚步，电疾般通过索桥，眼见还有三四丈远，陡然大喝一声，借着铁链一弹之势，飞身向对岸纵落。

他人在半空之中，已然拔刀在手，惊天动地般一刀劈下，犹如雷鸣电闪。

莫干心惊之下，矛从手中振出，矛未至杀气破空，笼罩八方，封锁了对方的每一个攻击角度。

“轰……”两股气流迸撞一处，掀起气浪无数，莫干身形一晃间，却见樊哙在空中打了个旋，稳稳地落在了悬崖边上的一块大石上，身后已是百丈深谷。

“你竟然想置我于死地?!”樊哙身形落下后的第一句话，是从牙缝中迸出的，任何人都听出了他话中的杀意，更感到了那种潜在的危机。

莫干偷袭不成，心神倒镇定了许多，既然彼此间扯破了脸皮，也就没有必要假惺惺地客套下去，当下冷哼一声："你以为你是谁？要不是看在刘邦的面子上，我早就想动手了，还会等到今天？"

樊哙不怒反笑："原来如此，你总算说出了心里话。"

莫干道："其实在我们之间，从来都是貌合神离，谁的心里都看不起谁，难得今次有这么一个大好机会，不如趁早作个了断。"

"痛快。"樊哙拍掌笑道，忽然脸色一沉，"那就握紧你的长矛，让我见识一下你赖以成名的三煞矛法！"

纪空手眼睛一亮，专注着这场即将爆发的高手决战。对他来说，这种机会殊属难得，正是可以让他见识和体验的一个大好机会。

樊哙脚步微呈丁字，大手微微一紧，便听得骨节"噼里啪啦"一阵爆响。

樊哙这随意地一站，不露丝毫破绽，他的整个人犹如山岳傲立，眼芒扫过，虚空中的气势如潮翻涌。

"呀……"莫干一声大喝，长矛震颤着破空而出，杀气如硝烟弥散。他看到樊哙此刻所处的位置并不好，只要自己能逼退他向后移动一两步，就可以让他坠入百丈谷底。

樊哙没动，只是深深地吸了一口气，浑身的劲气全部聚集到了一点之上，那就是他手中的长刀。他是不出手则已，一出手必定斩尽杀绝，否则让花间派的人知晓，必是后患无穷，甚至有可能影响到七帮会盟。

刀，破空而出，杀气已侵入到莫干七尺之内。樊哙既起杀心，当然算计到了在什么距离之内可以对敌人造成最大的伤害，唯有如此，他才有绝对的把握做到杀人灭口。

刀锋划过虚空的轨迹，如一道笔直的线，没有诡异的角度，也没有招式上的变化，就是用一种最简单的方式，满带劲力，以一种惊人的速度直进。

"呼……"樊哙的刀锋终于在去势将尽未尽之时，爆发出了惊人的力量，就像一块巨石从高空砸向一潭死水，顿时掀起滔天巨浪。

“轰……”没有人挡得了这惊人的一击，莫干也不例外。他勉力挡击了樊哙三刀之后，人已退出了一丈开外。

劲风闪射出道道狂飙，夹杂着一溜一溜炫人眼目的火星，端的骇人至极。

其实在七帮的各大首脑之间，武功修为上的差异并不悬殊，谁与谁相争，也只在一线输赢，没有人敢说有必胜的把握。樊哙能在一上来就占得先机，那是因为他有势在必得的信心。

“呼……”刀风再起，幻化出一道美丽而诡异的亮弧，在莫干一退再退之际，陡然绕过他的身形，向他后退的空间爆炸扩散。

“呀……”樊哙与莫干同时大喝一声，恰似两道惊雷同时炸响空中。

“轰……”长刀与矛锋在空中悍然撞击，激扬起无数道狂猛的劲风，使两人的头发、衣衫，包括身体同时向后飘飞，惊人的压力，让人有呼吸不畅之感。

樊哙忍住气血翻涌之苦，一退之下，强行再扑半空，身如大漠飞鹰，刀如扑食的鹰爪，罩向莫干而去。

这正是樊哙的可怕之处，他似乎天生要比常人更能忍受恶劣的环境、难于承受的痛苦，所以他往往能比别人更快更好地抓住机会。一个原本看来不是机会的机会，但在他的眼中，只要好好把握，就绝对是一个大好的机会。

但是，就在樊哙的身体腾空到最高点的刹那，“嗖嗖嗖嗖……”四响连发，四支劲箭以奔雷之势裂破这静寂的虚空，突然打破了樊哙此刻占据的优势。

这四支劲箭来得这么突然，而且出手的时机显然经过精心选择，一看便知是出自深谙偷袭之道的善射者。

“小心！”纪空手情不自禁地惊呼一声，明知于事无补，然而情由心生，不能自抑。想到如樊哙这等慷慨豪迈之壮士，竟然就要死于宵小暗箭之下，不由黯然神伤。

他挥刀而出，攻向了已然站定身形的莫干，虽然他明知这是实力悬殊的一战，但是他未想输赢，只想着为樊哙争取一点时间，以免他受到暗箭与莫干的夹击。

这四箭奔袭的路线非常奇妙，前三箭分呈品字形而来，另有一箭暗伏于后，不仅攻击的角度不同，先后的秩序也有所不同，充分显示了射手巧妙的构思与精妙的配合。樊哙手中只有一把长刀，若要一刀化解这四箭各种不同的攻势，似乎很难，就连莫干也为这惊人的突变而惊喜，知道李君赶到，随手挥矛与纪空手周旋，余光却始终盯向了人在半空中的樊哙。

但是令人匪夷所思的一幕就在这一刻发生了。在场的每一个人都看到了这四支劲箭穿越虚空的轨迹，每一个人都感到了这劲箭破空带来的杀气，眼看樊哙的整个人就要陷入这箭矢的射杀之中时，蓦地眼前一花，那四支劲箭竟然凭空不见了。

就在众人还在暗自揣测之际，“嗖嗖……”之声又起，四支劲箭却自樊哙袖中倒射而出，较之先前的来势更猛、更烈，分四个不同方位反噬而回。

“呀……”几声惨呼同时响起，几条人影从暗处跌出，挣扎几下，俱都毙命。莫干见势不对，腾身直纵，摆脱纪空手的纠缠。

樊哙纵身向前，只见三五件兵器横在前方，由不同的角度出手，力道有大有小，但是它们的目标显然是一致的，就是要阻住樊哙的追击之势。

“呀……”樊哙大喝一声，长刀泛出一片阴森森的白光，闪耀眼目，如大江巨浪狂涌而出。

“呀……呀……”在樊哙的强力冲击下，没有人敢不避其刀芒，劲风隐挟朵朵气旋，击得众人无不纷纷跌退，脚步稍慢者，在樊哙的一劈之下，丝毫没有还手之力，唯有呜呼哀哉，中刀毙命。

眨眼间樊哙已抢到李君身前，左手一探，眼见就要抓到李君胸口，突然回肘一旋，亮出右手的刀锋，硬生生地将李君的头颅旋飞半空。

莫干目睹这惨烈的一幕，心中再也不存侥幸，犹如一只受伤的狐狸般在山林间一路狂奔，眼看就要消失在樊哙的视线范围之内了。

“他……他……他跑了。”纪空手猛然发觉，惊呼道。

“他跑不了！”樊哙冷冷一笑。

他的手在虚空中信手一抄，一把宽不盈寸、长不及尺的锋利小刀出现在他的指间。

“嗖……”刀终于出手，一道白光泛起，只亮了一瞬，没有人看清它的轨迹路线，它就消失在了山林的尽头，而尽头处正好是莫干即将消失的背心……

樊哙缓缓地走了过去，弯腰，拔刀，任血从莫干的体内溅射出来，他的脸上没有任何表情，当他回身而走时，便听得“砰……”地一响，莫干的尸身这才滚下了百丈谷底。

沛县位于江淮平原的中部，隶属泗水郡，境内有淮水的旁支泗水越境而过，傍靠西阳湖而建，乃江淮有名的鱼米之乡。民风剽悍，民间殷富，水陆交通发达，是以云集了三教九流各等人物，更有一些重要帮派，看中沛县地理优势，亦纷纷设下总堂在此，社会关系极为复杂。

樊哙的乌雀门总堂设在沛县西城门外的一家大户人家的宅第中，因为宅第主人与乌雀门有些渊源，便让给了乌雀门。

为了掩人耳目，樊哙等到三更过后才带领纪空手、韩信二人回到总堂。刚刚坐下不久，从门外走来一位老者，匆匆在樊哙耳边说了几句悄悄话，樊哙微一点头，站起身来道：“纪少，韩爷，我还有要事待办，你们暂且歇宿下来，我们明日再聊。”当下吩咐这位名为樊仁的老者，领着他们奔后院的一处小院落住下。

樊仁的确烦人，不仅嘴上唠叨，手上也十分麻利，服侍二人洗脚洗脸，又送上香茶，这才掩门而去。纪空手与韩信虽然逃亡了数日，身体有几分乏累，但想到自己无意当中，竟然能与乌雀门门主这样仰慕已久的大人物称兄道弟，就已然兴奋得难以入眠。

“纪少，这一下咱们算是赌赢了，开了十把毙十，这一次总算开出个至尊宝，咱们可要发了。”韩信贴着纪空手的脸道，唾沫星子溅了纪空手一头一脸。

“拜托你不用这么大声说话，我的耳朵还没有聋。”纪空手抹了抹脸，道，“虽然我们的运气不错，能够得到樊大哥这样的人物赏识，但是我们才入江湖，什么都不懂，今后的路还只能靠自己一步一步地去走。”

“不过我想，只要我们学会了樊大哥的飞刀绝技，就应该是我们在江湖上传名立万的时候，到了那个时候，我韩信再回淮阴，就没有人认得我还是当年的那个小无赖，而是堂堂的大侠韩信喽！”韩信双手枕着头，美滋滋地道。

“就算如此，你也需要再等十年。”纪空手给他泼了一瓢冷水，好让他清醒清醒。

“那可不一定！”韩信似乎很有把握，“你难道没听樊大哥说吗？我们身上这股莫名其妙的内力竟然胜过了樊大哥的内力修为，假如有一天我们又莫名其妙地学会了飞刀绝技，这好像也不是完全没有可能吧？”

纪空手承认韩信所说的有一定的道理，但当他想到自己能够走到今日这一步，全是丁衡、轩辕子等人用生命换来的，就不敢心存侥幸，有半点的松懈，黯然神伤下，他不由得在心中暗道：“我纪空手绝不会让你们失望！”

突然韩信“哎呀……”一声叫了起来，吓得纪空手脸色一变，道：“韩爷，出了什么事？”

“我们好像忘了问刘邦的伤势痊愈了没有，这也太失礼数了。”韩信拍拍自己的脑袋，懊恼地道。

纪空手这才想起，在索桥边的一番长谈，他们只是说明了玄铁龟之事，让樊哙答应教他们飞刀，但却忘了问刘邦伤势之事。他们没问，樊哙也未提，就好像压根没有刘邦这么一个人的存在一般，可是追根溯源，若非不是他们救了刘邦，樊哙又怎会自掉身价与他们结交？

“当时的情形完全出乎我们的意料，一时忘了，倒也情有可原。”纪空手道，“不过我想，刘大哥的伤势虽然严重，但是经过这些时日的调养，应该没有大碍，否则樊大哥的神情绝不会这样平静。”

“言之有理。”韩信说了一句戏文，浑身又觉轻松了不少。

第五章　暗夜龙腾

刘邦只是沛县境内的一个小小亭长，但却是樊哙最敬重的一位朋友。这不仅是因为他出手大方，处事得当，而且在他的身边，始终有一股看不见的势力在频繁活动，使得他能在龙蛇混杂的沛县成为黑白两道很吃得开的人物。

他既然急着要找自己，当然不会是一件小事，所以樊哙不敢怠慢，与纪空手、韩信道别之后，又马不停蹄地赶到邻近的刘家大宅。

到了刘邦的密室，却见刘邦坐在灯下，口品香茗，脸色依然一片苍白，还有几分大病初愈的虚弱。

“你回来啦?”刘邦有气无力地示意樊哙坐到身边，颇为艰难地问道。

“是。”樊哙虽然把刘邦当作朋友，更把刘邦奉作领袖，是以言语中带了几分恭敬道，“我不仅杀了莫干，还带来了两个朋友。”

刘邦的手轻轻颤抖了一下，道：“你杀了莫干?”眼芒从眼缝里挤出，射到樊哙的脸上。

“我也是迫不得已。”于是樊哙将一切经过一一说出，听得刘邦眉锋直跳，几次抬头，沉吟半晌之后，方才轻叹一声：“这么说来，江湖上盛传多年的玄铁龟就这样白白让那两个小无赖给毁了。”

他的口气中不无惋惜之意，所提的小无赖自然是指纪、韩二人。面对自己的救命恩人，他似乎有几分好了伤疤忘了痛的味道。

“但奇怪的是，玄铁龟虽然毁了，但纪空手与韩信的身上却凭空多出了一股雄浑的内力。以他们的天赋与资质，假如用心打磨，必能为我们日后的大事添一份力!”樊哙兴奋地道，显然他是发自内心地喜欢这两位冲劲十足的少年。

“所以你将他们带到沛县，不仅收归门下，还要尽心结纳。”刘邦诧异地看了他一眼，然后微微一笑道。

樊哙不好意思地笑了:“我这个人就是见不得人才，更何况他们有心投奔于我们，又平白多一身内力，这岂不是天意吗?”

“既然如此，你就尽心调教吧。等我身体好些的时候，再过去看看他们，顺便答谢当日淮水的救命之恩。”刘邦轻描淡写地道，顺手将茶杯搁下。

樊哙知他要话入正题了，刻意凑前一些，以便倾听。

“时至今日，距七帮会盟的日子愈发近了，沛县的局势也愈发紧张了起来。前些日子江天失踪，已经闹得沸沸扬扬，满城风雨；这一次加上莫干死了，章穷更会怀疑是我们下的手，从而狗急跳墙，采取先下手为强的战术来保全自己。”刘邦眉头紧锁，显得忧心忡忡，似乎为未来局势的变数有几分担心。在他看来，这才是他目前关心的大事，其他的事情已不值得他分心兼顾了。

七帮会盟正是他要进行的第一件大事，虽然他不是七帮中人，但以他的势力和声望，只要精心策划，他就未必不是这盟主之选。但他最终的目的，并不在于这盟主的虚位，而是有一个更大的计划，必须在他登上盟主之位后才能实行，而这个计划，才是他花费这么多心血的用心所在。

樊哙既是他的心腹，当然也是知道他计划的几个知情者之一，道:“反对七帮会盟的，只有漕帮、花间派、青衣铺。现在三者已去其二，只要我们全力扶持，继任漕帮、花间派的帮主人选就可以换成支持我们的人，这似乎并不困难。这样一算，就唯有章穷的青衣铺与我们作对，在我看来，这已不足为惧，凭我乌雀门一门之力，就算让青衣铺全军覆灭，也不是没有可能的事情。”

樊哙的确骁勇，一番话说得霸气十足，原以为刘邦必然同意自己的说法，想不到刘邦却摇了摇头，道:“如果真的只有章穷的青衣铺与我们作对，我相信你有这个能力，但问题的关键是，在青衣铺的背后，已经多出了一个慕容仙。”

“慕容仙？”樊哙倒吸了一口冷气，道，“他乃一郡郡令，难道会不顾身份，也要插手黑道事务吗？”

“官匪自古一家，只要有利可图，谁还去管地位身份？如果慕容仙真是为利而来，事情就变得好办了，可他却绝不是为利而来，而是想借章穷之手，趁机操纵七帮势力，这才是他真正的野心所在。”刘邦冷笑道。

“他想干什么？”樊哙惊问道。

刘邦的眼中亮出一抹寒芒，冷冷地道：“他不想干什么，倒是他的后台老板，那位左右当今大秦局势的一代权相赵高想干点什么，因为慕容仙的身份不仅是泗水郡令，同时也是入世阁数大高手之一。”

“听你的话音，难道说慕容仙已经到了沛县？”樊哙在揣测刘邦急着来找自己的原由。

“不，慕容仙肯定会来，但不是这个时候。”刘邦笑了笑，似乎想缓和一下紧张的情绪，顿一顿，方续道，“慕容仙此人城府颇深，他不想打草惊蛇，所以派了几名入世阁的高手先到沛县，化装成绸缎棉布商人等着与章穷联络，商量对付我们的办法，此时此刻，他们只怕已到了泗水码头。”

“你的意思是……”樊哙看了刘邦一眼，犹豫地道。

“我也不想打草惊蛇，却也不愿任由他们在沛县胡作非为。”刘邦微微一笑，“所以我需要你去监视他们，一旦章穷上船，你必须要想尽办法去偷听到他们密议的计划，我们才好对症下药。”

夜色渐深，更鼓声传来，已是上更时节。

纪空手正想上床休息，人还未动，突然心中一震，蓦生一股难以形容的感觉，使得他整个人仿佛处于一种很不舒服的状态，似有一股无形的压力，波及到了他灵敏异常的感官。

他的目光似是无心，却又像是有意识地透过窗外，锁定在了数丈开外的一道院墙之上。

初夏的夜，除了蚊虫嗡嗡之外，还有蛙声！

“这里是乌雀门的总堂重地，高手如云，戒备森严，有谁还敢这般胆大，闯入这里来找麻烦?”纪空手想到这里，不觉有些怀疑起自己的危机感来。

他笑了笑，认定自己必是神经过敏了，刚要转身，蓦然间，他的眼睛骤然一亮，便见那道墙头之上，凭空生出了一条暗黑的人影。

那条人影来得虽然突然，却显得非常从容，浑身上下一身玄衣，与夜色融为一体，几无可辨。头上罩了一层厚厚的黑色纱巾，只留下一双眼睛在外，若非从这流动的眼芒中看出点端倪，加上纪空手的目力已呈倍数增长，只怕他一时之间休想发觉。

纪空手感觉此人的身影有点熟悉，但此时已不容他多想，脚步踏出，人如夜鹰般从窗口纵出。

他的身形轻盈如风，有御虚之感，落地时更是无声无息，轻若狸猫，速度之快，连他自己也大吃一惊。

但更让他吃惊的是，当他以如此快捷的速度冲到房外时，那条人影突然不见了，就像是一时的幻觉。

“这人是谁?看他的身手，已经超过了七帮中人武功的范畴，可是他却如此小心，以蒙面示人，难道说他是樊大哥认识的人，却又想对樊大哥不利?”纪空手的脑筋转动得很快，想到这里，纪空手的手心渗出了一丝冷汗，毛孔翕动，仿佛感受到了一股淡若无形的杀气一点一点地向自己逼迫而来。

所庆幸的是，他此刻正背靠在一棵大树下，只需观察三面的动静就可确保自己的安全，这使得他体内现有的灵异之力完全可以驾驭身体的感官去感知周围的一切。

纪空手骤感背上发凉，同时捕捉到了稠密的树冠发生了一点让人心惊的异动。他没有犹豫，连脚都未抬，就顺着脚下的石板滑移了七尺。

“叮……”一声几不可闻的金属之音传自身后，纪空手耳中辨得分明，这正是剑锋轻点在石板上的声音。

“呼……”轻响之后，虚空中气流陡然狂涌。纪空手人在七尺之外，却发觉自己突然陷入了对方万千剑影的笼罩之中。

在这生死关头，纪空手陡然激发出了体内全部的潜能与勇气，脚步晃动下，展开见空步的步法迅速移动身形，改变自己所处的方位。

他没有回头，只能看到地上一条被拉长的黑影在不住地晃动。

在晃动的空气里，纪空手感到有一股寒气已然逼近。无坚不摧的剑气，犹如狂飙席卷，使得纪空手的呼吸顿窒，背上的肌肤隔衫依然有若刀割般剧痛。

“呀……”

纪空手再也抑制不住自己心中的压抑，大喝一声，借着声势，突然回身。

但就在他回头的一刹那，剑气、压力、虚空中涌动的气流……这一切足可毁灭生命的东西又一下子消失得无影无踪，若不是纪空手看到那影子隐入夜色的最后一幕，他真的以为自己是在梦游。

“纪少，你没事吧?”韩信揉着睡意蒙眬的眼睛出来，关切地问道，显然他是被纪空手的那一声吼叫惊醒的。

纪空手呆立半晌，眼中闪过一丝惊惧，道：“有人要杀我!”

“什么?”纪空手的一句话震得韩信睡意全无。

纪空手指着树下那块被蒙面人用剑轻点的石板道：“你看!”

韩信一看，顿时吓了一跳，只见那石板的中心有一点轻微的剑痕，但自这剑痕扩张开来，竟裂出了数十道裂纹。

“恭喜你，纪少。”韩信作个揖道，“此人武功如此之高，你还能从他的剑下捡回性命，真是一件可喜可贺的事情。”

他看似玩笑的一句话，却惊醒了纪空手，纪空手回想刚才的一幕，尚心有余悸。“对啊！这的确有些奇怪，虽然我的见空步已有几分火候，但要逃过那人如闪电般的剑芒似乎不太可能，难道说他还手下留了情?”

纪空手久混市井，心知天下没有这么便宜的事情，此人定有所图，难道是为了玄铁龟而来?

但回头一想，在乌雀门中，也许会有人开此玩笑，那就是樊哙。

但是纪空手又很快否定了这种最有可能的推测，因为樊哙与蒙面人的身形大小有一定的差异。

而且樊哙此刻也不在乌雀门总堂。

樊哙的确不在乌雀门总堂。

他此刻正在沛县城东十里外的泗水码头，躲在一条渔舟上，密切监视着十数丈外的一艘豪华商船。

樊哙等了一天一夜，未见异常，他也毫不心急，只是吩咐手下严密监视，直到天将擦黑时，一名手下才匆匆跑来。

“船上终于下来一个人，到附近的一家酒楼订了一桌酒菜，吩咐上灯时分送到船上。”

樊哙换上一身紧身水装，等到天色黑尽，他瞅准距离，潜入水底，向那艘豪华大船潜去。

大船甲板上有人走动，听脚步声，显然身手不弱，樊哙要想悄无声息地潜上船去，倒成了问题。

但樊哙显得胸有成竹，劲力透入掌心，已经作好了攀越的准备。因为他心里清楚，当章穷上船的时候，必然会吸引船上人的注意，而这个时间，就是他的机会。

果不其然，当章穷踏入船舱中时，樊哙已上了舱顶。两人的动作似乎非常默契，几乎同步到位。

樊哙心知对方不乏高手，不敢大意，不仅内敛呼吸，而且潜伏在舱顶的一角，顺着一条缝隙往里望去。

只见一张四方桌上，除了章穷之外，还有三张陌生的面孔，虽然章穷贵为宾客，但这三人的排场很大，脸上隐有一丝傲气，完全带着一副官家气派，正是入世阁中人最常见的表情。

自赵高登上大秦权相之位后，入世阁隐然从江湖五阀之中跳出，大有凌驾于其他四阀之上的势头。入世阁门人更是一人得道，鸡犬升天，纷纷步入官场，混个一官半职，自然沾染了不少官气。而这三人虽然名为慕容仙的属下办差，其实却是赵高派来辅佐慕容仙的帮手，武功之高，在江湖上也有一定的地位，所以才会如此轻慢于章穷。

章穷看在眼中，心中有气，脸上却不表露出来，寒暄几句之后，四人入席。

“这次慕容郡令派我们三人前来，是想摸清沛县最近发展的局势，以利他作出正确的判断。章老板人在沛县，耳目众多，相信这个问题对于你来说，应该不难解答吧？”其中一位老者好像是这艘船中的主要人物，神态虽然傲慢，但对章穷还是多了几分客套。

“方将军来得正是时候。”章穷看了一眼这位叫方锐的老者，一脸沉重地道，“这段时间以来，刘邦表面上没有露面，好像收敛了不少，其实暗地里却活动频繁，已经开始对我们下毒手了。先是漕帮的江帮主失踪，今日我又得到花间派莫帮主的死讯。这二人都是我的盟友，一向与我共进退，他们的死对我无疑是一个沉重的打击，如果我估计不错的话，接下来他们的目标就应该是我了。”

方锐脸色一变，道：“他们既然下手，我们也不能坐以待毙，章老板现在有何打算？”

“当然只有先下手为强。”章穷的眼中漫出一道杀机，乍现空中，使得舱房里的空气为之一窒，陡然生寒。方锐等人一见，顿时收敛了狂傲之气，暗道：“原来章穷是一个深藏不露的高手，以他的功力，尚且对刘邦如此忌惮，看来沛县之行，并不容易。”

方锐道：“章老板的意思是要斩蛇先斩首了？”

樊哙静伏于舱顶，足足待了两三个时辰，这才等到方锐等人随着章穷离船而去。

看看天色，已近三更，樊哙决定离船而去。谁知他刚刚转过身来，却发现自己的眼前赫然现出一条飘忽不定的影子。

樊哙骇然之下，抬眼望去，只见数丈外的舱顶上站着一个美丽艳妇。

这烟视媚行、风骚入骨的女人端的放浪，浑身上下只着一袭轻纱，里面再无一物，双峰挺立，犹胜处子，峰尖带红，宛如胭脂。夜色虽暗，却遮不住肌肤雪白，轻纱曼舞，显出魔鬼般撩人身段。

但是让樊哙惊诧的是，当他的眼芒扫到这女人的俏脸之上时，看到的不是风尘女子，淫娃荡妇那种卖弄式的嗔笑，却如贵妇人般显得雍容华贵，自有一股凌驾于万人之上的傲然气度。手摇玉扇，微送香风，说不出的让人心仪，让人痴迷，体态一动，已有万种风情。

“她是谁？怎会出现在舱顶之上？”樊哙的脑海中闪出一连串的问题。

他心神静下来，这才惊骇地发现，对方那看似不经意的一站，其实已经封锁了自己任何一个迎前攻击的角度。

樊哙深深地吸了一口气，严阵以待，面对这位尤物，樊哙竟失去了必胜的信心。

“贵客既然光临，何不进舱一叙？”那尤物的目光一直紧盯在樊哙的脸上，似乎想从樊哙的表情中看出点什么，突然间抿嘴一笑，悠然而道。

她的声音温软糯人，带有一种令人遐思的呻吟，一入耳际，让人感到说不出的安逸。

“莫非夫人是这艘船的主人？”樊哙没有想到在这艘船上，除了方锐三人之外，还暗藏了这样一位高手，是以有此一问。

“如果不是你，那么这主人就是我了。”美妇微微一笑道，“虽然你是不速之客，但相逢不如偶遇，我也算是难得看上你这么有男人味的汉子，何不与我轻掀帘帐，共度良宵？”

“听上去这的确是一个不错的主意，很难让人拒绝。”樊哙嘻嘻一笑，笑得很色，“毕竟要遇上像你这样有味道的女人，也是可遇而不可求的事情。”

“如此说来，你是同意喽？”美妇抛了一个媚眼过来，浑身上下充满了女人的自信。以她多年的经验，她相信天下间任何一个男人都很难抵挡得了她胴体的诱惑。

“这毋庸置疑，不过既然你我同意，何必还要选择地点呢？如此良宵，如此夜景，我们就在这舱顶之上坦诚相见，欢爱一场，岂不快哉？”樊哙上前一步道。

“以天为被，以地为床，你我嬉戏其间，这的确很美。”美妇咻咻一笑，“那么你还犹豫什么呢？还不快点过来！”

她的玉扇一收，胴体微微一抖，身上披着的轻纱无风自动，竟然顺着她那光滑雪白的肌肤滑落下来。

就在美人玉扇一收的刹那，樊哙终于动了。

他没有向前梦想着坐拥美人，而是向后而动，他的身形快如箭矢，陡然滑退了数丈，便要向水中纵落。

“你是敬酒不咻咻罚酒，我就成全了你！”美妇冷哼一声，扇面再开，已不再有先前的优雅，化作一道阔板式的利刃杀气，自虚空激射而来。

樊哙洛水之时的飞刀已然出手。

刀出，如疾电，啸声如雷，美妇虽自负却也为这一刀之气势所慑，侧身斜退，美人玉扇悠然挥出。

“铮——”飞刀在扇面上激起一溜火花，美妇身形一滞，再看之时，樊哙已没入水中了无踪迹。美妇大恼，自言自语道：“竟让你跑了！”稍怔又望了望玉扇，心内骇然，“淮阴竟有这等高手……”

“她就是张盈。”当刘邦静静地听完樊哙绘声绘色的描述之后，沉吟片刻，这才缓缓说道。

樊哙浑身一震，几乎有点不敢相信刘邦的判断：“你说的是入世阁的张盈，那位俏军师张盈？”

刘邦诧异地看了他一眼，道：“如假包换，因为只有她，才会如此淫荡，才能使出这一路妙绝天下的美人扇。”

樊哙深深地吸了一口气，道：“这么说来，我是从入世阁三大高手之一的俏军师手中捡回了一条性命？”

刘邦拍了拍他的肩：“你用不着这样小瞧自己，凭你的功力，纵然胜不了张盈，想必也差不到哪里去。不过你能在这么短的时间内逃出张盈的手心，还得感谢她作为女人的自信。”

“自信？”樊哙糊涂了。

刘邦微微一笑，道：“她自以为自己的美色无敌，天下任何男子都会拜倒在她的石榴裙下，所以才会一时大意，让你抓住了一个最佳的逃逸时机。嘿嘿……幸好你没有与她春风一度，否则就算她不杀你，只怕也要让你后悔不已。”

樊哙哈哈笑道：“我现在的确有几分后悔，面对如此千娇百媚的尤物，正是我一显男儿本色的时候，却被我如此错过，真是可惜。”

刘邦摇摇头道：“她也许是一个尤物，却绝不年轻，如果我记得不错，她此刻应已年过四旬，正是虎狼之年，论及床上功夫，只怕你未必是她的对手。”

“不可能！”樊哙吃了一惊，道，“她的肌肤与面容如此滑嫩，最多不过是一个刚经人事的少女。”

刘邦缓缓站起身来：“赵高此时已是年过半百的老人，而张盈却是他唯一的师妹，单从这一点来看，她的年纪就绝不会小。再说江湖上一向流传有驻颜术一说，她的肌肤能够保持弹性，青春能够永驻也并非不可能。不过对我来说，这些并不重要，重要的是连张盈这种入世阁的重要人物都赶到了沛县，难道说入世阁已经识破了我们的意图？”

樊哙显然也意识到了问题的严重性，沉吟半晌道：“或许张盈的到来只是一个巧合，否则她也不会连章穷也避而不见。”

刘邦不置可否，来回在密室中踱来踱去，似乎在权衡着一些利害关系。半晌过后，他突然停下脚步，眼芒一寒，道：“为了安全起见，我们恐怕要将计划推延十天，然后让七帮会盟与我们的计划在同一天进行，只有这样，才能打乱对手的原定计划，攻他们一个措手不及。”

樊哙心中明白，这是唯一行之有效的办法，同时也增加了他们计划成功的概率。但是最大的弊端，就是给了章穷、方锐他们充分的时间来刺杀刘邦，一旦让他们得手，岂非更是得不偿失？

他提出了自己的顾忌。

刘邦笑了，满不在乎地笑了，缓缓而道：“不管对手是谁，要想置我于死地，相信绝不是一件容易的事情。反而到了该出手的那一天，我还要送上门去，给他们一个这样的机会，看看他们究竟有多大的能耐，敢打这个主意！”

他的表情十分随意，但谁都听出了他话中带出的浓重杀机。

乌雀门总堂后面的小院里，纪空手与韩信站在樊哙的身前，盯着他手中握着的七寸飞刀，认真地听着樊哙讲授这门独门绝技。

“这十天里，我已经把整个飞刀的要领与细节完整地讲述了一遍，没有任何的保留。”樊哙如释重负地轻舒了一口气，微笑而道。他对自己的武功毫不藏私，倾囊相授，唯恐有半点疏漏。有了这样一位大公无私的名师指点，纪空手与韩信的武功确实已突飞猛进。

听了樊哙的话后，纪空手与韩信相视一眼，同时笑了：“这么说来，今天就是我们满师的日子了？”

樊哙一摆手，道：“这个师傅我是不当的，也当不了。如果我没看错，两位日后的成就必将远在我之上，我能做你们的朋友就已十分知足了。”

纪空手与韩信伸出手来，笑道：“那么我们总该击掌为誓，能被樊大哥当作朋友，那是我们的荣幸，我们等这一天可真是等得不耐烦了。”

三人哈哈大笑起来，在笑声中完成了三击掌。

樊哙从怀中掏出六把非常精致的飞刀，一分为二，递到纪、韩手中，道：“从今以后，你我便是朋友了，我无以为赠，就将我的这几把飞刀相送，希望你们可以将它发扬光大。”

纪空手双手接过，小心翼翼地揣入怀中，一脸肃然道：“樊大哥，你待我们实在是恩重如山，这份情，我纪空手心领了！”

樊哙道：“要做我的朋友，你就得把这份情忘掉，否则你我这朋友就没法做了。”

三人相视一笑，又商讨了一下武功方面的问题，突然听到身后传来一阵笑声：“两位恩公来到沛县多时，我刘邦今日才来拜访，失礼之处，还望海涵！”

纪、韩二人又惊又喜，回头来看，却见刘邦双手背负，一身白衣，悠然踏步而来。

那一日在河滩之上，刘邦身受重创，狼狈不堪，加之事情紧急，纪、韩二人都不曾对他留有太深的印象。但此时看来，却见他高挺英伟，精神饱满，脸上没有一丝病态，脸孔轮廓分明，形如雕像，眉锋斜长，几可入鬓，给人以不怒自威之感，其暴闪而出的凌厉眼神，使他平添一股男人固有的强横霸烈之气，隐隐然显出大家风范。

“刘大哥，你终于没事啦。”纪空手一拉韩信，便要叩拜。

刘邦连忙抢上几步，伸手扶起二人，道：“这个礼我可受不起，如果当日不是你们仗义相救，只怕我早已成了水鬼，哪里还能像现在这般站在这里跟你们说话?”

“这不过是举手之劳罢了，些许小事，何足挂齿，刘大哥不必放在心上。”韩信笑嘻嘻地道。

“对你们来说，也许是小事一桩，但对我来说，可就是生死攸关的大事，我岂能是忘恩负义之徒?”刘邦亲热地挽起二人，“我听樊哙说，你们不仅成了朋友，还学到了他的飞刀绝技，可见你们都是可造之才，只要日后好好干下去，迟早有一天这江湖会是属于你们的。”

樊哙见他们说得热闹，赶紧吩咐门人准备酒席，当下四人坐到后花园里，畅饮美酒，谈天说地，好生亲近。

酒过三巡之后，刘邦微微一笑，道：“我很想见识一下二位学成的飞刀绝技，借着酒兴，不如当场表演一下如何?”

他之所以对纪、韩的学艺如此感兴趣，是因为会盟之期马上就要到了，他必须借助纪、韩二人这副生面孔，为他去办一件非常重要的事情。

其实纪空手与韩信绝技刚成，早已跃跃欲试，一听刘邦的提议，自然毫无异于议。

当下两人同时站起，争着要一试身手，毕竟他们少年心性，难免有争强好胜之心。

刘邦微微一笑，端起手中的酒盏道：“你们不用争闹，两人同时出手，就以我手中的酒盏为目标。当我将它抛向空中的那一刹那，谁能先击中它，谁就是胜者。”

他有意要让纪空手、韩信分出高下，其实用心颇深。等到两人同时取刀在手，站到十丈开外时，他才看了看酒盏里的半杯残酒，运力一吸，酒如一注水箭般射入他的口中。

“好功夫！好手段！”樊哙由衷赞了一句。

纪空手与韩信看在眼里，却没有说话，他们的注意力显然都在刘邦手中的酒盏上，经过了这十天不分昼夜的习练，他们也很想知道自己的飞刀绝技究竟达到了何种境界。

整个虚空已然一片宁静，静得不闻一丝风声。每一个人的目光都聚集到了一点之上，那就是那只不动的酒盏。

“哧……”就在场上的每一个人都认为这种令人窒息的宁静还要保持一段时间的时候，刘邦曲指一弹，茶盏已然脱手，带着一股向内旋转的引力旋飞空中。

茶盏的运行轨迹，或曲或直，或上或下，既不规则，也没有丝毫的稳定性，就连它的速度也呈分段加强的态势，犹如一个小精灵般让人无法琢磨出它的任何规律。

就在茶盏攀升至空中的最高点，开始呈下坠之势时，纪空手与韩信低喝一声，飞刀如两道闪电般射向虚空。

刘邦眼芒陡然一亮，因为他已看出，无论这茶盏运行再生什么变化，都已难逃毁灭的结果。

“砰……”一声脆响，就在茶盏爆裂开来的同时发生。当瓷片散落飞坠时，刚才还在空中不断炫闪的刀芒，突然消失得无影无踪。

七寸飞刀已重新回到了纪、韩二人的手中，悬凝空中，曲肘不动，仿佛刚才发生的一切只是幻象。

但刘邦与樊哙都看得十分清晰，纪、韩两人的配合虽然是随意发挥，但天衣无缝，两把飞刀几乎在同一时间触到了茶盏的瓷面上。

“你们能在第一次出手就达到如此默契的配合，可见你们真的是练武奇才呀！”樊哙目睹着这一切，亢奋之余，不由艳羡不已。他虽是二人飞刀的传授者，但绝对没有想到纪、韩二人只花了十天功夫，就在某些领域中突破了自己以前从未达到的极限，大有青出于蓝而胜于蓝的势头。

“这全是樊大哥教导有方，若是没有樊大哥的指点，我们又怎能学得如此神奇的飞刀之术?”纪空手虽然沉浸在喜悦之中，但是依然不忘樊哙的提携之恩。

刘邦却没有说话，缓缓地回到座位，一脸凝重。面对纪、韩二人如此出色的表现，连他都感到了一种心灵的震撼，因为他知道，就在数月之前，这两位少年还只是不知武功为何物的市井小无赖。

“玄铁龟真的已经不存于世了吗？如果这是事实，那么纪、韩二人身上的这股奇异内力又是从何而来?”这个念头只在刘邦的脑海中一闪而过，他是一个城府极深的人，当然不会将自己的怀疑流露出来。

他招了招手，几人依照秩序重新入席。刘邦以一种征询的目光看了樊哙一眼，这才带着十分欣赏的神情道：“樊兄弟的话一点也不过分，假以时日，二位必将叱咤江湖，我刘邦能在此用人之际得到二位，既是我莫大的荣幸，也说明我们必将赢得七帮会盟的最终胜利!”

纪空手与韩信凭空生出一股自信，却又不好意思地嘿嘿笑了起来。

“今日见了二位施展绝技，真让人不敢相信这只是你们花费十天时间练就的，且不说这份力道拿捏得恰到好处，难得的是这份默契，所谓才堪大用，眼看再过三天就是会盟之期，我想请你们为我办成一件非常重要的事情。”刘邦紧紧盯着两人脸上的表情，权衡再三，终于开口道。

“刘大哥放心，只要是你和樊大哥交代下来的事情，而我们又力所能及，必尽心尽力地去努力完成，绝不辜负你的厚望!”纪空手一脸肃然地道。

“你们能这么想，我很高兴。”刘邦的脸上露出满意的微笑。

“这件事情说难不难，说易不易，而且必须得由你们两人去完成。”刘邦正色道，“那就是刺杀青衣铺的章穷，但此事只许成功，不能失败!”

他的眉锋一挑，眼芒射出，眼眸中全是让人心悸的杀气，使得后花园中的气氛顿时紧张起来。

“青衣铺?! 章穷?!”纪空手吓了一跳，简直不敢相信自己的耳朵。

“是的，要想七帮会盟得以顺利进行，就必须刺杀章穷，而且是要在会盟之日的会盟台上完成。只有这样，我们才能借这个势头完全控制住整个局势。”刘邦的每一句话仿佛都是经过深思熟虑才从口中而出，是以语速缓慢，犹如一块巨石缓缓压下，使得纪空手与韩信感到心情沉重起来。

“我们当然是全力以赴，只是凭我们现在的实力，要想真正刺杀成功，似乎非常艰难，毕竟章穷是一帮之主，拥有非同小可的实力。”纪空手眉头一锁，说出了自己心中的顾虑。

一丝诧异之色从眼中一闪而没，刘邦淡然道：“章穷也是人，是人就有弱点。我们只要针对他的弱点精心布置，至少会有七成胜算，而且以你们现在的实力，只要充满自信，放手一搏，未必就不能成功。”

“可是我们从没经历过这样的事情，难免会有所紧张，如果坏了刘大哥的大事，我们心里就不好受了。”顿了一顿，纪空手眼中闪过一丝疑惑，道，“假如由你们亲自出手，岂非比我们更有把握?”

他此话一出，使得刘邦与樊哙相视一眼，同时笑了。纪空手能够问出这样的话来，就说明他很有思想，看到了问题的所在，这让刘、樊二人无不对他刮目相看。

“这就是我要借重二位的地方。”刘邦微微一笑，道，“此时在整个沛县，知道你们底细的人除了樊门主与我之外，没有第三人，更没有人知道你们是我的人，所以刺杀章穷，你们无疑是最佳的人选。而我既然有心要登上七帮盟主之位，在会盟台上根本就无法出手，否则就会授人以柄，难于服众，因为章穷好歹也算是七帮首脑之一。”

纪空手将信将疑，不过他们既然决心要投靠刘邦，自然就要听命于他。毕竟这是他们加入到刘邦门下的第一战，当然想有出色的表现来为自己今后的道路打下基础。

“你不用担心，刺杀有很多种方式，我可以教给你们，凭你们的天赋，相信要不了一个晚上就可以完全掌握。”刘邦看到纪空手沉默不语，以为他已心生怯意，不由为其鼓劲。

纪空手与韩信无不惊喜，他们才学成了樊哙的飞刀，对武道的兴趣正是浓厚的时候，听说能够得到刘邦指点暗杀之道，当真是喜出望外。

樊哙一听，避嫌离去。尽管他是刘邦最忠实的朋友，但是他也要遵照江湖规矩，不能在别人授艺之时站在旁边，否则就有偷师之嫌，乃天下武者之大忌。

刘邦是一个很现实的人，他需要纪空手和韩信来刺杀章穷，就只教给他们刺杀之术，根本不涉及其他。

“暗杀之道其实是一门深奥的学问。”刘邦郑重其事地道，“要学习它的技术与进程一点不难，但要将它融会贯通，用之于实战，却非常不易。不过幸好我们只是刺杀章穷，有了固定的目标，只要我们精心准备，这种刺杀相对就变得简单。”

“为什么？”纪空手与韩信几乎是异口同声地问道。

“原因很简单。”刘邦微微一笑，道，“有了目标，我们就能做到知己知彼，在最短的时间内找到敌人的破绽，然后形成致命的绝杀。”

他的目光从两人的脸上缓缓滑过，从他们的眼神中看到了强烈的求知欲与莫大的兴趣，顿了一顿，续道：“通常的情况下，目标一遇险情，都会下意识地用他们最拿手的武功路数来应付突发事件，所以我们只要知道了目标的最拿手的武功，再加以演练，从中分析，就不难找到其中的破绽。”

“可是我们并不知道章穷武功的底细呀？”韩信一听，着起急来。

“我知道。”刘邦镇定自若地一笑，道，“章穷的无头剪名扬江湖，算得上是一件神兵利器，但是我们可以不去管它，因为到了会盟之日，会盟台上的每一个人都不能携带兵器，章穷自然也不会例外。”

纪空手插嘴道：“会盟台戒备如此森严，恐怕到时候我们根本就没有机会接近章穷。”

刘邦看了他一眼，道：“你说得不错，在那个时间里除了七帮帮主之外，的确是没有人可以靠近会盟台。不过我既然有心要刺杀章穷，肯定会有办法让你们接近章穷，这一点你们大可不必担心。”

纪空手突然笑了，若有所悟："我明白了。"他似乎想到了靠近章穷的办法。

刘邦眼中流露出一丝诧异之色，不置可否。他不知道纪空手是否真的明白了自己的想法，不过这不重要，重要的是他能让纪、韩二人相信自己有能力为他们创造机会，这就足够了。

"据我所知，其实章穷最擅长的武功，并不是江湖中所传闻的无头剪，而是他的腿。他可以在眨眼间踢出十三腿，以闪电来形容其快，似乎毫不为过。"刘邦望了望纪空手与韩信，加重语气道，"你们一定要记住，擅长腿法的人，他们最大的弊端就在于他们的下盘总是不稳。"

这似乎是一个悖论，下盘不稳的人，又怎能擅长腿法？

纪空手与韩信相视一眼，眼中带着一些疑惑。对他们来说，这是一个很难接受的结论。

刘邦却视而不见，自顾自地沉声接着道："无论一个人如何擅长腿法，他都必须用一条腿来作为自己身体的支撑点，然后才能用另外的一条腿来进行攻击或防御。但是，不管他那条支撑腿有多么稳定，都永远比不上两条腿落地时那样坚实有力。所以你们只要抛去原有的思维，大胆地对他那条支撑腿实施连续不断的攻击，他就必败无疑！"

纪空手似有所悟，脸上露出一丝欣喜。他忽然明白了一个道理，那就是面对敌人时，不要因为敌人的强大而自乱阵脚，其实敌人的最强处往往就是他致命的所在。

"你们见过章穷没有？"刘邦问道。

"没有，但是他的大名我们早在淮阴时就闻听过。"韩信摇了摇头道。

"哦。"刘邦丝毫不显讶异，"章穷其人，富于心计，心思缜密，所以除了腿法之外，他还比较偏爱一些小巧精致的机关暗器。他使用的暗器，名叫药王针，针上淬毒，可以见血封喉，就藏在他发髻上插着的那枚古旧银簪上。"

"这岂非太恐怖了？若是让他射出药王针，那还了得？"韩信吓了一跳，似乎没有想到这章穷竟然如此难缠，所拥有的武功绝技层出不穷，没完没了，根本让人无从防范。

“没错，如果他的药王针发出，就是神仙也救不了你们。”刘邦一脸肃然，“不过，你们不要去管他的药王针到底有多大的威力，会给你们造成多大的威胁，对付这种人，你们只能用一种办法，而且是唯一却绝对有效的方法！”

纪、韩二人同时将目光射在刘邦的脸上，便听他一字一句地缓缓道：“那就是绝对不能让他的药王针出手！”

纪空手终于明白了刘邦说这番话的用意所在，那就是针对章穷武功上的特点，由他来担任主攻，专门攻击章穷的支撑腿，让章穷不能在刺杀的一瞬间以其腿来实施攻击或防御；而韩信担任副攻，则是对付章穷的手，不给章穷有任何拔针发射的机会。

“那么由谁来完成最后的致命一击？”纪空手提出了整个刺杀的最关键的一个问题。

刘邦笑了：“这似乎已不重要，我可以保证，只要章穷无法出腿和拔针，那么他就真的死定了，无论他是死在谁的手里。”

三人坐到一处，细谈多时，便在这时，樊哙又从门外匆匆走来，眉间锁愁，一脸隐忧，似有烦心事一般。

“刘大哥，不好了！”樊哙第一句话果然不是一句好话。

刘邦心中一惊，他知道樊哙为人处事一向镇定，若非事情紧急，他是绝不会这般心神不定，当下不由关切地道：“究竟出了什么事？”

“你如实说来。”刘邦的脸陡然阴沉下来。

樊哙看了看纪空手与韩信，这才压低嗓门道：“外面盛传，这次七帮会盟，你之所以如此热心，其实是别有居心，另有图谋，想把七帮子弟带入苦海之中。郡令慕容仙已经洞察阴谋，正亲自率领五千精兵赶来沛县，要七帮子弟洁身自好，不可与刘邦同流合污云云……”

刘邦脸色铁青，沉吟半晌，道：“传出此话之人，显然对我们的计划已有所闻，如果我所料不差，此人十有八九就是章穷。对于这些传闻，我早有心理准备，不足为惧，倒是这最后的几句话倘若属实，只怕我们的麻烦就来了。”

“你说的是慕容仙?”樊哙的心情也变得沉重起来，似乎意识到了形势的严峻。

“对，如果慕容仙真的带领五千精兵正在赶往沛县的路上，那么对我们来说，是一个绝对不利的消息，一旦他在我们七帮会盟前赶到，我们多年的努力也就前功尽弃了。”刘邦不无担心地道。

樊哙眼芒一寒，咬牙道：“时间如此紧迫，不如我们先下手为强，召集七帮首脑，将会盟之期提前到明日举行。”

刘邦道：“这是唯一可行的办法，看来也只有这样办了。你马上通知各帮派的首脑人物，邀他们今夜三更天时在这里聚齐。”

樊哙领命而去。

纪空手与樊哙眼见刘邦心事重重，不敢出声，只能待在一边，窃窃私语道：“这可怪了，七帮会盟只不过是江湖事而已，何以会惊动官府?看刘大哥的表情，好像真是遇上大麻烦了。”

刘邦猛然抬头，望向纪空手道：“二位投靠于我，原是为求得一生衣食无忧，图个下半辈子有所依靠。照理说二位既然救了我的性命，这个要求也不算高，可是人算终不如天算，二位要想活命，最好现在就离开沛县，远走高飞。”

他从怀中取出百两纹银，双手奉上，道：“区区财物，还请笑纳，此刻事情紧急，我还有要事待办，恕不远送了。”

纪空手一手推开银子，道：“刘大哥，我和韩爷虽然不知道你们遇上了什么麻烦，但是你与樊大哥既然把我们当作兄弟，我们就没有理由去做能同富贵，不能共患难的兄弟。如果你瞧得起我们，觉得我们还有点用处，就请吩咐，但有差遣，我们一定尽心效命。”

他的语气平淡，声音也毫不激昂，但他的每一句话都发自肺腑，显得真实可信。

刘邦似乎没有想到纪空手两人在自己紧急关头还能显得如此仗义，不由诧异地盯了二人一眼，道：“你们可知道，我要做的事情，可是诛连九族的大罪？稍有不慎，你们的小命就有可能断送在我的手里！”

纪空手见他一脸肃然，说得如此可怕，心中一怔，道：“刘大哥究竟要干一件怎样的大事，竟然这般凶险？”可他的嘴上毫不犹豫地道：“能为朋友两肋插刀，再危险的事我也认了。”

刘邦眼芒一闪，从两人的脸上缓缓划过，终于点了点头，道：“好，我果然没有看错你们。”又拍了拍两人的肩膀，甚是高兴。

他沉吟半晌，悠然而道：“你们行走江湖，可曾听过这么一句话，王侯将相，宁有种乎？”

这八个字一经出口，纪空手与韩信无不浑身一震。在他们的记忆中，似乎从来没有听到过如此慷慨豪迈的豪言壮语。

这世上的王侯将相，难道真的一生下来就注定了他们是王侯将相的命吗？这一个问题，不知道有多少人想过，但是有谁又敢说出口来？

纪空手心中好生激动，道：“能够说出这句话的人，一定是一个真豪杰，大英雄，让人一听之下，顿生仰慕之心！”

“没错！”刘邦的眼眸里闪出一缕光彩，道，“说这句话的人的确是一个大英雄，他在数月之前，在大泽乡中，率领数百勇士，竖起抗秦大旗，在短短数月之间，不仅发展了十万大军，而且攻城掠地，在陈建立了张楚政权，其声势之大，隐然有取暴秦而代之之势，但凡是热血男儿，谁又不心生仰慕之心？”

“你说的难道是陈胜王？”纪空手头脑一热，失声道。

“若非是他，这世上难道还有人可以值得我刘邦这般崇拜吗？”刘邦傲然道。他眉锋一挑，整个人仿佛一变，隐然有王者风范。

纪空手突然叫了起来：“我明白了，那一日你在淮水遭官兵追杀，想必就是从陈地回来，这么说来，你一定亲眼见过陈胜王！”

“是的，你猜得一点不错。”刘邦微微一笑，道，“我不仅见到了陈胜王，而且蒙他不弃，还与之同席饮酒，共商大计。”

韩信若有所思地道：“原来你说的杀头大罪，就是造反呀！”

刘邦望望四周，道：“我已经与陈胜王约定，五月十六那天，我们在沛县联合七帮起事，竖起抗秦大旗，而陈胜王派军队进入泗水，牵制慕容仙的秦军。本来双管齐下，大事可成，却想不到竟然在如此紧要关头走漏了风声，打乱了我们事先部署的计划。”

纪空手掐指一算，道：“今日已是五月十三，明日七帮会盟，揭竿而起，在时间上也不过只提前了两天。假如精心布置，虽然慕容仙率众而来，但坚持两日未免就没有可能，只要陈胜王的军队一到泗水，慕容仙自然会不战而退。”

他善于思考，是以话一出口，倒也头头是道，合乎情理。但刘邦眼神一暗，幽然叹道：“我又何尝没有这样想过？但是我们起义，是在七帮的基础上谋求发展，如果得不到七帮子弟的全力支持，令出而不遵，只能算是一帮乌合之众，又怎能抗衡训练有素的大秦军队？”

纪空手眼中现出一丝疑惑，道：“以刘大哥的为人、行事作风，也算得上是人中龙凤了，怎的会遇上这种麻烦呢？”

刘邦苦笑一声，明白纪空手虽然颇多急智，但毕竟年纪尚小，不懂江湖世故，当下耐心解释道：“人上一百，形形色色，特别是江湖之中，谁也不可能轻易服谁。在这个排资论辈的年代，人们首先看中的是你的资历，你的声望，你过去的辉煌，而不是你身上那股实实在在的能力，在这样的一种背景之下，你很难想象像我这样一个年轻人，要想成为让数千人都完全信服的统帅有何等艰难。”

纪空手与韩信不得不承认刘邦所说的一切正是非常残酷的现实，彼此相对，默然无语。一阵清风吹过，突然刘邦抬起头来，昂然道：“不过我想，世上的事总是事在人为，也许到了明天，我就可以想到解决问题的办法。既然空想无用，我们还是做好今天该做的事情吧。”

纪空手道：“今天该做的事情？”他似乎不解刘邦话中的用意。

刘邦眼睛眯了一眯，从眼缝中挤出一道迫人的杀气，缓缓而道：“在完成一次刺杀之前，如果先去体验一下被别人刺杀的经历，相信一定可以从别人的得失中得到一些意想不到的收获。”

他的话非常突然，弄得纪空手与韩信一头雾水。

第六章　欲海淫花

"啊……哎……嗯……"

一阵近乎呻吟的声音从厚厚的舱板缝隙中传入方锐的耳际，令方锐的心躁动不安。

一听这种撩人魂魄的声音，方锐的眼前仿佛又出现了张盈那丰满惹火的胴体，那形如白蛇扭动的身躯，那迷离若雾的眼眸，那半开半启、鲜艳欲滴的红唇……无不体现了一个成熟女性充满性感的丰韵。

他明显地感觉到自己身体的某一个部位发生了惊人的变化，浑身躁热无比，为了舒缓一下自己紧绷的神经，他只有走上甲板，企图摆脱这带有魔性声音的诱惑。

张盈的淫荡与她的美丽一样，都是入世阁中非常出名的。

不过张盈喜欢与人交合，缘于她精通一门养颜驻容之术，借着男人的精气，以调理肌肤功能，从而达到青春永驻的目的。对她来说，淫荡并不是她的本性，她之所以一步一步沦落至今日放浪的地步，更多的是为了报复，报复一个曾经让她伤心的无情男子。

房中的声息很快便平复下来，显然是床上的男人并不能满足张盈，想及此处方锐又禁不住心头一热。

张盈赤体盘坐，调匀呼吸，将刚才吸纳的男人精气运入肌体，一切完毕之后，心中依然难忍如火焰腾升的欲火，不由幽然叹息一声，望着自己这般撩人的胴体，只恨无人消受。

就在这时，她的耳朵一动，仿佛听到了甲板上传来的一阵浓重的呼吸声。她听音辨人，知道门外之人正是方锐。

她与方锐有过合体之缘，只是因为她这采阳补阴之术过于霸烈，大损男人精气，是以她对与入世阁中人的交合一向有所节制。方锐虽然年纪偏大，但也正应了老而弥坚这句老话，他在床上的功夫颇得张盈的欢心，此时正是欲火难耐之际，张盈顿生了再度春风之心……

当方锐与张盈的纠缠正至如火如荼之时，突然心头一震，似乎听到了门外传来的动静。方锐刚要撑起身体，却被张盈双腿夹紧，情热之际，不容分身。

“张先生，刘邦已经出现了，此刻他的人到了玉渊阁。”门外正是卓石和丁宣，他们都是入世阁的高手，此次随张盈前来沛县，担负起行动组织的重任。

张盈的身体依然在不停地扭动，双手紧抱方锐的臀部，迎送不迭，呻吟着道：“有……你们……在，一个……刘……刘邦难道还……啊……还摆平不了吗?”

卓石与丁宣心中暗笑，知道张盈最忌“办事”之时有人打扰。听了张盈的话后，两人心中一动，忖道：“凭我们的身手，区区一个刘邦算得了什么？何况还有章穷的人襄助，要杀刘邦还不是手到擒来之事?”

当下两人邀功心切，顾不得听那令人销魂的缠绵之声，赶往玉渊阁而去，留下张盈与方锐抵死缠绵，共同演绎出一派盎然春意。

刘邦的确是在玉渊阁中。

当卓石与丁宣赶到玉渊阁时，刘邦正坐在楼上临窗的位置上叫了一壶玉渊阁的玉渊春，独自细品。

此时天将渐晚，店中的酒客已然不多，楼上的六七张桌子上，稀稀落落地坐了十数人。

卓石走上楼去，一眼就看到了盖十一与风云雷电四大杀手。这些人都是章穷为了这次行动特地用重金请来的高手，只看他们看似随意地一坐，已然封锁了刘邦一切进退的路线，就知道这些人的经验丰富，的确是擅长刺杀的老手。

除了盖十一等人之外，还有两张桌上坐着人。一桌坐的是一对夫妻，年纪不小，足有五六十岁了，却相敬如宾，总是举杯劝酒，脸现红晕；另一桌上坐了三五个江湖豪客，借酒聊天，很是投机。不时店中的伙计上楼送酒沏茶，穿梭于几张桌面，一切都显得是那么平静自然。

卓石的心情顿时放松了不少，与丁宣相对而坐，叫来一壶酒，取出自带的一把炒黄豆，借品酒之机，打量起刘邦背向而坐的身影来。

他们此次沛县之行的目的，就是要置刘邦于死地，因为这是慕容仙请来张盈的真正原因。

“你是卓石，还是丁宣？张大先生何以没来？”在卓石打量刘邦时，刘邦突然转身笑了笑道。

卓石顿时感到了一丝不安，缓缓地将手伸向了放在桌上的酒杯，这是他们事先约定的信号，只要此杯出手，那么在瞬息之间至少会有五六件利刃神兵对刘邦发出最凌厉的攻击。

“我就是卓石！”卓石深深地吸了一口气，傲然而道，显得非常自负。

“是吗？”刘邦似乎不屑地一笑，端起手上的酒杯，看了看杯中的酒水，“如果你聪明，就应该想到我既然知道了你们的底细，何以又敢一个人孤身前来？这难道不是一件很奇怪的事情吗？”

他的话似乎提醒了卓石，使得卓石眼芒透过虚空，重新打量起楼上的酒客来。不过让他失望的是，他依然没有感到有任何的异样。

“你的意思是……”卓石带着疑惑的眼神望向刘邦。

“你不用再东张西望，我只是一个人前来，虽然你们看不起我，但我也同样没有觉得你们两个人就是可怕的人物，凭我的身手，对付你们两个是绰绰有余了。”刘邦缓缓一笑。

卓石不怒反笑：“你真的有这个把握？”

“我也不知道自己是否有这个把握，不过只要你一出手，这个答案很快就可以揭晓。”刘邦啜了一小口酒，咂了咂嘴，犹自回味这美酒的滋味，显得十分从容。

卓石不再说话。

因为刘邦的脸上压根就没有一点表情，卓石感到的，却是自刘邦身上透发而出的一股淡若无形的杀气。

盖十一与风云雷电四杀手同时望向了卓石手上的酒杯。这时，一阵脚步声踏向楼梯，伴着一声“沸水来了”的吆喝声，店中的伙计一手搭着毛巾，一手拎个数十斤的大水壶，走上楼来。

丁宣第一眼看到的，并不是这个伙计，而是那冒着热气的壶嘴。像这么一个长年提水的伙计，无论他的动作多快，走路多猛，都不可能让壶中的水洒出半滴来，但是这个伙计一上楼来，没走几步，水已洒了一地。

“小心!”丁宣心中想到什么，陡然大喝，当他的声音刚刚出口，楼上的惊变已然发生。

首先发难的竟然就是这个伙计!

就在丁宣心中怀疑到他的时候，他已经提起茶壶到了风云雷电所坐的桌前，扬起壶来，突然掌力一迫，从壶嘴中激出一股水箭，向风云雷电的面门飙射而去。

“呼……”

风云雷电四杀手唯有同时选择飞退，每一个人的手同时向桌边一按，借力向后直退。

“呀……”惨呼声起，风和云只觉背上一痛，利刃直穿心房，他们连杀人者是谁都不知道，已然毙命。

雷与电后退的位置正好是那四名豪客中间，当二人飞退之际，已然看到那一对老公婆倏然出手，将手中的短剑直插风与云的背心。他们一惊之下，刚要移位斜退，那四五名豪客已然出手……

眼见风云雷电在顷刻之间便已毙命，盖十一心惊之下骤然发觉那名伙计挥舞着手中的茶壶，向他袭来。

盖十一唯有拔刀相迎。

与此同时，卓石与丁宣终于出手了，他们的目标只有一个，那就是刘邦。

他们之间认识了十三年，相互间的配合也演练了十三年，两人之间形成的默契可谓是天衣无缝。当他们同时出手时，那种风卷残云般的浩然声势，让任何人都为之一震。

就在这时，刘邦眉锋一挑，拍桌而起。

“呼……”他的双手拍在桌上，竟然将木桌吸在手上。

然后他的腿迅即弹去，正好踢在木桌的一脚上，便见木桌形同一张飞速转动的圆盘，突然迎剑而去。

眼见木桌如暗云扑来，卓石竟不闪避，大喝一声，手腕一振，反而加快了迎前的速度。

“轰……”木桌顿时被撞得支离破碎，碎木横飞。卓石手中的剑锋穿过木屑，如狂飙直袭刘邦的咽喉。

就在卓石的剑锋逼近刘邦七尺之距时，他的眉锋一跳，只见刘邦的身体左右一摆，在他的身后，竟然又出现了一个刘邦！一个一模一样，完全相像的刘邦！

两个刘邦同时动了，以最快的速度起动，拍开卓石的长剑，重拳出击，狠狠地在卓石的小腹上击了一拳。当丁宣感到情形不对时，其中的一个刘邦已经顺手夺过卓石的长剑，指住了他的咽喉。

这一切几乎就在一瞬间完成，快得让人简直不可思议。当那名伙计将壶嘴插入盖十一的心口时，战事就结束了，小楼又恢复了先前的宁静。

丁宣自始至终都有一种糊涂的感觉，当他的目光移向自己面前的这位刘邦时，又忍不住望了望那位站在一边的刘邦，实在看不出这两人中到底哪一个才是真的刘邦。

站在一边的那位刘邦见得丁宣一脸迷茫的表情，忍不住笑出声来：“看来我的易容术真是长进了不少，弄得这位仁兄一头雾水，根本就分不出真假来。”

他一笑之后，还复了原本的声音，然后在脸上揉摸片刻，便见一个清秀的少年带着顽皮的表情，出现在众人面前，正是纪空手！

夜已入更，沛县城依然一片热闹繁华。

通往乌雀门总堂的几条街巷，已然被人秘密封锁，三步一岗，五步一哨，显然戒备森严，而乌雀门总堂中除了几处灯火之外，到处是黑漆漆的一片，无端中透出几分神秘。

几辆马车在一队人马的护送下，悄然驰入乌雀门总堂的一侧偏门，七拐八转之后，进入一个小院，却见一盏灯火之下，刘邦、樊哙已然下阶相迎，在他们的身后，除了纪空手和韩信外，还有几位乌雀门中的高手，个个神情都是一片肃然。

马车停住之后，刘邦亲自上前打开车门，便见七八人相继从马车中走出，每一个人都目光如电，光彩照人，隐有大家风范，正是江淮七帮的各大头脑。除了章穷之外，就连漕帮继任的帮主以及花间派新任的首领都已到齐，显然是为了一件非常重要的事情而来。

大厅上排了两行座席，正中间是一张铺了彩帛的竹榻，刘邦当中坐定，一摆手间，众人方才纷纷落座。

纪空手看在眼中，心里惊道："刘大哥并非七帮中人，却能凌驾于七帮首脑之上，这说明他是大有来头之人，否则七帮首脑既为一方大豪，都是桀骜不驯之辈，又岂会甘心任人摆布?"

事实上他只猜对了一半，这些首脑对刘邦如此尊敬固然是因为刘邦的背景复杂，财力雄厚，但更多的则是在这十年间江淮七帮多多少少欠下刘邦一些人情。所谓点滴之恩，当涌泉相报，这些首脑人物虽不至此，但在他们的心中，已隐然推他为首，唯他马首是瞻。

侍婢送上香茗点心之后，樊哙拍了拍手，叫来几名属下："从此刻起，凡距大厅五十步之内，不准任何闲杂人等走动，若有违令者，格杀勿论!"

他此话一出，大厅中的气氛顿时紧张起来，每一个人的目光全都聚集在刘邦一人身上。这些人虽然心中有数，但是都愿意听刘邦亲口说出计划，以壮其胆。

刘邦缓缓站起身来，微微一笑，道："承蒙各位的抬爱与信任，让我来牵这个头，我感到荣幸之至。经过长时间的精心准备，以及在座诸位的鼎力支持，我们的计划终于走到了最关键的一步。今天找各位来，就是想最后再征询一下各位的意见，过了今夜，我们就将揭竿起义，再也不是暴秦的子民了！”

众人顿时安静下来，过了片刻，灶头军的首脑郭产大声发问道：“刘公子，原计划不是定于五月十六吗？何以计划又提前了？”

“我也想按照原定的时间行事，但是这几天来，沛县的风声已紧，章穷与慕容仙暗中勾结，准备提前发动攻势，假如我们按照原定时间行事，只怕唯有任人宰割的份了。”刘邦的眼芒从每一个人的脸上缓缓扫过，然后自怀中取出一只信鸽的脚环道，“据可靠的消息称，慕容仙已调集数千人马，正在赶往沛县的途中，如果不出什么意外，他们最迟会在两日内出现在沛县境内。”

众人一听，皆蓦然变色，显然没有料到官兵的动作竟然这么迅速，更有人看出内中玄机，骂起章穷来。

刘邦双手一摆，道：“各位保持冷静，其实对我们来说，早一天起事与晚一天起事，并不是最重要的，重要的是各位是否有义无反顾的决心！这本是五马分尸、诛连九族的大罪，脚步一经迈出，就永无回头之期，不知各位是否有这样的心理准备？”

“我早就想好了，与其这般受尽欺压地活着，倒不如轰轰烈烈地大干一场，也算是了结祖宗的遗愿。别人我管不着，但我郭产算是跟定你了！”郭产说话虽然粗俗，却自有一股豪气，听得众人无不附和，纷纷响应。

刘邦微微一笑，非常满意众人表现出来的这种激情，信心十足地道：“好！既然大家能够齐心协力，那么我们就一定可以将这件大事办成！慕容仙虽有数千人马，但是我们的实力也不弱，只要坚持三五日，陈胜王的大军就会前来接应，到时前后夹击，秦军必败！”

众人一听到“陈胜王”三字，顿时轰动起来。在他们这些江湖中人的心中，陈胜无疑是这个时代的英雄，更是这个世界的强者，假如能够得到他的襄助，何愁大事不成？

"怪不得前些日子没有你的消息，想不到你竟然搬来陈胜王这块招牌来帮忙。刘公子，你的能力可真不小啊!"说话者是叫化帮的帮主洪大，他帮中人数众多，也是刘邦最忠实的追随者，是以附和刘邦，嗓门最大。

"我们干的既然是杀头的大事，当然要小心谨慎，绝不能只凭一时头脑发热，而不管事成之后我们将来的发展。据我分析，一旦我们起事之后，单凭我们现在的力量，很难在沛县取得立足之地，最好的办法就是投在陈胜王的大旗之下，再求发展，所以在一月之前，我孤身一人悄悄地潜往陈地，与陈胜王把酒长谈，终于得到了陈胜王在五月十六派兵接应的承诺。"刘邦缓缓道来，一字一句，十分清晰，听在每一个人耳里，都倍感亢奋。

众人闻言，无不振奋。当时秦施苛政，弄得天下民不聊生，百姓怨声载道，而这些帮会首脑原本就是亡国遗民，又流落市井底层，显然是深受其害，所以对逆反起义倍增兴趣。于公来说，是为天下百姓；于私来说，也希望凭着自己的努力改朝换代，争取达到他们封侯拜相、改变命运的目的。

刘邦眼芒一闪，与樊哙对视一眼，道："既然各位没有异议，那么明日七帮会盟之后，就是我们高举义旗的大好时机。从现在起，各位就要有这个心理准备，安排好各帮事务，严阵以待!"

他的眼睛望向漕帮新任的帮主张驰和花间派的帮主李浩，道："你们二位有什么问题吗?"

张驰和李浩站起身来，道："帮中局势已经稳定，估计问题不大，但为以防万一，我们回去后就着手软禁几名狂傲之徒。"

"好!"刘邦拍掌道，"我们必须要防患于未然，明日之事，只许成功，不许失败!"

他站起身来，踱了几步，来到郭产旁边的一位年轻人面前，道："杨凡，我吩咐你的事情办得如何了?"

这杨凡正是章穷门下新近崛起的一个人物，与刘邦交情不错，是刘邦力捧的新一代青衣铺老板。此刻一听刘邦问起，杨凡赶忙站起身来道：

"我已经联络了帮中大多数弟子，只要章穷一死，我就可以有十成的把握取而代之。"

他犹豫了片刻，道："但现在的问题是，时间一旦提前，我们就没有机会在会盟之前杀死章穷。"

刘邦不经意间看了纪、韩二人一眼，微微一笑，道："这一点我早有安排，你大可放心。对付章穷，就要先下手为强，我绝对不会容忍他来坏了我们的大计。"

杨凡却并不那么乐观，反而忧心忡忡道："章穷的武功不错，七帮之中只怕还没有人可以占到他的上风。这些天来，他不仅与慕容仙派来的一帮人来往密切，而且还花重金请来了吴越剑手喻波专职保护，杀他只怕未必容易。"

"喻波？难道是号称吴越第一剑客的喻波？"刘邦吃了一惊，显然对这个名字并不陌生。

在刘邦的记忆中，喻波以一手快剑称霸吴越，的确是一个非常难缠的人物，如果说章穷的身边真的多出了这么一位高手，那么行刺就会变得难上加难，成功的概率小到极致。

一阵更鼓声遥传而来，透过宁静的夜色，清晰地传入每一个人的耳中。

刘邦双耳微微一动，心中蓦生惊兆。

就在此时，"呼……"的一声，一道如闪电掠过的身影从刘邦的身后蹿出，踏着近乎鬼魅般的步法向厅外扑去。

纪空手扑出屋子，那神秘人身影已掠近外墙。

纪空手没有慌乱，反而止住了自己前行的脚步，因为他听到了刘邦开始起动的声音。意念一动，手中已多出了一把小刀，宽不盈寸，长不及尺，形如柳叶。

"嗖……"刀破虚空，如一道雪白耀眼的电芒，穿过这仲夏夜里宁静的月色，陡生无限凄寒。

众人无不诧异。

因为飞刀所指的方向，旨不在人，却在那段无人的虚空，正是神秘人逃走的必经之路。

神秘人唯有止步，否则飞刀已经封住了自己前行的去路，除非他想送上去让飞刀透入心房。

他当然不想死，所以就只有止步。身形一滞间，刘邦的人已然掠过他的头顶，借着飞刀的去势在他前方的两丈处站定，与纪空手一前一后，形成了对敌夹击之势。

刘邦突然冷哼了一声，眼芒一寒，射在来敌的脸上：“你是仰止！”

仰止是一个人的名字，是泗水郡令慕容仙最器重的公门第一高手。

他在这个时候出现于乌雀门的总堂，其用心已可见一斑，何况从时间上推断，他潜伏在厅外的时间已足以让他听到他想得到的东西，所以他必须死，因为刘邦绝不会容许有人来破坏自己精心布置的计划。

“你既然叫得出我的名字，就应该知道我的底细，识相点，便乖乖束手就擒，随我到衙门中投案自首，或许还有一线生机。否则的话，哼……”他没有接着说下去，因为他相信在场的每一个人都清楚逆反大罪在大秦法典中将受到怎样残酷的制裁。

刘邦却笑了，眼中多了一层揶揄的味道：“仰大人只怕在官府中待了有些年头了吧？”

他不答反问，谁也不知道他的葫芦里卖的什么药，仰止也不例外，一怔之下，傲然答道：“不长，也就十来年的时间，承蒙当今郡令看得起我，在江淮一带的衙门里还说得上话。”

“仰大人恐怕误会了，我可不是想求你什么。”刘邦淡淡一笑，“我之所以问你这个问题，是觉得你说的话实在太幼稚了，显然是官场上待得久了，沾染上了迂腐的毛病。与一个反贼大谈投案自首，照律问情，这无异于劝一个屠夫不要杀生一般可笑，难道你不这么认为吗？”

“你……”仰止心中勃然火起，顿有一种被人戏弄的感觉。

“我什么？我要杀了你！”刘邦脸一沉，眉间紧锁，透出一道杀气。

“我没听错吧？哈哈哈……”仰止一阵狂笑，满脸不屑。他虽然身处对方夹击之境，却非常自负，根本不相信仅凭眼前这两个年轻人就可以结束自己的性命。

“你没听错。”刘邦冷冷地看着他，这一刻间，他的整个人仿佛变了，不再有先前的和善与微笑，而是像一尊战神，让人一见之下，蓦生一种莫名的惊惧。

“你既想要我的命，就放马过来吧!”仰止说完这句话后，再不犹豫，“锵……”的一声，拔出了他腰间的长剑，如一条恶龙般飞扑向前。

刘邦却只是笑了一笑，笑得非常自信，似乎这个世界上根本就没有值得他去动心的事情。

面对刘邦这份从容，这份冷静，仰止的眼眸中闪过一丝惊奇。自他剑道有成之后，还从来没有人敢这样小视他的剑法，这不由得让他生怒。无名火起间，出现了一丝本不该出现的震颤。

任何人遇上超出常理的事情，都会本能地出现这种情况，仰止当然也不会例外，所以他的手微一震颤，刘邦就出手了。

“轰……”一声闷响，劲气狂溢，任何人都在为刘邦感到担心之际，刘邦的身形轻轻一晃，改拳为掌，劈向了仰止的剑背。

两人拳剑相交，攻守数招之后，刘邦已然成竹在胸。他初时还以为仰止敢称公门第一高手，手底下多少有点绝活，谁知几招下来，仰止的剑法不过尔尔，自己随时都可将他置于死地。

不过刘邦并没有立刻下手，这不是他想玩猫戏老鼠的游戏，而是他几次想下杀手，都不经意间看到了纪空手那张兴奋的脸。

所以他一连接下仰止的一路快剑之后，突然伸指一弹，震开剑锋，冲着纪空手喝道：“纪少，这个人交给你了。”说完倏然抽身而退，跳出战圈。

仰止倏觉压力骤减，还没有来得及喘上一口气，蓦然又感到一股杀气从身后迫来，一惊之下，他唯有急旋转身，正面迎敌。

纪空手同样用的是拳，仰止还未看清对方的拳路走向，便觉眼前一花，重拳呼啸而至。

这一拳击出，不仅让刘邦感到心惊，仰止更是惊骇不已，连退数步，左右腾挪，一时之间无法寻到应对之策。

仰止当然清楚自己此刻的处境，所以他没有信心再缠斗下去，是以他立刻疾退。

仰止一退之间，陡然向前俯冲而来，剑从手中振出，急抖出十三朵形同梅花的剑芒，星星点点布向虚空。

纪空手一怔之下，显然识破了仰止想逃的意图，所以他在避让剑锋的同时，将全身的劲力提聚到了拳上一点，随时准备发动爆炸性的攻击。

仰止的剑势已近疯狂，一路狂刺，都被纪空手以精妙的见空步一一让过。当他刺出第十九剑时，他的剑突然回收，转身而逃。

纵是纪空手与刘邦早有心理准备，也还是让仰止抢先了一步。

“嗖……”一条人影闪身追出，擦着纪空手的身边掠过，其势之快，犹如迅雷。

此人正是刘邦！

仰止顿时感到背后有一股大力涌至，如负泰山般沉重，他不敢停滞半步，在加速的同时，反而深吸一口气，将真力聚到背部，企图硬接刘邦这惊人的一拳。

“砰……”拳风击背，发出一声异常恐怖的闷响，就像是一大片猪肉摔在案板上的声音，使人听了心慌。仰止只觉喉头一热，一口鲜血狂喷而出，但是他的速度不减反增，就在纪空手亮出飞刀的一刹那跃出高墙。

众人无不大惊，迅速飞扑墙外，但却更多了一些意外。

仰止竟然死了！

仰止的尸体边，韩信提着滴血的剑悠然而立。

“韩爷，怎么是你？”纪空手有些喜出望外，与刘邦对视一眼。

“怎么就不能是我？”韩信似乎也没有料到自己能够如此轻易得手，得意地一笑，“其实你们一动上手时我就溜了出来，躲在这里，虽然面对面打架我还不行，但我最拿手的绝技就是背后捅人刀子，所谓的出奇不意，一经尝试，竟然大有收获。”

刘邦忍不住笑出声来：“你倒学得快，若非是你，只怕我们就有大麻烦了。”

他回过头来，与七帮首脑一一拱手道：“时间紧迫，我就不留各位了，希望各位回去之后，早作准备。”

众人见仰止已死，心情顿时轻松了不少，看看天色已晚，纷纷告辞而去。

樊哙也不敢有半点松懈，当下召集门中子弟，部署起明日的行动计划。只留下刘邦与纪、韩二人闲站在大厅之外，你望望我，我望望你，却都默然不语。

一阵夜风吹过，又带来了三更鼓响，刘邦抬头望着深邃无边的苍穹，突然摇了摇头，叹息一声，心中似有无限惆怅。

“刘大哥，明天就是大事将成之际，你应该开心才对呀，为何还是一副心事重重的样子？”纪空手与韩信相视一眼，忍不住问道。

刘邦苦笑一声，道：“就算七帮在我掌握之中，终有一日，我们还要走出沛县，逐鹿中原。到时候随着我们势力的不断壮大，人员自然要复杂得多，假如我不能服众，何以领军？不能领军，又何以去逐鹿中原？

就在这时，一阵锣鼓爆竹声随着清风遥遥传来，仿佛给这沉闷的空间带来了一丝喜庆的气氛。刘邦一愣之下，恍然大悟道：“今天已是五月十三，神节到了，他们定是在祭祀诸神，难怪三更天还这么热闹。”

他这一句无心之谈，却突然激起了纪空手的灵感，眼睛陡然一亮，道：“我倒有一个办法，可以让你在一日之间威信大增，赢得所有人的信服。”

“这可不是开玩笑的时候。”刘邦的脸色一沉。

“我绝不是在开玩笑。”纪空手紧紧地盯着刘邦，非常认真地道。

“如果你真的有办法做到这一点，那么从今日起，有我刘邦的一份荣华富贵，就必有你纪少的一份荣华富贵。若违此言，就让我刘邦一生的努力尽付流水！”他深深地吸了一口气，一字一句地道。听在纪空手的耳朵里，知道这是刘邦可以发出的最毒的毒誓！

刘邦的严肃令纪空手心中一凛，看着他热切企盼的眼神，纪空手感到了自己即将要说的每一句话的分量，所以在开口之前，他又在脑海中重新审视了一下自己的想法，确认可行之后，这才压低嗓门道：“我所说的办法只有两个字，那就是造神！”

沛县城里，空前热闹，毕竟七帮会盟是自古未有的一桩大事，自然引来了不少喜欢热闹的寻常百姓围观，加上七帮的数千子弟，竟把东城门围了个水泄不通。

大伙儿之所以要聚于东城门，是因为七帮会盟的会盟台设在西阳湖畔，由东门出城，再走十里，便是沛县有名的胜景——西阳湖了。

在众人的簇拥下，刘邦与各位帮派首领早已到了城门口，等到毛禹、章穷赶到，已经略显迟了。

“大人今日前来，可真是给七帮面子啊！”刘邦一见毛禹，赶忙迎了上来。

“连刘亭长都有此雅兴，何况是我这个一县之令呢？七帮会盟乃是沛县百年不见的大事，身为地方父母官，我岂有不来捧场之理？”毛禹故意将“亭长”二字说得很重，任谁都能听出其中奚落之意。

“大人所言极是。”刘邦微微一笑，毫不着恼，因为他从来不与要死的人计较。

毛禹自以为在口头上占了上风，扬扬得意起来：“我听市井传闻，说是这次七帮会盟推选盟主之位，刘亭长也算一位，这倒让我心中生奇了。我不明白你凭怎样的身份加入到七帮的事务当中，刘亭长能否赐教一二？”

“大人这句话问得好！七帮之中，公门也赫然在列，我当然是以公门子弟的身份竞争七帮盟主之位，难道这有什么不妥吗？”刘邦一听话音，已知毛禹的用意所在，又见章穷一脸微笑，甚是得意，明白他们是有备而来。

“你既是以公门子弟的身份参加竞选，那我就更不明白了。公门之中，你我究竟谁大，我堂堂一县之令尚且不敢出头，你一个小小的亭长何以敢越权犯上，去争这盟主之位？”毛禹自以为计策行之有效，声音大了许多，竟然当众质问起刘邦来。

刘邦不慌不忙，微微一笑，道：“大人说出这样的话来，不知你是当真无知呢，还是故意混淆视听。众所周知，七帮中的公门，乃是公门子弟置身江湖的一个组织，虽然他们的身份都是郡县中的官吏士卒，却从不以官职大小论高低，而是按照江湖的规矩排资论辈，我虽然只是一个小小的亭长，却是公推的公门首脑，就算你是一县之令，假若你要入我门中，只怕也要放下架子，从头做起。”

众人闻听，哄堂大笑起来，更有好事者拍掌叫起好来。

毛禹没料到刘邦竟然当众调侃起自己来，不由恼羞成怒，脸色一沉，道：“幸好我还不是你公门中人，可以不奉你为首，但你却是我辖内的一名亭长，见了本官，何以不行跪拜之礼?”

他说此话，事出有因，原来按照大秦律法，下级官员晋见上司，需以跪拜作礼，否则视为忤逆不敬之罪，但是刘邦显然不吃他这一套，冷哼一声：“大人此话差矣，我今日是以帮会子弟的身份参加七帮会盟的盛典，而大人也只是一个贺客，我们之间应该行的是主宾之礼，何须向你跪拜?如果大人一味要以官职来以大压小，那就不妨回你的衙门去，过足了官瘾再回来也不迟。”

毛禹还待要说些什么，却被章穷一把拉住，悄声道：“大人说话还需讲究分寸，倘若激起众怒，只怕有违初衷。”

毛禹放眼望去，只见七帮首脑中，人人都有愤愤不平之色，显然对他的作派甚为反感。毛禹心中懊恼之下，冷哼一声，不再说话。

刘邦微微一笑，眼芒扫向章穷的身边，不由得眼中流露出一丝诧异之色。他一心想看看那位吴越第一剑手究竟是何方神圣，但放眼望去，却不见人影，心中不由吃了一惊。

章穷显然注意到了刘邦的一举一动，瞥了他一眼，似笑非笑道：“刘亭长是在找什么人吧?”

“是的。”刘邦竟然一口承认，不过他接下来的话却差点没把章穷气死，“我是在看章老板的身边好像少了几个人，像七帮会盟这种盛典，他们竟然都不来，通常就只有两种原因。”

他顿了顿，接着道：“一种就是他们此刻还在百花楼姑娘们的粉帐里，美死了；另一种就是他们躲到玉渊阁的藏酒窖中，醉死了。但不管是哪一种原因，既然死了，他们当然就不能来了。”

章穷气得差点没一口鲜血喷出来，好不容易压下心头的怒火，冷哼一声：“我原来在想，今天不能来参加七帮会盟的人，应该是你才对，想不到你的运气不错，还能亲自前来，要不然今日的七帮会盟就要留下一点遗憾喽。”

“我的运气一向不错，每一次都让那些存心欲置我于死地的人失望，实在不好意思。”刘邦盯着章穷铁青的脸，禁不住哈哈一笑。

他的脸上虽然表现得非常轻松悠闲，其实心里已经有了几分紧张。他花了几年心血，成败就在今天，这种心跳的感觉，就像孤注一掷的豪赌，紧张自是在所难免。不过他此刻心情的紧张，更大的程度上是来自于喻波的突然失踪。

他以猎人的敏锐，从这点看似不起眼的小事之中嗅到了一丝潜在的危机。

章穷既然花重金请来喻波，自然是希望能将他派上大的用场，而不会在这种关键时刻让他离开自己。

当刘邦想通了这其中的关节时，不由在心里暗暗告诫自己：“越是快要接近成功的时候，就越是不能有任何的大意，否则功亏一篑，追悔莫及。”

他在樊哙的耳边交代了几句，这才挥手道：“时辰已到，我们这就出发吧！”

众人闻言，一呼百应，数千人浩浩荡荡向西阳湖畔挺进。

从东城门到西阳湖畔，距离虽不算远，却要穿过一片密林。此时正是初夏时节，林木苍翠，枝叶茂密，有风吹过，引起松涛阵阵，一路连绵起伏，不着边际。

眼看就要接近密林边缘，突然有一种“沙沙……”的怪异之响悄然传至空中，声音不大，却非常清晰地传入了每一个人的耳际。

是若有一个庞大的物体在地上爬行的声音，让人心中蓦生恐惧。

就在众人惊恐莫名、无端猜测之际，突然有人尖声惊呼："天哪，那是什么怪物?!"

众人惊悸地抬头望去，蓦然惊见一团雾气从密林深处萦绕而出，缓缓蠕动，弥散在密密匝匝的枝叶之间。正当众人想看清楚这雾散之际会有什么事情发生时，忽闻"嗖……"的一声腾空之响，从雾气最浓处闪射出一道白色的光影，盘旋跳跃在林梢之上，忽隐忽现，犹如鬼魅。

众人无不纷纷后退，本能地生出一股无法抑制的惊惧，定睛再看时，雾气渐散，白影已逝，刚才发生的一切又不复存在，林间又归于一片宁静。

半晌之后，众人才从这种怪异的景象中惊醒过来，一时间议论纷纷。

"这可奇了，我长这么大，还是头一遭看到这林子里会有怪物出现。"

"是啊，以前从来就没有人提起过，看它的样子，活像是一条巨蛇。"

"若是大蛇倒也罢了，偏偏它还会飞，真不知它的出现，是凶是吉。"

众人心中虽然好奇，却掩饰不住心中的惊惧，突然有人阴恻恻地道："这怪物早不现，晚不现，偏偏在我们七帮会盟之日出现，看这架势，只怕是凶多吉少，乃是大大的不祥之兆！"

刘邦怒火顿生，回头来看，说话之人正是章穷。

"章老板，我知道你对七帮会盟一向持反对意见，可也用不着这么借题发挥，蛊惑人心吧?"刘邦眼芒一寒，扫在章穷脸上。

章穷冷哼一声："这绝非是我蛊惑人心，而是事实摆在面前。我在沛县数十年，还是头一遭看到这林子里竟有这种稀罕之物出现，却偏偏发生在我们会盟之日，这难道是一种巧合吗?"

他的话顿时引起了不少人的共鸣，这也怪不得这些人意志不坚，实在是眼前所见的东西太过荒诞，根本无法以常情揣度。

章穷心中暗暗窃喜，他一心想着如何能够拖延时间，使得七帮会盟不能如期进行，正苦思无计，想不到一场意外的惊变出现，让他无意中达到了目的，这可真是应了那句老话，踏破铁鞋无觅处，得来全不费功夫，怎不叫章穷喜出望外呢？

刘邦未怒，沉吟片刻，蓦然摆手道：“大伙不用惊慌，这林子里究竟有何古怪，现在谁也不知，单凭想象，只能是把事情想得愈发复杂，你们且静下心来，在这里等上一等，待我前去看个究竟。”

他此话一出，满场皆惊，数千双目光同时聚焦到他一人身上，就连毛禹、章穷，也不由得暗暗佩服起他的胆色来。

樊哙踏前一步，道：“刘大哥，还是让我去吧，这里需要你主持大局！”

刘邦轻轻地拍了一下他的肩膀，悠然而道：“又不是去赴阎王摆下的酒宴，犯不着这般紧张，相信我，不管发生了什么事情，我都会活着回来。”

他的眼眸中飙射出一股震慑人心的寒芒，从众人的面前一闪而过，然后转过头来，大踏步向林间走去。

他一踏入林中，就感到了一种莫名的心悸。这种心悸的产生，来源于一股浓烈的杀机，但未必让刘邦驻足。

刘邦扶住剑柄，缓步向林内行入数十丈，倏地止步，却听得“轰……”地一响，身边一蓬野藤突然爆裂开来。

“嗖……嗖……”一时间整个虚空气流狂涌，劲风呼呼，数十杆丈长的竹箭仿若恶龙，自数十个不同的角度向刘邦围袭而来。

不仅如此，野藤爆开的中心处，一点寒芒骤然迫至，弧光旋动中，虚空中已然多出了一把凛凛生寒的剑锋……出剑的正是吴越剑手喻波。

刘邦身形一动，就在喻波感到错愕之际，刘邦又突然出现了。但是刘邦出现的地方，却是喻波万万没有想到的。

他出现在空中，一手抓住一根野藤，一手紧握雪白的剑锋，借着一荡之势，他的剑气中顿生一股霸烈之气，犹如拍岸的惊涛而来。

喻波大惊之下，却丝毫不乱。

“呼……”他脚下一蹬，也抓住了一根野藤，身子借力荡上半空，堪堪躲过刘邦这势在必得的一剑。

当他的身体升至长藤摆幅的最高点时，他陡然大喝，涌动起狂烈的杀气，如奔马之势出剑，杀向身形下坠的刘邦。

三丈、两丈、一丈……

就在他的剑锋逼近刘邦七尺之距时，刘邦的整个身体晃动了一下，竟然匪夷所思地平移了三尺，喻波发现目标错位之时，已经很难收势。

“噗……”他的剑锋射在一棵树干上，突然弹起，就在刘邦逼近的刹那，他的身体倒掠空中，退出三丈开外站定。

刘邦没有追击，只是冷哼一声：“你就是号称吴越第一剑手的喻波？”

喻波似乎没有料到自己的目标身手会是如此高明，怔了一怔，道：“我就是。”

“你的剑法果然不错，不知章穷请你来花了多少酬金？”刘邦已经看出喻波的剑术的确有其独到之处，若要分出胜负，只怕当在百招之后。可是时间对他来说，弥足珍贵，他不想将宝贵的时间花费在这种无谓的争斗上，所以他决定用一种更直接的方式来赢得时间。

“这是我的隐私，似乎没有告诉你的必要。”喻波淡淡一笑，根本就不想回答这个问题。

“不管你愿不愿意告诉我，我都可以断定，你只能拿走那一部分订金，而不可能拿走全部酬金。”刘邦说这句话的时候，更像是一个讨价还价做买卖的商贾，脸上带出一丝笑意，“因为你杀不了我。”

“我承认这是一个不争的事实。”喻波沉吟片刻，点了点头。

“但是如果你与我合作，不仅可以拿走全部的酬金，甚至还可以得到比这更多的钱。”刘邦明白，要打动一个可以用钱雇来的杀手的心，需要采取什么样的方式。

但喻波却摇了摇头：“我不会替你去杀章穷，无论你出什么价钱都不行，这是我的原则！”

“一个办事有原则的人，通常都是可以信任的人。”刘邦微微一笑，“我不要你去杀章穷，只要你离开这里，三天之后，你可以在泗水的大通钱庄领取你的全额酬金，顺便说一句，这是由我支付的。”

“我能相信你吗？”喻波觉得这件事情太出人意料了，更没有想到钱会来得如此容易。

“你必须相信，因为这是个不错的买卖。”刘邦心里却有些着急了，知道若再拖下去，樊哙他们必然担心自己的生死，一旦闯入密林，那么自己的计划就会前功尽弃。

喻波盯住刘邦的眼睛，终于笑了：“这个买卖当然不错，不过我想问一句，我得到了钱，你从这笔买卖中会得到什么?”

“我得到了我最需要的时间。”刘邦也笑了，“如果不是你的剑法有一定的水平，我本来可以不付这笔酬金的。”

喻波没有再多说废话，他只是以自己最快的速度离开了这片密林。

与此同时，就在樊哙与各帮首脑商量着准备入林救人之际，一声悠长清脆的长啸从密林深处遥传而出。

“是刘大哥的声音。”樊哙惊喜地叫了起来，一颗悬于半空的心顿时放了下来。

章穷的脸上露出一丝不易察觉的失落，与毛禹对视一眼，心中生出几分诧异。

每一个人都将目光投在密林深处，屏住呼吸，观望着林间的动静。

“呼……”林中陡生一阵疾风，白光乍起在林间深处，如一道闪电急掠，其速之快，绝非寻常猛兽飞禽可比，怪不得有人把它当作怪物。

众人相距甚远，虽然不能看清这条白影的真实面目，但它的出现总是伴着一阵雾气，朦胧之中，来去悠然，其形诡异，引得众人不时地发出惊呼声。

饶是樊哙这等高手，在这条白影高速移动当中，他们的目力似乎也没有太大的用处，只是透过迷雾，隐约见到一条五丈来长、形如蛇类的怪物穿行于枝叶之间，所过之处，枝叶摇动，声势端的骇人。

“刘大哥虽然武功高绝，但是遇上这种异兽，只怕不是人力可以抗衡的，且待我去助他一臂之力。”樊哙见刘邦迟迟未有动静，不由得为他担起心来，正要快步抢出时，蓦见一道人影宛若一阵清风般飘上林梢，在密林的上空处与那道白影缠杀起来。

樊哙定睛一看，那人正是刘邦!

“嗖嗖……”之声从半空传来，如同风雷，虽然相距尚有数十丈的距离，但是在场的每一个人都感受到了那漫天的杀气，以及充斥于这片空间里的每一寸压力。

只有到了这一刻，无论是敌是友，每一个感受到这种紧张气氛的人才发现了一个惊人的事实，那就是一向以低调行事的刘邦竟然是一个深藏不露的高手！他虽然年龄不大，资历不深，但是若以武功论之，环顾七帮，谁是敌手？

毛禹与章穷也忍不住对望几眼，发现对方的眼中全是惊惧与疑惑，这段时间以来，他们一直都在严密监视着刘邦的一举一动，甚至调查他的背景来历，却并未发现有异于常人的地方。谁知他甫一出手，便是一鸣惊人，这让毛禹多少生出了一丝后悔之心，在心中埋怨起章穷来。

樊哙看在眼中，喜上心头，他作为刘邦最忠实的追随者，一直担心刘邦的年纪尚轻，难以服众，这么一来，他不由对今日的大事信心大增。无论刘邦最终是否能斩杀这条异兽，其声望无形中都会在众人的心中得到很大程度的提升，从而为他号令这班江湖子弟奠定坚实的基础。

就在众人全神贯注之际，刘邦与异兽的酷战也到了近乎白热化的程度。刘邦的人在空中，每一剑刺出，都幻化出千百道剑影，缠绕在那条诡异的白影之上，劲气从掌心中爆发，直透剑身，逼出道道刚猛罡气，急卷林梢，使得断枝枯叶如旋涡般急旋，煞是惊人。

突然间，伴着刘邦的一声断喝，一道雪白的光影犹如撕裂云层的闪电，疾向那条白影的中段斩落。

“噗……”一道冲力十足的血雾顿时飙射空中，随着血雾的徐徐飘落，染红了半边天空。

那条白影光色一暗，分成两段，陡然向林中蹿落。

这惊人的一幕出现在众人眼中，一愕之间，顿感摄人魂魄。

“走！”樊哙再也忍不住心中的担忧，大喝一声，抢先跑入林中。

当数千人赶到人兽厮杀的现场时，每一个人都情不自禁地止住了脚步。

刘邦静静地站着，他的浑身上下已被汗水湿透，血渍遍地皆是。谁也不敢上前问上一句，因为这一刻的刘邦，就像是高高在上的天人，凌驾于众人之上。

“我长这么大，还从来没有见到过这么大的蛇，今天总算是开了眼界。”刘邦长吁了一口气，悠悠地道。

“它绝对不会是蛇！”樊哙摇了摇头，“虽然我不知道它到底是什么，却可以确定它绝不是蛇。”

刘邦微微一愣：“你何以这么肯定？”

“蛇是不会飞的，而它会，它不仅会飞，而且就像一条龙一样，腾云驾雾，飞行于半空之中，所以它充其量只是外形像蛇罢了，而不可能是真正的蛇。”樊哙的话很有道理，有根有据，众人大有同感。

但如果它不是蛇，又是什么呢？这是每一个人心中都会想到的问题。

“我们去看看不就清楚了吗？”有人叫嚷了一声，一句话提醒梦中人，众人纷纷四处查看起来。

但是搜寻的结果，除了满地的血渍之外，再无半点收获。令人惊诧的是，很多人明明看到那条异兽被刘邦斩成两段，此时寻来，却踪影全无，难道说这竟是一条不死的灵兽？

穿过密林，眼看就要到西阳湖畔了，众人还在为刚才的事情议论纷纷，就在这时，从湖面传来一阵老妪的号啕大哭声，其声之悲，似有丧子之痛，引得众人无不循声而望。

只见距湖岸十余丈处的湖面上，一个身着白衣的老妪脚踏湖面，悬凝不动，掩袖而泣，让人无法看清她的面目。

她的脚下除了绿幽幽的湖水之外，竟然什么也没有。众人无不骇然，皆以为遇见神鬼！

否则像她这样不升不降，长时间悬于水面之上，就算是冠绝天下的轻功高手，也只能是痴心妄想。

刘邦却分开众人，踏前几步，拱手问道：“老人家，你何以一个人跑到这湖面上来哭？莫非是遇上了什么伤心事吗？”

那老妪并不抬头，边哭边道："有人杀了我的儿子，所以我哭。"

刘邦惊奇怪道："是谁杀了你的儿子呀？"

"我儿子本是白龙帝君，就住在西阳湖里，适才感到闲闷，就上岸游玩片刻，想不到竟被赤龙帝君杀了，至今尸首不见，魂魄未归，怎不叫我老妇人伤心呢？"那老妪哭哭啼啼地道。

她此话一出，刘邦那傲然不动的身影顿时成了众人目光注视的焦点，因为只要不是傻子，稍微用心一想，就会明白刚才发生的究竟是怎样的一回事。

刘邦杀的不是蛇，是一条龙，就是老妪的儿子白龙帝君。

杀死白龙帝君的人是赤龙帝君，可那个人明明就是刘邦，难道说刘邦竟是赤龙帝君的化身？

每一个人望向刘邦的眼神中，都不自禁地透出三分敬畏，就连樊哙、毛禹、章穷也不例外，在他们的眼里，仿佛刘邦已不再是刘邦，而是神，是赤龙帝君的化身。

刘邦似乎并不因此而喜，倒像是想刻意掩饰什么，急忙拔剑在手，喝道："我还道你是一个本分人家，这才好心相问，想不到你竟然妖言惑众，蛊惑人心，真该吃我一剑！"

"你……你……你竟是赤龙转世？！"那老妪猛然抬头，一脸惊骇，"你还想斩尽杀绝吗？"蓦然身子一动，就此沉入水中。

但见那没水处泛起一圈一圈的波纹，由近及远，化为无形，片刻之间，湖面又归于平静。

湖畔虽然寂静无声，但刚才的一幕已如一道烙印般深入人心，那老妪的每一句话都让人感到震撼，但真正让人感到不可思议的，却是她没入水中时说的那一句话。

难道刘邦真的是赤龙帝君转世？

这似乎是一个谜！

但每一个人投向刘邦背影的目光中，仿佛都多出了一种不可抑制的敬畏与崇拜之情。

吉时已到，七帮会盟终于在数千子弟期待的目光中拉开了盛典的帷幕。

当刘邦在其他六位首脑的簇拥下登上以沉木搭建的会盟台时，他的脸上已是精神抖擞，意气风发。

只有毛禹站在离台上不远的一棵大树下，静静地观注着事情的发展，他的目光最终落在了刘邦的脸上。在柔和阳光的照射下，刘邦的脸上似乎有一种摄人魂魄的独特气质，让毛禹感到了一丝恐惧与害怕。

他真的是赤龙帝君吗？

只有刘邦自己心里清楚，这一切只是纪空手精心炮制的一场戏。

他不得不对纪空手刮目相看，同时也为他的妙手而惊叹。他为纪空手提供了一些牛皮与布缎，可是纪空手给他的，却是那条几可乱真的白龙，加上一些机关的设置，竟然是那般的活灵活现，富有活力。

事情的发展尽如纪空手所料，当刘邦在众人的注目下进入密林后，纪空手与韩信就凭借着各自的身法和雄浑的内力，舞动白龙，造出极大的声势，将白龙现世的那种诡异与神秘演绎得淋漓尽致。

当刘邦一剑斩断白龙的那一瞬间，纪空手与韩信取出事先准备的猪血，扬向空中，然后将这条假白龙取走藏匿，造成假象，让众人产生视觉上的错觉。

然而这只是整个造神计划的一部分，真正的画龙点睛之笔，还在于纪空手的精彩表演。

纪空手自小喜欢看戏，加之又有超人的水性，所以装成老妪来几乎天衣无缝。他的表演非常到位，给人以空前的想象力与压抑的神秘感，让人自然而然地将刘邦与赤龙帝君这两种不同的概念联系起来。

而老妪悬浮水面的功夫，看似诡秘，其实最是简单不过。他无非是在湖面下埋了两根木桩，玩的正是人人都会的小把戏。

当这一个个的悬念串联起来，就造就了一个当今江湖上最大的神话——把一个人变成了神，而这个神话的主角，就是他刘邦！

思及此处，刘邦的心里无法不笑，因为他知道，只要这个神话不灭，他的声望就会如日中天，等待他的，就会是一个灿烂而辉煌的明天。

“现在我们请公门的首领刘邦讲话。”樊哙俨然是台上的主持，他的话一出，满场皆静，都将注意力集中到了台上。

刘邦缓缓地站将起来，向四周的人群团团抱拳，不失礼数，然后才清咳一声，道：“今日我能够站在这里，心情十分激动。自江淮七帮创立以来，已历百年，经历了不知多少风雨，却能顽强地生存下来，发展壮大，这是一件多么不容易的事情啊！以至于从前人的手上传到我们的手里，竟成了当今江湖上谁也不敢小视的力量，这正是不知多少先辈与在座诸位共同努力的结果。”

“江淮七帮创立伊始，只不过是一些亡国遗民为了复国而建立的一种组织，能够走到今天，委实十分艰难。三十年前，当时各帮的首脑为了帮派能够更好地生存下去，纷纷将总堂迁至沛县，致使江湖上出现了一种难得的奇观，一县之地，七帮并存。当时那些首脑的初衷，是看中了七帮数十年来建立的良好关系，在当时比较恶劣的生存环境之下，以期相互有个照应，共同发展繁荣，这也许就是最早的会盟雏形。”刘邦眼芒从全场一一滑过，注视着众人的表情。

“时至今日，正值乱世，形势愈发险峻复杂。既有官府盘剥，又有大帮会的倾轧，各种势力并存，已经动摇到了我们江淮七帮生存下去的根本。为了长远发展，也为了不让先辈创下的基业毁于一旦，我和各位首脑几经协商，终于决定七帮会盟，共图大计！”刘邦顿了一顿，道，“有人要问，七帮会盟究竟有何好处？若是不结成同盟难道就不能继续生存下去？七帮会盟究竟是利大于弊，还是弊大于利？”

这些问题正是许多人心中想要问的，刘邦既然提起，众人倒想看看他如何来解答这些问题。

“前些日子，我去乡下办事，路过一家庄户人家的院子。”刘邦突然话题一转，说起这么一件看似毫不协调的闲事来，让众人无不为之一愣，但刘邦视若无睹，依旧缓缓而道，“那院子里好生热闹，我一时好奇，就走了进去。原里这院子里住着一位老人，养了三个儿子，都到了成家立业的年龄，正吵着闹着要分家单过，我寻思道，‘这可不太好办，倒不知这位老人如何处理这家务事？’便耐着性子瞧了下去，谁知那位老人什么话也没说，只是给每个儿子发了一根筷子，要他们将之折断。那几个儿子一一照办，毫不费力地就完成了。老人笑了笑，又每人发了一把筷子，要他们如法炮制，谁知这几个儿子使出吃奶的劲儿，也无法将筷子折断。这时候老人才开口说话道，‘一根竹筷易折，一把竹筷难断，这看似不起眼的小事，说明了一个道理，那就是你们兄弟也同这竹筷一样，假如分开单干，各顾各的，只要一遇困难，就会很容易地被困难打倒，再也爬不起来。假如你们兄弟齐心协力，共同来支撑起这个家，那么你们就会像一把筷子一样，再大的困难也难不住你们。’”

刘邦微微一笑：“一个蜗居乡下的老人，尚且明白这个道理，在座的诸位都是行走江湖的，见识广博，想必不会连这个乡下老人都比不了吧？”

众人一听这个故事，这才明白刘邦的用意所在，一时间台下议论纷纷，好生热闹。

“七帮会盟的确是一件好事，称之为盛典并不为过。”说话者竟是章穷，但刘邦丝毫不显惊讶，因为他明白，章穷这么说，通常采用的都是以退为进的战术。

“但是，七帮既然结盟，必然要产生出一个人人都心服的盟主，这就很难了，如果说我们七帮中人为了争这盟主之位反而伤了和气，这是不是违背了结盟的初衷？”章穷果然狠辣，一下子就击中了问题的要害。

他明知七帮会盟的大势已成，不可阻挡，所以就退而求其次，希望能在这盟主人选上挑起纷争，达到拖延时间的目的。

刘邦显然看穿了章穷的用心，微微一笑，将目光望向了樊哙。在这种场合之下，他最好的办法就是保持沉默，让别人来为自己说话。

果然，樊哙冷笑一声：“现在盟主的人选还没有推出来，章老板何以就知道他不是人人心服的盟主呢？除非是你存心刁难，故意作梗，铁了心肠要阻挠七帮会盟！”

章穷“呼……”地站将起来，脸色涨得通红，道：“樊门主，你这是什么意思？我只是为七帮大计着想，何以你要这般诋毁于我？”

樊哙道：“如果你真心是为七帮大计着想，就不该勾结官府，对其他帮派又打又压，还请来什么毛大人禹大人，企图借官府势力阻挠结盟，老子第一个不服！”

毛禹人在台下，听得樊哙叫骂，勃然大怒：“樊哙，你敢这般藐视本官，是想造反吗？”他大手一挥，便要指挥几百名士卒压上。

“你给老子闭嘴！”樊哙眼芒一寒，大手也向前一挥，乌雀门的上千子弟已然将对方的几百名军卒围住，刀戈相向，气氛肃然，大有剑拔弩张之势。

第七章　开辟帝道

毛禹也绝非泛泛之辈，他能被慕容仙点名派到沛县来当县令，其本身实力就很能说明问题。

虽然他此刻的心情非常紧张，但表面上依然显得镇定自若，冷哼一声："你们可要想清楚了，这里是我大秦王朝的辖地，你们若是与我对抗，就是公然与我大秦王朝作对！按照大秦律法的条文规定，此乃忤逆篡反，乃千刀万剐，诛连九族之罪。"

他意在恫吓，把对方行动的后果公诸出来，至少可以让这些人考虑一下这么做是否值得。果不其然，场中的许多人脸上顿现犹豫之色。

刘邦看在眼中，缓缓站起来道："假如我们不起来造反，难道你就能放过我们吗？据我所知，郡令慕容仙的军队正在赶往沛县的路上，他的来意就是想对我们七帮图谋不轨。如果我们真的放下武器，等候你们的发落，还不成了你们砧板上的鱼肉？任由你们宰割，胡作非为！"他深知七帮子弟都是江湖中人，行事全凭一腔热血，只要自己煽动得体，就能稳定军心，不生变故。当下伸手拔出剑来，向天一举，冲着毛禹所带的军卒喝道，"你们之中凡是我公门子弟，愿意追随我刘邦的，就站过来！"

他话音一落，毛禹手下的数百军卒一哄而散，只剩下几个心腹随从伴在毛禹身边。毛禹大惊失色之下，情不自禁地接过了属下手中的长枪。

"今天我刘邦还真的不信这个邪了，你既说我造反，我就造反！我造反的第一件事，就是要杀了你这条官府走狗，用你的血来祭我们起义的大旗！"刘邦人站台前，威风凛凛，状若天神一般。他眉宇紧锁，已然逼射出一股浓烈无比的杀机。

对他来说，这是无可避免的一战，只有杀了大秦王朝的官员，才能向世人表明自己与大秦彻底决裂的决心。

“你可要三思呀!”毛禹近乎绝望地叫了一声。

“多谢提醒，我早已考虑清楚了，久闻你的问天不应枪法霸烈无比，今日总算可以让大家大开眼界了。”刘邦横剑在手，居高临下，已如一头魔豹虎视眈眈。

毛禹深深地吸了一口气，无奈之下，紧紧地握住枪身。他的脑袋猛一激灵，忽然意识到了这是自己最后的，也是唯一的机会。

从会盟台到毛禹所站的那棵大树，至少有十丈之距，当两人的眼芒在空中悍然相撞时，整个空间顿时涌动出无形的压力，迫得众人两边一分，为他们让出一条宽达丈余的道来。

刘邦剑锋斜指，正以一种奇慢的速度一点一点地向虚空延伸。

“慢！且慢动手!”章穷一直注视着刘邦那挺拔若山的背影，忽然感到了一种令人窒息的压力，他说不清这究竟是怎么一回事，但他的心里已有了一丝恐惧。

刘邦没有回头，也不想回头，他此刻的心神定若磐石，不起半点波动，内力充盈激荡，渗入虚空，掌握着毛禹气机中的每一个变化。

章穷见没人理会自己，故作愤愤不平：“毛大人远来是客，传将出去，江湖上只怕会笑话我们七帮不明事理，我们何必要失这个礼数呢?”

众人依然不加理会。

“你们既然将我的话置若罔闻，我想我也没有必要再留下去了。各位，恕我无礼，告辞!”他站将起来，便要甩袖而去。

“你认为你能走得了吗?”就在这时，刘邦终于开口了。

“笑话，七帮结盟全属自愿，莫非你还能强迫我青衣铺加入不成?”章穷一怔之下，已经在暗暗凝神戒备。

他的注意力全部集中到了刘邦的背影之上，不敢眨一下眼睛，他自信只要刘邦一动，就能在最快的时间内作出反应。

但是，刘邦未动，在章穷的身后，空气中陡然有一股气流发生了异动。

“轰……轰……”随着两声惊响，章穷身后的木台上，突然炸开了两个口子，木条激射间，两条人影从裂开的木缝中如电芒飙出，袭向了章穷的后背。

这一招惊变来得如此突然，完全出乎了所有人的意料。章穷的心里更是大骇，因为他已从气流的走向里捕捉到了这两个不速之客所攻击的方向与路线。

对方显然对章穷的武功十分了解，并且精心布置了应对之策，所以他们所攻之处，一个是章穷的腿，一个是章穷的手，瞬息之间封锁了章穷手脚可以活动的任何路线。

章穷最初的反应，是伸手抓向腰间，落空之后，才省悟过来，自己的无头剪根本就不在身边。

“是你们!”樊哙突然惊叫了一声，脸上顿时松弛下来，连他也没有想到，纪空手与韩信竟然会藏在这木台里面。

对纪空手与韩信来说，他们的任务不仅仅是造神，除此之外，就是要在刘邦发出信号之后对章穷发动攻击。

当他们抢在众人之前藏匿在木台下的空间中时，就通过台上每一个人的呼吸来确定章穷的方位所在。

在纪、韩二人袭来之际，章穷也动了。

他动得很快，虽然手脚有所限制，却不能完全限制他脚步的移动。

“哧……”他的脚底几乎是贴在木台上滑前了丈余，等到拉长一定的距离时，他的身体突然旋动，一排腿影蓦然升空。

这一下轮到纪空手与韩信吃惊了，虽然他们私底下为今日的刺杀演练了不下百遍，可他们还是没有料到章穷的反应会是这般奇快。

刘邦说过，章穷的可怕，不仅仅是腿法，还在于他头上的那枚药王针。纪空手与韩信心中一凛，目光同时锁定在了章穷的发髻上。

他们当然不会让章穷的药王针出手，同样也不会让章穷的腿发挥出应有的威力，因为韩信的手中有剑。

“呼……”他们临时改变了事先预定的计划，改由韩信来对付章穷的腿，而纪空手的手里已多出了一把七寸飞刀，瞄住了章穷的手腕。

他们这一变果然有效，韩信的剑一出手，迎向了章穷的腿，虽然后发，但他的剑只是等在了章穷的腿势之前，如一道山梁横阻了章穷的攻势。

章穷只有向左横移，无论他多么自负，都不会认为自己的肉腿硬得过以精铁铸成的剑锋，所以他只能闪避。

“呼……”剑破虚空，挟带慑人的劲气，韩信展开了自己的追击。

纪空手反而伫立不动，飞刀在手，眼芒注视着章穷的每一个异动。

“哧……”剑在韩信的手腕一振之下，抖出一道慑人的剑芒，在阳光直射下，交织于虚空中，仿若一幕似虚似幻的大网。

“轰……”剑气织成的网却炸了开来，韩信退了几步，章穷竟一脚踹入了剑网的中心。

剑网溃散，韩信借一退之势卸去了这如巨杵般冲击的巨力，剑锋再扬，在虚空中划出了一道亮丽的弧迹。

章穷没有乘胜追击，更没有迎剑而上，他的身体突然如一杆标枪般倒射而回，同时，他的手以快得让人几乎无法察觉的速度伸向了发髻。

“嗖……”他的手刚一抬起，便感到了一道电芒振起罡风划向了自己手腕将去的路线。

“呀……”章穷只觉得自己的手腕一痛，惨号一声，手掌无力地下垂，虽然距发髻不过一尺的距离。

他发现手腕上赫然插上了一把七寸飞刀，透过刀光，在虚空的那一端，却是纪空手那带着微笑的脸。

章穷心中的惊骇简直不可言喻，顿时意识到了自己的一切动作都在对方的算计之中，这让章穷深深地感到了恐惧。

章穷的心中不自禁地生出逃走之念，已是再无战意。

“轰……”他借着这一痛激发出来的力量，双腿一动，蹬裂木台，企图从裂缝中逃逸。

他的算盘打得不谓不精，却没有想到韩信的剑锋算得更精，“呼……”

的一声，以秋风扫落叶之势斩向了章穷下落的身体。

"啊……"章穷顿时感到一股至寒之气侵入了自己的腰间，然后他便听到了"噗……喀……喀……噗……"的一串怪响。

怪响来自于章穷的腰间，赫然是剑锋破体与刮割骨骼的声音，所有人顿有头皮发麻之感。惊呼声中，章穷的整个身子竟然一分为二，分成两段，血肉与白骨俱现，极是恐怖。

这一切都一丝不漏地落入毛禹的眼中，他无法再保持心态的平静，就在这时，他的眉锋陡然一跳，因为在这一刻，他看到了刘邦那充满异彩、摄人心魂的眼睛。

毛禹的手紧握枪柄，"嗡……"的一声，枪花一颤，寒芒乍现，发出了一阵如龙吟般的低啸。

就在这时，刘邦笑了，笑在寒芒乍现的那一刻间。他知道，毛禹终于有些沉不住气了。

高手相争，切忌动气。

所以刘邦才会以奇慢的出剑方式，不断地给毛禹最大限度地施加压力。他要的就是毛禹心浮气躁，只有这样，他才会有一击胜之的机会。

毛禹再也难以承受这种无处不在的压力，陡然间大喝一声："你去死吧！"手腕一振，长枪化作一条苍龙，奔向虚空，准确无误地对准刘邦的剑锋撞击而来。

刘邦不自禁地紧了紧手中的剑柄，眼睛一眯，从眼缝中挤出一道寒芒，死死地锁定在对方愈逼愈近的枪锋上。

十丈、五丈、三丈……

枪锋破空，每向前一丈，刘邦感受的压力都有所不同，当他感到自己的剑身难承其重时，"呼……"，剑如清风般起动，幻化成一道美丽的弧迹，挤入空中。

没有想象中的碰撞声，也没有众人期望的爆炸声……

就在枪剑相触的那一刹那，刘邦的手腕轻轻地一抖，只改变了一点方向，便听"刺溜……"一声金属刮刺之音，如鬼哭般震响在整个虚空。

一串耀眼夺目的火花爆裂开来，便见那剑锋如附体的阴魂，紧贴在毛禹的枪身之上，以电芒般的速度顺杆而上，直削毛禹的手腕。

毛禹陡然色变，他惊骇地发现，刘邦这近似无理的打法，竟然是他枪法的克星！他要么弃枪，要么就只能眼睁睁看着手指被剑削断。

无论哪一种结果，都是他所不愿意看到的。

于是他就只能退，用一种比前进更快的速度飞退，希望借此拉开一定的距离，以再图变化。

等到他一退之时，才发现对方的剑锋不仅贴枪而来的速度极快，而且带出一股强大的粘力，根本就不容他有任何甩脱的可能。

他唯有弃枪，如箭矢般向后直退，企图用自己的速度来摆脱眼前的杀机。

刘邦的反应远比毛禹更快，就在毛禹飙出一丈之时，他却站在原地，手中握着的，是毛禹放弃的长枪。

他没有追击，只是深深地提聚了一口气，将劲力收敛在掌心的一点。

一丈，两丈，三丈……

他的眼眸里涌现出如寒冰般凄寒的杀机，眼看着两人之间的距离不断拉大。

一直拉大到相距七丈时，刘邦大喝一声，全身的劲力在掌心间陡然爆发，长枪终于脱手而去。

“嗖……”长枪震颤着漫入虚空，每震动一次，幻化出数道枪影。当它逼向毛禹面门时，毛禹看到的，竟然是漫天幻影。

他已分不清哪一道影子是真，哪一道影子是假；哪一道影子是虚，哪一道影子是实。就在他微微一怔时，倏然听到了“噗……”的一声，仿佛传自他的胸前。

他一低头，就看到了枪身，顺着枪身滑下的，是一缕鲜红的血，一阵剧痛使他再无法撑住躯体。

在倒下的一刹那，他仿佛听到了刘邦平淡如水的声音：“我没死，你却真的去了。”

“赤龙帝君！赤龙帝君！”数千人同时呼喊着一个名字，如怒涛拍岸，响如风雷，带着一种近乎崇拜式的狂热，将目光汇聚在会盟台上傲立如松的刘邦身上。

刘邦缓缓地摆了一下手，全场顿时肃然，众人都将目光投在他的脸上。

“我不知道我是否就是你们所说的赤龙帝君，我也不知道我是否是真的具备常人不具备的能力，不过，这些都不重要，重要的是在今天，在这里，我们七帮的数千子弟与我一起，要做一件惊天动地的大事，留名青史！”刘邦的声音激昂有力，还有一种从容，遥传远方，引起阵阵回音，“我想大家都应该清楚自己要做的事情会是什么，这也是我必杀毛禹的原因，我这样做的目的，无非是想告诉大家，既然下定了决心，就不留退路，义无反顾地去做我们该做的事情！”

“王侯将相，宁有种乎！凭什么我们一生下来就该低人一等？凭什么我们要比别人贫穷下贱？那些王侯将相，难道他们一生下来就注定要比我们高贵吗？”刘邦的说话果然充满了煽动力，引得每一个人都亢奋不已，翘首期待，“不，绝不是这样的道理，一个人的贵贱贫富，从来不是上天注定，而是要靠自身的努力。只要你敢想，只要你去做，只要你有这样的胆量，这大秦的天下由你来主宰也未必就是一个妄想。从今日起，就让我们为自己的梦想共同努力吧！也许在不久的将来，谁敢保证我们中间没有将相，没有王侯？”

樊哙首先站了出来，大声吼道：“所谓良禽择木而栖，对刘大哥的为人胆色，我樊哙一向最为佩服，经历了今日的这些事情，更让我相信他绝非凡人，我樊哙彻底服了！凡我乌雀门子弟，从今日起，唯他马首是瞻，誓死效命！”

樊哙的话音一落，顿时引起各大门派的子弟纷纷响应，数千人中，倒有十之八九对刘邦起了臣服之心，虽然还有人坐观不动，但也生出了随大流的心思。

这些人之所以对刘邦感到信服，并非是因为刘邦确是英雄之故。这些人过惯了在刀头上讨生活的日子，生死尚且不惧，又怎会轻易服人？实在是因为他们今日所见之事太过诡异，一波未平，一波又起。一个悬念紧扣一个悬念，已然吊起了他们的胃口，认定刘邦乃是贵人之相，更是赤龙帝君的化身。有了这种先入为主的思想，加之有人推波助澜，大势渐成，公推刘邦为首也就成了水到渠成之事。

刘邦眼见事态的发展尽在意料之中，脸上不自禁地流露出了一丝笑意，与纪空手相望一眼，却见他微微一笑，默不作声。

在刘邦的提议下，杨凡顶替章穷，顺利入主青衣铺，登上会盟台来。当各帮派齐聚到刘邦的身后时，此刻的刘邦，俯瞰台下，见数千子弟群情激愤，斗志高昂，他顿有一种踌躇满志之感，大声喊道："今日我们七帮会盟，群英聚会，何不趁机高举义旗，先攻沛县，再击退慕容仙的秦军，然后投奔陈胜王?!"

他的话犹如一道闪电，更似一团火焰，燃起了众人的激情，在西阳湖滨，数千人摩拳擦掌，跃跃欲试，似已按捺不住。樊哙适时扬起一杆事先准备的大旗，"呼啦……"一声，风卷旗扬，飘在了会盟台的上空。

刘邦大手一挥，道："今日起义，有进无退，誓要大秦灭亡，你我封侯拜相!"

当下在他的指挥下，数千子弟列阵整装，按照事先计划，分布停当，迅速向沛县进发。

等到刘邦率队赶到沛县之时，几乎没有遇到任何的反抗。义军起事之初，未经一战，便旗开得胜，占得一座城池，顿时军心大振，群情激昂。刘邦的声望一路飙升，如日中天。

经过短时间的整顿之后，刘邦严明军纪，号令三军，开始着手准备守城事宜。毕竟这是义军第一次与大秦军队作战，刘邦忙上忙下，直到天色将晚，才把一切事宜安排妥当。

在樊哙等人的簇拥下，刘邦回到了乌雀门总堂。此时的乌雀门总堂已被义军设为中军大营，众人刚刚坐下，忽然门外响起一声尖锐的鸽哨，接着便见一只健鸽扑腾着飞入大厅，落到了刘邦的肩上。

刘邦从鸽脚上取下一根竹管，吹出一团布条来，借着烛火一看，整个人的脸色霍然变了。

“刘大哥，是谁传来的消息?”樊哙见他脸色不对，急忙问道。

“是萧何从泗水传来的。”刘邦一脸阴沉地道，显得心事重重。

“莫非情况有变?”樊哙惊奇地问道。

刘邦脸色极是凝重，眼芒从众人的脸上划过，道：“也许我们要孤军作战了，因为萧何在信上说，就在昨日，大秦名将章邯率十数万大军与陈胜王在陈地作战，陈胜王兵败逃亡，已是自顾不暇了。”

在座的七帮首脑无不色变，就连纪空手与韩信，也万万没有料到一时风头正劲的陈胜王，竟然会在一夜之间变得如此惨淡。

形势陡然变得严峻起来。

刘邦眼芒从每一个人的脸上扫过，似乎看到了少数人脸上的惊惧与怀疑，但是这并没有动摇到刘邦在一日之内树立起来的至高无上的威信。

他深深地吸了一口气，道：“张楚军既然自顾不暇，也就不可能履行诺言，为我们遥相呼应了。大敌当前，我们千万不可自乱阵脚，必须上下拧成一根绳，以渡过当前难关。”

樊哙昂然道：“刘大哥，有话你就尽管直说，我们七帮子弟既然已经决定追随于你，就已是义无反顾。”其他的六帮首脑也纷纷附和。

刘邦的眼中流露出一丝感激之色，但他知道，此刻并不是表达谢意的时候，当务之急，是如何打败慕容仙这支大秦军队，只有将之击溃，自己才能最终得到七帮子弟的认同。否则的话，就算不死在慕容仙的手上，他也会被七帮子弟遗弃。

对于行军作战，幸而他一点都不陌生，甚至还非常精通。在他的记忆中，似乎很小的年纪就开始学习兵法谋略，迄今算来，足足花了二十年的心血浸淫其中，这无疑给了他极大的自信，所以在众人期待的目光下，他的眼眸中带出了一股肃杀之气，缓缓而道：“善战者，必须能在复杂的局势下捕捉战局，不拘泥形式，讲求临场应变。现在我们面临的形势就是坚守沛县必是死路一条，不如以逸待劳，主动出击，这样一来，我们必收奇兵之效，可以赢得先机，把握战局。既然大家如此信任于我，那么就请大家听我的号令行事，打赢我们起义之后第一场恶战！”

他的话说得缓慢，听在每一个人的耳中，一字一句，异常清晰，不知出于什么原因，当他们望着刘邦从容不迫的表情时，心里陡然生出一股不可抑制的战意，对眼前即将打响的一战具有势在必得的决心。

因为他们相信，刘邦是神，不是人，在神人交战中，他们没有理由不相信神不能取得最终的胜利。

这应该是理所当然的事情！

慕容仙能够为赵高所看重，派往泗水这是非之地担任一郡之令，不仅是因为他的机智、他的武功，重要的是他善于带兵打仗。

此刻他带领着五千人马有条不紊地行进在这条山路上，非常自信，他相信自己手下战士的攻击力，在他的精心调教下，这已是大秦军中一支不可多得的精锐部队。

沛县的形势已经十分危急，叛乱似乎很难避免，一旦七帮在沛县发生暴乱，以它们遍布天下的势力，必将如星星之火，迅速燎原，如果不能将之扼杀于萌芽状态，必会出现不可收拾的结果。

这当然不是慕容仙所希望看到的结果，所以他决定在七帮会盟之前赶到沛县，实施大清剿计划。

让他感到诧异的是，张盈与仰止进入沛县之后，一直没有消息传来，这种现象未免有些反常。这两人的实力他是清楚的，特别是张盈，在入世阁中的排名甚至在他之前，又有方锐等人的辅助，对付一个小小的刘邦应该不算太难，可是连她也消息全无，这不得不让慕容仙感到了几分担心。

不过这些悬念很快就要揭晓了，慕容仙一看两边的山势地形，知道已经到了天府谷。由此地往沛县，最多不过两三个时辰的路程，只要他的大军一到，没有任何力量可以阻止他进入沛县。

天府谷处于两山夹峙之间，山林茂密，地势险峻，慕容仙指挥着大军从谷底经过。当他行到半程时，忽然感到这空气中似有一股异常，让他勒马不前。

眼芒缓缓地在两边密林中划过，山风吹过，林木俱动，在这种地形之下，一旦有敌埋伏其中，对于慕容仙来说，那是一件非常危险的事情。

“通知各队，小心戒备，以最快的速度通过山谷！”慕容仙虽然没有发现异常，但为了保险起见，他还是发出了命令。

因为他有太多的作战经验，从而感觉十分敏锐。在这种恶劣的地势之下，谁也无法预料在这深谷密林中潜伏着怎样的危险，与其提心吊胆，倒不如迅速摆脱，远离凶险之地。

“叽……叽……喳……”慕容仙的命令一出，其声响彻山谷，惊起了一群飞禽鸟类，扑腾腾地四下飞窜。他心中一惊，待看清之后，不由为自己草木皆兵的谨慎心态感到好笑。

“曹将军，据你估计，进入沛县之后，清剿行动最快能在几日之内结束？”慕容仙不经意地看了看落后自己几个马位的曹参，心中一动，问起这么一个问题来。

“江淮七帮的实力不容小视，假如他们结成同盟，上下一心，我们很难在短时间内将之肃清。”曹参沉吟片刻，这才回答道。

“嗯！”慕容仙眉头顿时锁紧，感到了事情的棘手，“如果是这样，我看事情就有些麻烦了。泗水城里现在只有萧何率领的一千兵力，万一张楚军此时来攻，只怕他很难坚守。”

他似乎还没有得到陈胜王已然兵败的消息，这怪不得他的耳目不灵，实因这两日来他一直在行军路上，与外界的联系相应少了，自然就无法得到最新的战况战报。

“郡令的担忧不无道理，照末将看来，郡令的此次行动还是太仓促了，考虑上欠缺周密。”曹参敢在慕容仙面前这么说话，可见他在慕容仙心中的地位。

“我这也是无奈之举呀！”慕容仙并不着恼，反而苦笑一声，“我来泗水之前，赵相曾经再三嘱咐于我，要我严密监视江淮七帮的动态，一旦江淮七帮起事造反，且不说我这郡令是否还能坐得下去，就是我这项上头颅，只怕也难以保全。”

“赵相何以会对江淮七帮如此重视？莫非其中另有蹊跷？”曹参感到有些不解，江淮七帮毕竟算不上江湖上赫赫有名的大门派，以赵高的身份地位，何以会对一地的局势这般关注？

“这你就有所不知了。”慕容仙环顾四周，压低嗓门道，“江淮七帮的前身，都是一些亡国遗民组成的势力，不仅财力颇丰，而且有一大群忠实的复国之士鼎力相助，势力遍及三教九流。放在平日，他们当然不足为惧，充其量也只是江湖上的小帮会而已，但一旦放于乱世，他们的力量释放出来，就可以成为谁也不敢小视的一股力量。对于这一点，不要说赵相早有远见，就连问天楼也早已着手拉拢七帮，希望能为己所用。”

“问天楼?!”曹参低呼，“身为五阀之一的问天楼，居然也看中了江淮七帮的潜力?”

慕容仙点了点头，道：“所以我才会不顾一切地赶往沛县，就算七帮不能为我所用，我也不能看着问天楼轻易地得到这股势力。”

曹参似有所悟，不再言语，跟在慕容仙的身后继续前行，但是只走得几步，慕容仙蓦然一惊，猛然勒住马缰，身下坐骑陡然直立，“希聿聿……”地发出一声长嘶。

数千人倏地止步，曹参的脸上也现出一片惊容。

“怪了，我怎么心里老是觉得有点不对劲?”慕容仙近乎神经质地看了看四周，惊诧莫名地道。

曹参一经慕容仙提醒，也感觉到眉锋一跳，隐生一种不祥的预兆。

“会不会有人在此设伏?”慕容仙回过头来，望向曹参道。

“这似乎不太可能吧?”曹参摇了摇头道，“由泗水到沛县，方圆数百里之内只有江淮七帮有一定的实力与官兵抗衡，而他们就在这两日内举行七帮会盟，显然没有这个时间。”

慕容仙沉吟片刻，马上传令下去，派出十数名探子沿途查探。

这本是早该实施的一项程序，只因慕容仙对自己军队的实力十分自负，所以一时大意，忘了这一茬了，现在想来，显然迟了。

“杀呀!”一声大喝，倏然来自头顶。

慕容仙根本来不及有任何反应，便见天空中蓦然滚下无数的圆木、巨石，声势之烈，犹如奔雷，砸向了自己军卒的脑袋。

“呀……呀……”惨呼声此起彼伏，响成一片。巨石、圆木所到之处，遇者立毙，一向训练有素的官兵在这一刻间乱成了一团，纷纷向山石密林处逃窜。

但就在此时，山林中骤然响起了弓弦声，数百支劲箭呼啸而出，漫入虚空，以电芒般的速度展开了无情的射杀。

几轮攻击之后，慕容仙的五千精锐已经折损过半。慕容仙惊怒之下，终于发现了敌人的所在。

数千敌人在箭响之后，同时出现在了两边的山顶处、密林中，放眼望去，满是攒动的人头，借着山势密林，形成了一个庞大而有效的伏击圈。

慕容仙大喝一声：“快退！”正要指挥残余的军队沿来路而回时，却听得“嘚嘚”之声，一阵马蹄疾响，在他们的来路之上，闪出一骑，马上所坐之人，正是刘邦。

刘邦之所以会出现在这里，是因为他知道只有天府谷才是最佳的伏击之地。

凭沛县义军此刻的作战能力，不仅缺乏战略战术的指导，也缺乏有素的训练，假若公然与慕容仙的军队正面对抗，只能是以卵击石，不堪一击。

刘邦深知这一点，所以他压根就没有想过与慕容仙正面抗衡，而是从一开始就制定了出奇制胜的战术，而且为了使伤亡降低到最大限度，他决定充分利用天府谷的地理优势打一场漂亮的伏击战。

慕容仙的脸上一阵抽搐，恨意从眼缝里逼出：“我果然没有看错，你的确是一个天生反骨的逆贼！我只恨自己一时手软，何以不早点动手将你除去！”

“现在动手也还未迟啊。”刘邦似乎根本不去理会慕容仙的目光，淡淡一笑，“我是天生反骨的逆贼，和你这条天生忠顺的官府走狗本就是天造地设的一对，如果不决一死战，岂不可惜？”

“如果我不呢？”慕容仙看了看身边的战士，计算着自己如果倏然发难，率几名高手同时出击会有多少胜算。

他十分清楚自己目前所处的形势，无论是带兵向前还是后退，都要付出非常惨痛的代价，但是如果他能将刘邦作为人质，以此要挟，或许还能得以全身而退。

他还在计算之中，刘邦似乎看穿了他的心思，淡淡一笑："我知道你现在在想什么，奉劝你一句，千万不要打这个主意，我让你单挑是给你一个机会，如果你放弃，恐怕会追悔莫及！"

慕容仙冷哼一声："我从来不跟疯子单挑！"

刘邦洒然一笑，道："也许我在这个时间提出与你单挑，的确是疯了。其实只要我一声令下，这乱箭和巨石已足以将你们毁灭，我之所以没有这样做，是因为我同情你身后的数千战士，不想让他们作无谓的牺牲。"

他的声音不高，却带有一份真诚，听得在场的人无不一怔。

"所以我想和你赌上一赌，只要你赢了我手中的剑，我就任你们离开天府谷，反之，只要这些将士愿意归顺于我，他们依然可以活命。"刘邦的建议引起了将士们的窃窃私语，当他们望向漫山遍野的义军时，心中无法不生恐惧。

慕容仙已别无选择，只能答应刘邦单挑的决战方式，因为刘邦用自己将士的生命来套住自己，假如自己不答应，必然会引起军心哗变，毕竟谁也不想看到自己的统帅将自己的生命看得一文不值。

于是，他缓缓取出了自己的无羽弓，手中扣上了三枚威力极强的烈炎弹，他一定要让眼前这位狂妄自大的小子见识一下他的成名绝技！

"就让我再一次领教慕容郡令的无羽弓，请！"刘邦将剑平举胸前，肃然道。

慕容仙眉锋一挑，手已离弦，便见三枚烈炎弹若流星般飞射空中，恰似腾云的恶龙。

"嗖……嗖……嗖……"三枚烈炎弹沿着一种不规则的路线分射三个不同的角度，发出惊人的怒啸，袭杀向刘邦不动的身躯。

剑，终于出手，自一个玄奥神奇的角度划出，到了一定的极限，剑锋一抖，竟然划出了一道又一道形同满月的圆弧。

圆弧在颤动中一圈紧接着一圈向外延伸，以剑锋为中心，形成一个螺旋形的气场。

慕容仙的瞳孔骤然变大，仿佛看到了一件不可思议的事情。

只见三枚烈炎弹就在撞入刘邦布下的螺旋气场时，仿佛遇上了一股强大的吸力，吸力中带有一股粘性，突然粘住弹体，然后将烈炎弹带入气场之外摆动的圆弧中，作缓冲式的运行。

这就像是在一泊宁静的水面上，有人投掷一颗石子，这水面自然而然就会以石子入水点为中心，形成一圈一圈的涟漪。而烈炎弹就顺着这涟漪的振幅，向外不住地扩张着它运行的范围。

“有容乃大？他难道真与江湖上传说的那人……”慕容仙感到了一阵目眩神迷，顿时感到一股莫大的恐惧漫卷了整个身心。

“轰……轰……轰……”就在慕容仙感到惊惧的刹那，烈炎弹突然脱离了气场运行的轨迹，撞向了十数丈开外的一片空无一人的密林。

白光耀眼，气浪袭人，当爆炸发生之际，枝碎，石裂，草折，风涌，虚空仿佛在刹那间变得喧嚣不堪，动荡不堪，犹如发出呼啸的风暴，又似顷刻崩塌的山体，每一寸空间里都充斥着千股百股毁灭性的力量，以摧枯拉朽之势疯狂地摧毁着虚空中的每一件实体。

在一片目瞪口呆中，天地刹那间静寂下来，刘邦不动，慕容仙不动，整个天府谷中的上万人没有一人在动，除了狂躁不安、嘶声不断的骏马。

慕容仙知道，当无羽弓的攻击变得毫无意义之时，他就已经难以把握胜算了。不过，他还是心存侥幸，还是要放手一搏，于是，他从属下的手中接过了一杆长矛。

“你还会一些什么?”刘邦看到慕容仙收起弓弹，紧握长矛时，眼中流露出一丝诧异。

“我会的很多，但总的来说，长矛更对我的性格。”

“呀……”慕容仙陡然一声大喝，驱动长矛，缓缓地向刘邦贯去。在长矛附近的空间里，气流随着矛锋的挺进逐渐加强着螺旋式的对流，碰撞出无数个气旋，使之气压逐渐加重。

刘邦的眼睛眯成了一条缝，注视着长矛在虚空中推进的速度与变化，突然冷哼一声，就在对方的矛锋挤入自己剑锋所及的三尺之内时，手中的剑化作一阵狂飙，疾射而出。

在谷底暗黑不明的光线映射下，暴射出一道雪白的剑气，以无声之势迎着矛锋而上，指向了慕容仙的眉心。

谁也不知刘邦所用的是什么手法，更不知道他看到了慕容仙矛法中的哪点破绽，只感到眼前一花，那道剑芒已经直迫慕容仙的面门，令人感到十分诡异突然。

慕容仙所要做的，唯有横矛格挡。

“当……”气浪狂涌间，剑矛轰然相击，慕容仙身形一震之下，连退数步。

刘邦却不退反进，剑锋一振之下，幻化出万千剑雨，笼罩八方。

慕容仙无法不惊，只这么一下，高低立判。刘邦的功力的确胜他一筹，他唯有长矛挥动，尽力封锁住对方来剑的角度，以期能挡住刘邦这一连串的狂猛攻击。

“当……轰……”声音交迭不停，刘邦的剑如刀法，由上而下，狂劈十三剑，每一剑都力若千钧，行如流水，根本不给慕容仙任何喘息的机会。

慕容仙长矛挥起，完全是出于一种本能，跟着刘邦的节奏而动。最初的几剑，他似乎还能勉力为之，到了十招之后，便是手慌脚乱，难以为继了。

他只有退，在刘邦的一剑破空之际，他的长矛陡然掷出，弃矛而退。

所以慕容仙没有一丝的犹豫，飞身后掠了七八丈，退到了曹参等诸将身前。

慕容仙蓦觉心中一凉，他的背上突然多出了一把快剑，以惊人的速度乍起，没入身体三寸之后，突然不动。

杀机竟然来自于自己的身后！

他又惊又怒，正要回头，却听到身后一个熟悉的声音悠然而道：“慕容大人，请勿乱动，我曹参虽然识得你是一郡之令，但我手中的剑却孤陋寡闻得很，未必就能像我这样对你如此尊重。”

“曹参，你莫非也想跟着刘邦造反吗?”慕容仙深深地吸了一口气，迫使自己冷静下来，然后才斥责道。

“我可没有这个胆子。”曹参看了看四周的动静，早有他的一帮心腹卫队围了上来，将慕容仙与其他将士隔离开来。那些将士显然被这惊人的突变惊呆了，做梦也没有料到会出现这种局面，脸上无不露出迷茫之色。

慕容仙略一运气，发觉曹参的剑锋刺入自己的体内，虽只三寸，却抵到了经脉所在，只要再进得半寸，自己的气血便有流泻之虞，所以他不敢动，甚至连一点动的念头都不敢有。

“你既没这个胆量，就不要学人家造反，只要你把剑撤了，我保证对你今日之事既往不咎，还要重重赏你!”慕容仙的语气已是缓和了不少。

“慕容大人误会了我的意思，我正是因为没有这个胆量，所以才要学着别人造反，好练一练自己胆小的毛病。何况我既已出手，就是义无反顾，你与我相识也有不少的日子了，难道认为我曹参是个三心二意的人吗?”曹参笑了，神情虽然悠闲，但他的手紧握剑柄，不敢有丝毫懈怠。

慕容仙一听之下，无名火起，冷哼一声：“就算你不为自己着想，也要为你的家人有所考虑，大概你还不知道吧，此次出征之前，我已严令萧何对将校以上的亲眷家属一律看管起来，就是为了防备你们临阵生变，想不到竟然被我不幸言中。”

“你真的这么信任萧何?”曹参的脸上闪出一个古怪的表情，似是忍俊不禁。

“怎么?莫非萧何也是你们的同党?!”这下轮到慕容仙骇然色变了。

“萧何不仅是他的同党，也是我的朋友，其实此次我们行动的计划里，萧何就是最活跃的参与者。”说话的人是刘邦，他双手背负，踱步向前，站到了慕容仙的面前。

“这么说来，我岂不是瞎了眼了?”慕容仙顿时一脸沮丧，似乎再也无法承受这一连串的打击，整个人仿佛垮掉了一般。

“不，恰恰相反，这反而证明了你阅人的眼力着实不差，谁见了萧何、曹参这样的人才，都会加以重用的，这不能怪你，要怪，也只能怪他们太优秀了。”刘邦欣赏地看了曹参一眼，随即望向他身后的秦军——此刻这数千人马显然已经没有了任何斗志，只能是顺其自然，静观事态的发展。

刘邦登上谷边的一个最高点，大手一挥，道：“各位卖命于大秦，只是为了养家糊口，图个温饱，这无可厚非。但是今日天下之大势，已是群雄并起，逐鹿中原，大秦亡国已是指日可待的事情。所谓识时务者为俊杰，假如各位依然为了一点微薄的军资而继续为大秦效忠卖命的话，是为不智！何不干脆搏上一搏，加入到我义军的行列，为日后的荣华富贵拼搏一番？”

他话音一落，在曹参手下的一帮亲卫的附和下，数千秦军中顿时有人大声响应，还有极少数人眼见大势已去，又有强敌环伺，只得随大流般加入进来，一时间天府谷中一片热闹。

刘邦的脸上露出一丝欣喜，似乎没有想到事情竟会如此顺利。当下召来七帮首脑，将秦军人马重新划分，然后化整为零，分散安置于义军各营。

这样做的好处，在于可以有效地控制这些秦军，以免生事哗变。但更重要的一点，也是刘邦的目的所在，是想以这些秦兵为师，让手下这帮江湖中人尽快地适应自己军人的身份，学习排兵布阵、行军打仗的各项事宜。唯有如此，他才可以在最短的时间内打造出一支属于自己的精锐之师。手有精兵，才是逐鹿天下的根本，刘邦显然是深谙其道。

当这一切都井井有条地进行之后，刘邦又下令严锁消息，在泗水郡内的各个交通要道设置关卡，只进不出，以防沛县起义的风声传入大秦密探的耳目中。他现在最需要的，就是争取时间，在大秦援兵到来之前，不仅有精兵可用，亦有丰富的粮草财力为后盾。

“传令下去，大军回师沛县，即刻出发。”刘邦望着将近万人的队伍，豪情迸发。

当他们离开天府谷时，天色已然暗淡下来，看着垂头丧气的慕容仙，刘邦眼中陡然生出一股浓烈的杀机，对着曹参做了一个杀人的手势。

他办事的风格，就是干净利落，不留后患，虽然失去兵权的慕容仙不足为惧，但对刘邦来说，他的存在依然有一种无形的威胁。

所以在天府谷的战场上，又倒下了一位大秦的名将。

“樊大哥，刘大哥在这个时候召见我们，究竟出了什么事?”韩信望着行色匆匆的樊哙，忍不住心中的疑虑问道。

“我也不太清楚，他只是吩咐我在三更时候引你们去见他，说是有要事相商。”樊哙显然也不知内情，是以一脸糊涂。

可是当他们随着刘邦进入到一间密室之后，顿时有些愕然，因为刘邦这次会见不仅避开了萧何、曹参，甚至连樊哙也不能例外地止步于密室门口。由此可见，他要纪、韩二人办的事情必是极端隐秘。

“我找你们二位前来，是经过了一番思虑之后才决定的，毕竟这件事情事关重大，又很是棘手，假如没有过人的智慧与武功，只怕很难完成任务。”刘邦的脸上非常严肃，眼芒缓缓地从二人脸上划过，将两人的表情无一遗漏地尽数收入眼底。

“刘大哥，你尽管吩咐，只要是我们力所能及的事情，就绝对不会辜负你对我们的期望!”经历了一连串的事后，纪空手对刘邦的能力与为人有了一些了解，心中很是佩服，是以甘心为他效命，更何况他已经将刘邦视作了自己的朋友。

刘邦满意地点点头：“我之所以选择你们，还有更重要的一点，就是你们的忠心！只有让你们去办，我才放心。”

他沉吟了片刻，方才说道：“你们应该听说了陈胜王在陈地大败的消息了吧?”

纪空手为之一怔，没有想到刘邦会提出这么一个问题，陈胜王的张楚军失败的消息早已传遍了沛县的大街小巷，义军也正是为此才会主动出击，设伏于天府谷，刘邦此刻提起，显然是另有深意。

果不其然，刘邦顿了顿又道：“但是，我得到了一个更惊人的情报，那就是陈胜王兵败之后，只带了十几个亲卫，躲到了淮阴。”

“什么?”纪空手与韩信无不大吃一惊，对他们来说，这无疑是一个爆炸性的消息。

“这是千真万确的消息。此刻淮阴城尚在大秦的手里，如果我们迟到一步，陈胜王的生命便有可能多一分危险，所以为了他的安全着想，我们必须马上派人潜入淮阴，将他带回沛县才是。”刘邦显得非常冷静，有条不紊地道。

“所以你就找到了我们?”纪空手又惊又喜，在他的心中，陈胜王一直就是他最为崇拜的偶像，能为偶像做一点事情，正是他心中最大的愿望。

“因为我们没有陈胜王确切的落脚地点，淮阴这么大，要从中找出一个人来，实非一件容易的事情，所以我考虑到你们对淮阴十分熟悉，就只有麻烦二位亲自跑一趟。”刘邦盯着纪空手与韩信，正色道。

“这不是问题，能为陈胜王办一点事，正是我们的荣幸，明日一早，我们就启程前往。”纪空手与韩信对视一眼，全无荣归故里的喜悦之情，倒是异常严肃。他们知道，此刻的淮阴城中，必是戒备森严，大兵压境，自己一旦潜入，无异于进入龙潭虎穴，稍有不慎，便是凶多吉少的危局。

“不!”刘邦一口否认，“我们现在最宝贵的就是时间，早到淮阴一步，就可早一步找到陈胜王，这样才能把危险降到最低。所以为了陈胜王的安全，你们必须立刻出发，连夜赶去。”

“可是……”纪空手虽然救人心切，却还是觉得时间上过于仓促。

刘邦脸色一凝，道：“此事只能辛苦二位了，事关重大，此事只能限于我们三人知道，对任何人都不能提及。”

“难道连樊大哥也不能说吗?”韩信见刘邦如此谨慎，觉得未免有些小题大做了。

“我绝不是说樊哙不可信任，而是此事少一个人知道，陈胜王的安全就越有保障，一旦走漏风声，不仅后果不堪设想，我们也承担不起世人所送的骂名。”刘邦肃然道。

于是纪空手与韩信辞别刘邦之后，连夜向淮阴赶去，虽然他们未知凶吉，心中却多了一丝莫名的兴奋，仿佛喜欢这种挑战带来的刺激。

经过一天一夜的长途跋涉，第二天正午时分，纪空手与韩信赶到了凤舞集，随便找了一家酒楼打尖用饭。

故地重游，两人不约而同地想到了轩辕子的惨死，不禁唏嘘不已。若非偶遇在兵器铺里，他们也不能鬼使神差地得到补天石异力。追本溯源，不胜感激。

时值用膳时间，十来张桌子坐满了人，杯盏交错，筷箸往来，显得极是热闹。

“纪少，我总觉得有些不太对劲。”韩信看了看四周的环境，压低嗓门道。

纪空手吃了一惊，因为他也有同感。其实从他离开沛县的那一刻起，就一直有这种感觉，只是他一路留心下来，并未发现什么异常，这才存疑心中，没有说出来。这会儿听韩信如此一说，他的这种感觉愈发强烈起来，不由得深吸一口气，道：“我也有同感，看来我们被人跟踪了！”

“那可怎么办？”韩信不由得问道。

纪空手眸子里闪过一缕杀机，沉声道：“要想摆脱一个人的追踪，最好的办法便是让他变成死人！”

韩信心神一震，顿时眸子里边闪过一丝冷酷之色。

拿定主意之后，纪空手与韩信没有犹豫，吃完饭迅速离开了凤舞集。这一次，他们依然选择了那条逃出淮阴的山路。

纪空手本来可以选择官道而行，租辆马车舒舒服服地赶往淮阴，但是想到那股驱之不散的压力，他就如坐针毡，坐立不安。他必须用非常的手段来寻找到这股压力的来源！

最好的办法当然是走这条远离人群的山路，失去了人群的掩护，对手的武功再高，纪空手相信自己也能从中发现一些蛛丝马迹。

但是这股压力实在太过诡异，似有若无，忽隐忽现，仿佛根本就不在一个固定的位置上，而是游离于整个乱石树木之间。

纪空手心中为之一凛：“此人的功力之高，只怕便是与刘大哥相比也不遑多让，根本不是我和韩信二人可以抵挡得了的，看来今日已是凶多吉少，在劫难逃了。”

然而就在他心神一分间，一股形如实质的强大杀气突然从一蓬乱草中一分而出，向纪空手的身后扑来，其势之烈，如狂飙直进，令纪空手心中大骇。

他丝毫不敢多想，也没有犹豫，全力向前冲出，刹那间推移了十丈之距，同时余光向左瞟去，只见韩信亦是如法炮制，齐头并进，显然在瞬息之间，两人同时受到了对方一人的攻击。

他们的身形极快，已将体内的潜能发挥到了极限，耳边风声急响，乱石树影飞驰后移，而纪空手甚至企图在飞退中完成高难度的转身动作，以一睹对手的面目。

但这只是他一厢情愿的想法。

自身后迫来的杀气竟如阴魂不散的幽灵，无论纪空手与韩信向前冲得有多么迅疾，这股杀气总是不增不减，无时无刻不在威胁着他们的生命。

纪韩二人心中惊骇若死。

与其如此疲于奔命，不如不逃，静观其变，纪空手迅速作出了一个有悖常理的决断。

所以纪空手毫不犹豫地停止前冲之势，身形横移六尺，转过身来。

他算计得不错，对方显然没有夺命之心。当他与韩信的脚步一停时，那股杀气及时刹住，收敛之下，并没有向前逼近一寸。

“小子，果然不错，在如此凶险的局势下尚能识破老夫的用心，的确是可造之才。”一个浑厚至极的声音适时响起，倒让纪空手吓了一跳，抬头来看时，只见一个高瘦老者只距他面门不过三尺距离，面相清癯，精神矍烁，人虽长得比竹竿胖不了多少，却偏偏生就了一副声如雷霆的大嗓门。

“你……你是谁？何以要开这种玩笑？”纪空手惊魂未定，见对方似乎并无恶意，紧绷的神经顿时放松了不少。

那老者微微一笑：“玩笑？我凤五从来不开玩笑，如果你们不是见机得快，就只有等着精气耗尽、脱力而亡的下场。”

“什么，你说你是谁？”纪空手与韩信同时色变，对望一眼，将目光射在老者的脸上。

那老者眼中流露出一丝惊诧之色，不明白纪、韩二人何以反应会如此强烈，傲然道：“老夫姓凤，排行第五，你们就叫我凤五好了。”

第八章　问天武士

“凤五?”纪空手在嘴上念叨了一遍，随即尖叫一声，“你就是问天楼的凤五?!”

韩信也是一脸紧张，伸手按向了剑柄，虽然他明知对方若是凤五，拔剑亦是无用，但在潜意识中，他还是做出了这个动作。

他们虽然算是江湖后进，出道未久，但对江湖中的事情并非一无所知，加上这些时日常听刘邦、樊哙论及江湖上的一些逸闻传说，是以对江湖中的一些名人并不陌生，此刻一听来者自报家门，不由心中陡然生寒。

问天楼屹立江湖已有百年，它的历史比及江湖中的一些老字号门派并不久远，但风头之劲，已是当世江湖五大豪门之列，与入世阁、流云斋、知音亭、听香榭这等豪门堪可齐名，为当世江湖中最为神秘，也是最有势力的力量之一。

没有人知道问天楼的楼主是谁，也没有人知道问天楼的势力分布以及门中子弟到底有多少，凤五身为问天楼中有数的高手，之所以能够扬名天下，是由于五年前他在燕地故都引发的一场决战。

当时燕国已亡，但昔日燕太子丹为刺秦而征召天下英雄，引得燕都武风大盛，数十年不衰。当时在故都中最负盛名的剑客，当数有“七剑会孤星”之称的剑门高手独孤残，据说他一剑刺出，速度直比电芒，可以在瞬息之间衍生七种变化，让人防不胜防。可就是这样一位剑术名家，却在一夜之间暴亡，就死在燕都闹市大街之上。

这段江湖公案顿时引起万人瞩目，更有好事者亲临现场勘察，发现独孤残竟是被剑一击致命。

这的确让人有些不可思议，也更具轰动效应。因为独孤残本就是以剑术扬名的剑客，一向对自己的剑法非常自负，孰料竟不敌凶手一剑，由此可见凶手在剑术上的造诣远胜于他。当时众多剑术名家因此会聚，通过对剑痕的研究以及对创伤的解剖，希望能得出这一剑的来历与背景，但是，最终却没有定论。

直到众人移开独孤残的尸首之时，有人才惊奇地发现，在独孤残身下的石板上，赫然有以手指刻划的九个大字——杀人者问天楼凤五也！

如此一段充满豪气的传奇，曾经让纪空手与韩信为之拍案击掌，可是他们万万没有想到，演绎出这段传奇的人物，竟然会用这种方式与他们见面。

“你们听说过我的名头？”凤五眼见二人一脸疑惑，微微一笑。

“岂止听过，简直是如雷贯耳！”韩信嘻嘻笑道，“但是这年头常有挂羊头卖狗肉的事情发生，骗子多得很，我们哪里辨得出真假来？”

凤五并不着恼，淡淡道：“老夫这点薄名，哪里值得别人仿冒？两位小兄弟这么说话，倒是高看了我。”说到这里，他看似无神的眼眸陡然一亮，眼芒暴闪而出，俨然一派高手风范。

纪空手忍不住打了个寒战，心中暗道：“以凤五的功力，我与韩信纵算拼尽全力，也未必能占得半点便宜。现在当务之急，还是先要搞清楚他是友是敌，再作打算。”

当下他不显慌乱，看了韩信一眼，示意他不可轻举妄动，然后才恭恭敬敬地行了个礼，道：“凤前辈……”

凤五大手一摆，道：“前辈二字，休要再提，凤五可担待不起。老夫此行前来，原是欲向二位小兄弟相求一事，只要二位答应，那么从今往后，你们就是我凤五的朋友，老夫岂敢以前辈自居？”

他名气不小，但却对纪、韩二人谦恭平和，丝毫不显恃强欺弱之心，顿时让纪空手平添几分好感，道：“凤先生武功高强，剑术一流，试问天下间还有什么事是你办不到的？你这么说话，倒是折杀我们了。”

“非也，非也，老夫此次前来，的确是诚心请教，绝无半点嬉戏之言。”凤五一脸肃然道，“普天之下，能够解答老夫心中疑惑的，恐怕非二位莫属了。”

纪空手浑身一震，隐约猜到了凤五的来意，不由在心中暗叫一声：“麻烦来了。”当下与韩信相视一眼，默不作声。

凤五眼芒一扫，环顾四周之后，这才压低嗓门道：“老夫此来，不为别的，正是为了玄铁龟的下落而来，不知两位小兄弟能否开个金口，赐告于我？”

他脸上依然带着一丝微笑，眼眸中却绽露寒光，纪空手与韩信一惊之下，已知来者不善。

纪空手心中陡然一沉，暗忖道：“玄铁龟落入我的手中，这个秘密知之者甚少，这凤五是从何得知？”他心中生疑，不由暗暗叫起苦来。始知这玄铁龟虽然带给了自己非同一般的玄奇异力，但也同样给自己带来了不同寻常的麻烦，所谓福兮祸所伏，说得一点不错。

凤五是何等聪明之人，一眼望去，已看出了纪空手脸上的犹豫，不由轻哼一声：“二位想来是不想告之喽？”

纪空手看到凤五眼中的杀机，反而镇定了下来，道：“不是不想告之，实是无可奉告，倒不知凤先生是从哪里听来的谣传，竟然这般容易轻信？”

凤五的脸色陡然一沉，道：“我凤五既然从沛县一直跟踪下来，若是没有可靠的消息，老夫岂会这般劳累奔波？我奉劝二位一句，还是乖乖地将实情说出来，否则老夫认得二位，但老夫手中的剑可认不得二位！”

“如果真有什么玄铁龟，我们现在还会怕你吗？”纪空手提出了一个有趣的问题，换作别人，也许会认为这很有道理，但凤五显然深知二人的底细，冷笑一声：“如果不是玄铁龟，你们现在充其量也不过是流浪街头的小无赖，哪里会有这一身雄厚的内力？更无资格这般与老夫说话！告诉你们，千万不要敬酒不吃吃罚酒，惹恼了老夫，让你们吃不了兜着走！”

“那我就无话可说了。”纪空手不知从哪里生出一股勇气，眉锋一挑，怡然不惧，与凤五咄咄逼人的眼芒悍然相对：“既然凤先生认为玄铁龟就在我们身上，那就请搜吧！只是如果凤先生一无所获的话，是否应该给我们一个交代?”

他双手一摊，摆出一个架势，坦然面对凤五的搜查。

凤五没有想到纪空手会如此大方地让自己搜身，有些出乎意料之外，这倒让他心中生起疑来，冷笑道：“你们当老夫是三岁孩童吗，这么容易受骗？照老夫来看，玄铁龟一定被你们藏到一个隐秘的地方，根本就不在你们的身上!”

纪空手哑然失笑，道：“凤先生的想象力着实丰富，世人传言凤先生的剑术乃天下一绝，今日看来，只怕凤先生无中生有的手段更胜剑术，哈哈哈……”

“你竟敢戏弄老夫?!”凤五显然气极，脸上红一阵白一阵，青筋凸现，极是吓人，牙齿已是咬得咯咯直响。

“你如此无理取闹，不要说笑你，就是骂了你，你也是活该自找。”纪空手似乎已经豁出去了，一脸不屑地道。

“好，有骨气!”凤五脸色一片铁青，喝道，“你们既然行走江湖，也算得上是同道中人，不如我们就按江湖规矩办!”

“什么规矩？先说来听听，免得我们上当。”纪空手毫不示弱，仿佛已将生死置之度外。

“老夫行走江湖数十年，从来不肯吃亏，也不想轻易占人便宜，不如你们二人联手攻我，以三招为限，只要你们接下了老夫三招，老夫便任由你们离去，绝不阻拦。否则，你们就乖乖地跟我走，直到说出玄铁龟的下落为止。”他有心想露上一手，震慑对方，然后再软硬兼施，威逼利诱。对他来说，一生对敌，从不留情，而如今这样委曲求全，实是为了玄铁龟的下落，否则换作平时，只怕他早已大开杀戒了。

“那我们就一言为定。”纪空手傲然而道，他明知合自己二人之力，要真的对付起凤五来，殊无把握，但他生性痛恨强权欺压，更恨人恃强凌弱，只要别人愈是威逼，他就愈是不会轻易屈服，宁可拼得一死，也绝不受人欺凌。

他话音一落，已退出两丈开外，与韩信并肩而立。面对凤五这等级数的高手，他们明知必是一场恶战，却怡然不惧。

相峙间引发的杀机，挤进了他们相峙的每一寸空间。纪空手与韩信对望了一眼，心意相合之下，同时感到了凤五身上透发而出的势如山岳横移般强大的杀气。

凤五之所以敢以三招为限，就是想在气势上彻底压垮对方，让纪、韩二人的心理无法承受，从而在精神上崩溃。只有这样，才能让纪、韩二人对他生出臣服之心，从而利诱威逼，让二人说出玄铁龟的下落。

对于玄铁龟，他是势在必得，否则他根本不会从千里之外赶来，接受这项看似轻松实则艰难的使命。

纪空手轻轻地叹了一口气，脸上多少带出了一些无奈的味道，就在凤五认为对方行将崩溃的刹那，纪空手已然出手。

“轰……”在踏出见空步的同时，纪空手将全身的劲力提聚掌心，在瞬息间爆发而出，向凤五的面门狂涌而去。

他的表情十分逼真，使得他的出手更具隐蔽性与突然性，随着他神奇迅疾的脚步，这一拳完全达到了以奇制敌的效果。

与此同时，韩信手腕一振，一道电芒挤入虚空，紧紧地追随在纪空手的拳风之后，刺向了凤五的胸口。

凤五的心中也是吃了一惊，似乎没有想到纪空手与韩信不仅内力十分雄浑，就连武功招式上也有让人咋舌的表现。不过，他只是吃了一惊，并没有急着动手。在他的眼中，纪空手与韩信的动作虽快，角度也十分精妙，但要对他构成威胁，只怕还是一厢情愿。

倒是纪空手踏出的见空步法，让凤五“咦……”了一声，颇为惊讶，心中暗道：“这步法精妙绝伦，每一步踏出，都让人匪夷所思，犹如鬼斧神工般玄奇，难道说这就是玄铁龟中记载的武功?”

他一心想得到玄铁龟，是以看到这种一流的步法，难免有些联想，当下也不出手，双手背负，向后连退三步，似乎有心想见识一下纪空手这步法的奥妙所在。

他这三步退得犹如闲庭信步般悠然从容，衣袂飘飘，潇洒至极，在有意无意间化去了一拳一剑的攻击。纪空手心中大骇之下，陡然喝道："这算不算是一招?"同时旋身一转，手中已多出了一把七寸飞刀。

"就算你一招。"凤五冷然一笑。

他略一运劲，浑身骨节"噼里啪啦……"发出一阵惊人的爆响，衣衫起伏鼓动，里面的肌肉跳动不止，显得声势吓人。

他正要迎前出手，却又"咦……"了一声，显得甚是惊奇，再退三步。

他这三步退得绝非情愿，而是必退的三步。原来就在他行将出手之际，倏然发现韩信刺来的一剑虽然平平淡淡，毫无出奇之处，但在纪空手七寸飞刀的配合下，几近天衣无缝，这不由得不让凤五刮目相看。

直到这时，他才知道这两位少年并非如自己想象中的那般简单，甫出两招，竟然引起了他发自内心的两次惊诧，可见这二人的实力的确让人不可小视，同时也更让他对玄铁龟存有必得之心。

当他醒悟到这一点时，蓦然发现三招之约只剩下最后一招了。

所以他毫不犹豫地拔剑，"锵……"的一声，如一道战鼓声般划破了这山野间的宁静。

剑出，寒芒暴闪，光影似电，数丈空间仿佛在一刹那间冻结凝固，只有那剑中带出的杀气在疯涨，强行挤入这漫漫虚空。

纪空手与韩信顿时有冷汗冒出，同时感到了对方这一剑中带出的惊人压力与无限杀意。凤五笑了，得意地笑了，因为他看到了对方苍白的脸色和那近乎无助的眼神。在看到他的剑之后还能保持心神守一的人，当世之中本就不多，纪空手与韩信的反应在他的意料之中。

纪空手大喝一声："韩爷，我们拼了这一招吧！大不了与他同归于尽!"人借这一吼之势，突然发力，与韩信的剑锋裹挟在一起，七寸飞刀如一道疾云般直涌而出。

凤五惊诧之下，心中暗惊："他们得到玄铁龟不过短短两三个月时间，却有如此惊人的表现，可见江湖传言非虚。我若得之，岂非真的可以无敌于天下?"他的心情一阵亢奋，手腕微振间，一道青虹乍现虚空。

纪空手的心一下子被什么东西揪得极紧，一种空荡荡的失落感如高空坠石般沉入心底。

他知道自己败了，但便在此时，他陡见一道亮光自侧方闪过。

“叮……”就在凤五感到胜利在望之际，蓦觉一股强大的力量不知从何处而来，袭上自己的剑身，令他的手臂一阵酸麻，身体不由自主地向后倒翻一圈，落地不动。

他一眼望去，便看到虚空中多出了一把剑！

这是一把凭空而生的剑，快得简直不可思议，就在凤五挤入纪、韩二人气场一尺范围时，这把剑成功地阻截了凤五霸烈无比的剑势。

而剑的主人身形丝毫不作任何的停滞，一手抓过纪空手来，制住其手上穴脉，向一片密林狂奔而去。

来者意在纪空手，而非凤五。

正所谓螳螂捕蝉，黄雀在后，等到凤五明白了这个道理之后，已然迟了一步。

他心中无名火起，一纵之下，已在半空，手中的剑锋一振，幻化出万千剑影，照准来人的后背疾刺而去。

像这种横刀夺爱的事情，凤五这一生不知做过了多少，却从来没有想过别人也会以其人之道，还施于其人之身，是以当敌人陡然出现时，当真是出乎他的意料之外。

纪空手也绝对没有想到在这荒芜人烟的山岗之上会有人事先设伏，是以事发之初，他连正常的反应都没有，就已经受制于人。

“呼……”剑锋破开虚空形成的道道气旋，声势惊人，凤五的这一剑，几近全力。

“呼……”密林外的一片茅草丛突然在这一刻间炸开，随着碎石泥土的飞袭，隐隐带出了一股令人销魂的香风。

凤五再惊，不仅惊惧于敌人的偷袭，更惊惧于这突然而至的香风，他的第一个反应就是闭住呼吸。

“蹬蹬……”他的脚步旋身而动，斜闪数步，从这股香风的侧端避让过去，同时身形不显呆滞，依然直进。

就在凤五与香风擦肩而过的刹那，他的耳朵突然有一阵轻微的翕动，听到了一种近似于虫蚁之声的机栝启动声。

“嗖……”他毫不迟疑地贴地而滚，钻入草丛，只听得几声强劲的呼啸之声贴着他的头皮飞擦而过。

如此虽然让他逃过了一劫，但等他站起身时，却发现那人已挟着纪空手奔出了数十丈远，其速之快，如箭矢飙前，凤五有心想追，却已是不及。

而那一缕香风由浓转淡，游离于凤五的鼻息之间，惊悸之下，凤五看到十数丈外的草丛一分为二，一条快速移动的影子飞速向前，剖开一片草浪，不断地延伸而去。

目睹这陡然而起的惊变，凤五心中感受着这陡然而生的失落，不过对他来说，幸好还有韩信在手，也算不虚此行。

当他如寒冰般冷峻的眼芒盯住那渐去渐远的身影时，突然心里一亮："方锐，只有方锐才会对自己的剑法如此熟悉，从而设下了有所针对的伏击!”

凤五猜得一点不错，挟走纪空手的正是方锐，作为入世阁有数的高手之一，方锐的武功在江湖上也是大大有名的。

而那一缕香风的主人，又会是谁？凤五心中冒出了一个答案，一想到她，凤五蓦觉自己的呼吸也变得有些急促起来。

入世阁与问天楼同为江湖五大豪门，一向是道不同不相为谋，双方势立相当，纷争百年不息，算得上是一对冤家宿敌。这方锐与凤五却是渊源极深，曾经互有交手，旗鼓相当，在剑术上倒是谁也不逊于谁。

原来，张盈与方锐的沛县之行，受慕容仙之托襄助章穷只是他们顺带的一项任务。他们行动的重心也是为了玄铁龟的下落！当卓石与丁宣死在玉渊阁时，张盈与方锐便意识到沛县竟是卧龙藏虎之地，人与事都远非他们事前想象中的那般简单。

于是他们凭着自己对危机的敏感，当机立断，将自己的行动转入暗处，以便从中发现玄铁龟的真正下落。

经过多方查证之后，他们最终将目标锁定在了纪空手与韩信身上。只是因为这两人身在义军重地，戒备太严，他们一时没有下手的机会，是以才躲在暗处，等待时机。

所谓功夫不负有心人，就在他们耐心等待之际，终于发现纪、韩二人离开义军队伍，连夜赶往淮阴，而在他们的身后，竟然多出了一个凤五。

对于凤五其人，无论是张盈，还是方锐，都不会过于陌生。身为问天楼刑狱长老的凤五，竟然出现在了千里之外的沛县，这不得不让张盈与方锐对凤五的动机有所怀疑。

事实证明了他们对凤五的怀疑十分正确，同时也证明了他们确定的目标没有出现原则性的错误。只是碍于凤五本身的实力，他们慎之又慎，精心布置了这场伏击，等到凤五甫一出手的刹那，方锐才现身一击，掳走了纪空手。

他之所以带走纪空手而不是韩信，当然是因为纪空手的见空步的确精妙神奇，让他开了眼界，从而使他认定见空步必是玄铁龟中记载的武功之一。在二者只能择其一的情况下，他首选的目标只能是纪空手。

纪空手面对这一连串的惊变，几乎没有作出任何的反应，他只觉得自己身上的几处穴道被制之后，浑身上下仿佛被什么东西禁锢了一般，只能任由方锐挟于腋下，一路狂奔。也不知行了多少山路，终于在一条滔滔大江之前止步驻足。

“你是谁?”纪空手只觉气血一阵翻涌，好不容易调匀呼吸，艰难地问道。

方锐猛然一惊，差点失手将纪空手摔在地上。

方锐压根就没有想到纪空手在自己重手点穴之下还能开口说话，虽然当时时间仓促，但方锐自信自己认穴点穴的功夫绝对不会出现任何偏差，一经施出，如果没有十二个时辰，穴道根本无法自解。

可是此时最多只不过过了四五个时辰，纪空手就能如常人一般说话，这不得不让方锐心惊之下，对他刮目相看。这只能说明纪空手身负的内力远比他想象中的雄浑，而且与自己所知的各门各派的内力迥然有异，不可以常理度之。

他将纪空手放在地上，力聚指间，若行云流水般点戳几下，解开穴道。

在解穴的同时，方锐心中一惊，只觉入手处有一股大力冲击着穴道受制之处，生机旺盛，犹如潮涌，自己的内力所向，皆有反弹迹象，震得自己的指尖微微发麻。

“在下方锐，只因事情紧急，这才多有得罪，无礼之处还望莫怪。”方锐抱手施礼，微微一笑。

“这个名字实在陌生得很，难道说你我以前从未见过?”纪空手一脸糊涂，在他的记忆中，根本就想不起来自己认识的人中还有这么一号人物。

“的确如此。”方锐见他一脸迷惑，忙道。

纪空手缓缓站将起来，还礼谢道：“这么说来，前辈是路见不平，拔刀相助了。我乃淮阴纪空手，救命之恩，不敢言谢，他日有缘再见，我当涌泉相报。”

他心系韩信的安危，勉力走得几步，又跌倒在地。

方锐将他扶起，道：“你此刻穴道刚解，体内的真气犹有受制之感，不宜走动，还是静下心来，歇息一会儿吧。”

“可是我与韩信是出生入死的朋友，怎能眼睁睁看着他落入虎口而不救呢?”纪空手挣扎了几下，一口气接续不下，气喘连连。

方锐没想到纪空手虽然年纪不大，却是义薄云天，对“义”之一字这般看重，不觉微有诧异之色。

“我有一句话，不知当讲不当讲?”方锐沉吟片刻道。

“前辈但说无妨。”纪空手见他如此客气，心中顿生几分好感。

“前辈二字，未免言重，方锐可不敢当，我只是受一位朋友之托，一路紧随你们，原是为你们的安全着想，绝无恶意。若非看那凤五剑术厉害，可能危及到你们的性命，方某只怕也不会贸然出手了。”方锐缓缓而道。

“朋友?”纪空手微微吃了一惊，他的脑海中顿时涌上了刘邦与樊哙的影子。

“是的，这位朋友甚是关注二位，再三嘱咐，要方某保证你们的安全，方某幸不辱命，救出你来，也算是不幸中的万幸了。”方锐思及在山岗上出手救人的一幕，至今尚心有余悸。

“难道说你这位朋友竟是刘邦刘大哥?”纪空手脱口而出，因为他发现方锐的武功高明得很，似乎不在刘邦之下，更在樊哙之上，以常理推之，他的朋友应该是刘邦的可能性更大一些。

方锐笑而不答，这更让纪空手相信自己的判断不差。

“这位朋友是谁并不重要，重要的是，你能够把我当作朋友，明白我并无歹意，这就足够了。”方锐顾左右而言他，接着分析起韩信此时的处境来，“至于你那位名为韩信的朋友，他的人既然落在了凤五之手，担心已然无用，不过所幸的是凤五有求于他，自然不敢对他有什么伤害，所以我可以断定，在短时间内，韩信的性命不会受到任何威胁。”

纪空手见他说得有理，一颗心顿时放了下来，加上他有先入为主的思想，既然认为方锐是刘邦的朋友，也就信任有加，当下问道：“那我们现在应该怎么办？就算韩信能够大难不死，终究活罪难逃，我只有尽早将他救出，才不枉我与他兄弟一场!”

方锐骗得纪空手的信任，心中暗喜，当下假装沉吟了片刻，方才答道：“纪兄弟如此讲情重义，正是我辈性情中人，方某真是钦佩不已。不过想那凤五毕竟不是泛泛之辈，算来亦是江湖上屈指可数的高手，要想从他的手中救人，无异于虎口夺食。”

“这么说来，岂不是救人无望了吗?”纪空手的眼中尽是着急之色。

“如果凭你和我这点力量，的确很难。但是我幸好还有一个朋友就在附近，假如有我出面相求，以此人的武功，对付凤五绰绰有余，自然就可大功告成。”方锐微微笑道。

“那么就有劳前辈了。”纪空手大喜之下，连连拱手称谢。

方锐抬头望望天色，只见天近黄昏，红日西去，彩霞漫天，距天黑尚有一两个时辰，当下从怀中取出一管烟花之类的物事道：“你也不必心急，只要到了天黑时分，我将之抛上空中，不出一个时辰，我这位朋友就会火速赶来。”

纪空手惊奇地问道：“这是你和你那位朋友事先约定的联络暗号吗?”他行走江湖的时间不长，是以对江湖中的一些东西陌生得紧，难免心生好奇。

方锐点了点头：“正是。”

纪空手拿在手中观玩片刻，突然“哎呀……”一声，叫了起来。

方锐一脸紧张，向他望去。

“我想起一桩事来，就算你这位朋友赶将过来，天下之大，我们又去哪里才能找到凤五的下落？”纪空手显然意识到了问题的严重性，眉间紧锁，一股忧虑之色密布眉梢。

“对别人来说，这的确是一个难题，但只有我是一个例外。”方锐哑然失笑，然后才肃然而道，“因为在这个世上，没有人比我更了解凤五的生活习性了。”

“哦？”纪空手心中惊奇，愕然道，“何以竟会这样？”

“因为他就是我唯一的同门师兄弟。”方锐的这一句话仿若平地响起的霹雳，震得纪空手目瞪口呆之下，连连倒退。

这的确很出人意料，难怪纪空手的表现会如此失态。

“不过，他与我虽然出自同一个师门，却既非兄弟，也非朋友，倒像是同行在一条路上的陌生人。我们之间除了同门学艺之外，其他的时间从不往来，这也许与我们的性格与兴趣迥然有异大有关系。”方锐的解释让纪空手出了一大口气，但让纪空手感到诧异的是，就算他们个性不合，也不至于形成今天这种敌对的关系，难道其中另有隐情？

方锐读出了纪空手眼中的疑惑，轻轻地叹息一声：“但是不管如何，个性上的差异绝不至于让我们水火不容，造成我们决裂的真正原因，还是因为一个女人。”

“一个女人？”纪空手嘀咕了一句，似乎有些明白了其中的原因。

“是的，一个高贵而美丽的女人，在一个偶然的机会里，我和凤五同时认识了她，三年之后，她嫁给了凤五，而我则从师门出走。从那一天起，我与凤五就势同水火，恩断义绝，再也没有半点同门之谊了。若非如此，他刺向你们的那一剑如此霸烈，如果不是我识得剑路，又怎能在仓促之间救得了你？”他说话之中，眼眸里闪过一丝柔情，仿佛又勾起了他对往事的一些回忆。而在纪空手的眼中，方锐脸上表现出来的恨，远比他心中的爱意要多。

爱与恨看似矛盾，却往往是一对同胞所生的怪物，没有爱，哪来的恨？恨的由来，本身就源自于刻骨铭心的爱，所以方锐如果不是对这个女人爱之深，又怎会对夺走她的凤五恨之切？世间的男女情爱，本就如此。对于从未爱过的纪空手来说，看在眼中，心中自然糊涂，根本就无法理解方锐此刻的心境。

"在你看来，韩信在凤五的手上，真的短时间内不会出事吗？"纪空手眼见方锐的脸色渐渐恢复常态，这才问道。

方锐不答反问道："你想过没有，凤五从千里之外赶到沛县，专门找上你们，最有可能的原因会是什么？"

纪空手深深地看了他一眼，然后才迟疑道："我想应该与玄铁龟有关。"

方锐的眼睛一跳，闪出一丝惊喜，道："那么这玄铁龟真的在你们身上吗？"

"不在，当然不在了。"纪空手摇了摇头，"它早就不存于世了，留在世上的，就只剩下这一枚小圆石。"

说着他从怀中取出那枚补天石，递到方锐的手中，方锐的脸上没有任何表情，似乎对纪空手的回答早在意料之中。但纪空手却不知，他所说的虽无半句虚言，可世间根本无人会信，凤五不会，方锐不会，连刘邦与樊哙也不例外。

"既然玄铁龟不在韩信的身上，那么韩信就不会有性命之忧。在凤五看来，玄铁龟远比韩信的性命要有用得多。只要韩信不死，他就还有得到玄铁龟的一点希望，假如杀了韩信，他连这点希望也没有了。以凤五的头脑，当然不会想不到这一点。"方锐的目光紧紧地盯着纪空手的脸，缓缓而道。

纪空手沉默半晌，抬起头道："如果韩信真的可以保住性命，那么这件事情反而不急，我想在找他之前，先去一趟淮阴。"

他此刻的心里，记挂起陈胜王的安危。毕竟此次他们的任务，就是为了陈胜王而来，假如陈胜王有个三长两短，那么他无疑就是千古罪人了。

经过这短暂的接触，他对方锐的防范之心减少了许多。如果方锐真的是刘邦的朋友，那么有了他的襄助，找到陈胜王的概率自然就会大大增加，所以他思量再三，觉得自己应该冒险一试。

“这也是我和韩信此行的任务，无论如何，我都必须要完成它。”纪空手见方锐为之一愣，满脸莫名，于是解释道。

“我能知道这是一项什么任务吗？”方锐问道。

“当然可以。我既然这么说，就不打算向你隐瞒。”纪空手迟疑了一下，接着道，“我要去找一个人，一个非常重要的人，如果他因我的缘故发生了什么不幸，我将会抱憾一生。”

“他是谁？”方锐看到纪空手一脸肃然，更生出一种渴望揭开谜底的迫切。

纪空手环顾四周之后，这才压低嗓门道：“陈胜王！”

方锐一怔之下，突然笑了起来：“谁说陈胜王人在淮阴？这绝对是一个谣传。据我所知，陈胜王早在半月之前就战死于陈地，这可是千真万确的消息。”

“什么？”纪空手大吃一惊，根本不敢相信自己的耳朵，追问道，“怎会这样？这不可能！”

方锐道：“陈胜虽然在陈地称王，拥兵十万，但他面对的对手乃是大秦名将章邯以及四十万训练有素的大秦军队。覆巢之下，安有完卵？陈胜怎能从大军的重重包围之下逃出陈地，来到淮阴？况且陈胜一死，章邯将他的人头悬挂于陈地城门，示众三日，天下尽知，他又怎么可能死而复生，出现在淮阴城中？”

他的每一句话传入纪空手的耳际，都让纪空手的心为之一跳，感到一种莫名的恐慌。他此刻的心里只有一个念头，那就是如果方锐所说的全然属实的话，那么刘邦就在撒谎！难道说刘邦的消息来源有误，才导致了他出现判断上的错误？

他的头脑突然之间变得很乱，犹如一团乱麻缠绕，半天理不出头绪，只是将目光紧盯在方锐的脸上，企盼能从中找到正确的答案。

“你可以不相信我，但不能不相信事实，只要你跨出泗水郡，一切自然就会真相大白了。”方锐说得极有把握，由不得纪空手不信。

纪空手的心中生出了一个偌大的谜团，始终处于一种迷糊的状态下，浑浑噩噩，不能自已。一阵凉爽的江风拂过，令他猛地打了一个激灵，蓦然忖道：“我又何必在这上面纠缠不清？在刘邦与方锐之间，肯定有一个人在撒谎，诚如方锐所言，只要出了泗水，我找人打听一下，自然就会真相大白。”

思及此处，他突然问道：“如果我所料不错，方先生未必是刘邦的朋友吧？”

方锐丝毫不惊，微微一笑，道：“我还是那一句话，我是谁的朋友并不重要，重要的是我所做的一切，全是为了你好，这就足够了。”

纪空手深深地看了他一眼，淡淡笑道：“在事情还没有弄清楚之前，我谁也不敢相信。”

方锐道：“正该如此。”他此刻并不担心纪空手心起疑虑，只要纪空手还在他的掌握之中，他就不怕没有得到玄铁龟的机会。

他却不知，纪空手比他更悠然。因为玄铁龟已然毁去，他才不怕别人打它的主意，正所谓光脚的不怕穿鞋的，看谁耗得过谁。

两人各怀鬼胎，互相揣摩着对方的心理。眼看天已黑尽，方锐点燃手中的烟花，便听“嗖……”的一声，一道耀眼的光芒向天空直射而去，冲至数十丈处，“啪……”的一声迸散开来，烟花闪射，形成一个巨大的伞形，滞空片刻，这才消失于苍穹暗黑的夜幕之中。

“你能肯定你那位朋友一定会来吗？”纪空手问道，他几次想入水开溜，但方锐却有意无意间挡住了他逃离的路线，使他难寻机会。

“当然，我这位朋友最讲信用，一看到烟花，必然会在最短的时间内赶赴过来。”方锐道。

过了半个时辰之后，江面上忽然传来呼呼的风帆声，船头破水前行，其速甚快，纪空手借着暗淡的夜色眺望过去，便见一艘双层四桅的豪华巨舫沿江而来，巨舫灯火通明，照红了江边江面，声势之大，真是非富即贵。

纪空手心中暗惊："这显然是方锐的同伙，看这架势，绝非是江湖中一般的人物，我若想从他们的手中逃走，只怕并非易事。"

却听方锐笑道："我这位朋友最是热心不过，为人仗义，又肯结交朋友，待会儿你可要和他多亲近亲近。"

纪空手无机可逃，也不着急，而是以平和的心态道："那是当然，像这种非富即贵的朋友，我一向是来者不拒，日后真到了走投无路之时，也可以多一个借钱的地方。"

"纪兄弟又在说笑了。"方锐眼芒在他的脸上一扫，"以你的天赋资质，要想求得一份荣华富贵还不是手到擒来之事？只要你想要，这种机会遍地都是，又怎会沦落到向人开口借钱的地步？"

"哦？我原来还有这种能力，这我自己倒一点没有看出来。"纪空手淡淡笑道，"我只记得我长这么大，向人开口借钱是家常便饭，别人向我借钱，却是一次也没有，想必是没有人会向比自己更穷的人开口的缘故吧。"

两人闲聊之际，巨舫已泊岸江边，船头上有人声响起："岸上是方先生吗？"

"正是在下。"方锐忙高声答道。

"我家主人有请方先生上船。"船头那人恭谨地道。

"多谢！"方锐抓住纪空手的手臂，突然脚下发力，脚尖一点，人已纵上半空，如苍鹰般横掠两丈水面，稳稳地落在甲板之上。

纪空手心中惊道："方锐的武功如此了得，他的同伙想必也不会弱，我此番可真叫上了贼船了。上船容易，要想下船只怕比登天还难。"

他顺眼瞧去，只见这大船虽然面积不小，密密麻麻的大红灯笼挂了一船，但船面上却只有几条人影晃动，根本无法看清敌人的虚实。他不由得暗暗提醒自己，不到情非得已时，千万不可妄动。

船头那人引得方锐、纪空手进入舱房大厅，唤来侍婢，奉上香茶，然后恭声道："方先生稍坐片刻，小人这就去向主人禀报。"

纪空手由衷赞道："一个仆人，已是如此彬彬有礼，可见这主人的风采一定差不到哪里去。方先生，看来你这位朋友不但有钱，想必还是风雅之人。"

他平生第一次见到如此富丽堂皇的布置，心中着实艳羡，若非明白自己身处危局之中，他倒有心尽情享乐一番。

方锐将纪空手的表情看在眼中，微微一笑，道："纪兄弟的眼力着实不错，我这朋友姓张．虽然武功高强，却非江湖中人，而是世代商贾，富可敌国，像我这等穷鬼能够结识到这种朋友，想来也是机缘使然。"

纪空手心中冷哼一声，并不道破，喝了一口香茗，刚要开口说话，便见刚才说话的仆人又复出现道："我家主人此刻在百乐宫设宴，二位请随我来。"

二人行入百乐宫，只见堂前端坐着一位长相极是秀美，皮肤白净，几如女子的中年人。

"方先生光临，真是让此地蓬荜生辉呀！"那中年人见方锐进入，立刻大步迎上笑道。

"张先生客气了，上次来此乐而忘返，是以，今日又来打扰了！"方锐并不见外。

张先生与方锐同时大笑起来，然后在方锐的介绍下，与纪空手互通了姓名，然后叫来随从道："今夜既有贵客光临，设宴百乐宫，只求与诸君一醉。"

方锐眼神陡然一亮，脸上顿生神往之色，纪空手看在眼中，心中奇怪："这百乐宫是怎样的一个去处，何以会引得他如此失态？"

可是当纪空手踏入百乐宫时，也感到了一阵目眩神迷。

所谓的百乐宫，就在舱房大厅之下的一层舱室之中，面积不大，却布置得豪华典雅，伴着阵阵靡靡之音，纪空手看到了他一生从未见过的情色画面。

只见舱室中分置四张白玉几案，案后置一块玄冰寒石席，每席之上，已斜坐着两位妩媚妖艳的丰胸美女，秋波暗送，正打量着入席而来的宾客。

她们曲线有度，身材丰满，体态风流，凹凸有致，只穿了一小块抹胸半遮高耸乳峰，下身是一条仅可遮羞的小红裤，着一袭几若无物的轻纱，说不尽的撩人风情，看得几位男宾呼吸顿时浊重起来。

更让人奇怪的是，三席之中，安置一张圆桌，桌上放满美酒佳肴，时令水果，既无座位，又无杯盏筷箸，纪空手心中暗道："这种宴席难道是只看不吃，抑或是像西域中流行的手抓饭，全靠一双手来夹菜？"他人一入厅，已觉得这百乐宫中的确是处处透着新奇，让人凭空生出不少遐思。

"各位请入席吧！"张先生似乎对纪空手颇有兴趣，着意瞟了他一眼。

纪空手坐入席中，便见那两位美女已斜偎过来，嫩滑的肌肤透出撩人的热度，透过手的触摸，引得纪空手的心如同一只小鹿，"扑通扑通……"地乱跳个不停。

他虽生于市井，看惯一些男女打情骂俏的场面，却哪里经过这般风流阵仗？何况他迄今为止，虽然有心染指女人，却尚无成功之记录，依然保持着童男真身，是以偶逢美女投怀送抱，心中着实紧张。

等到他望向方锐时，却见他早已如鱼得水，拥美相亲，一双大手俱在美人的胴体上下游走，尽显色中饿鬼的馋相。

"纪兄弟莫非还是童男不成，何以这般把持得住？我这宴席有个名称，就叫'双肉图'，双美送怀，请君享用，你可切莫放过这良宵一刻。"张先生眼眉绽开，咻咻而笑，眉梢间流出的风情，将她的女儿身份暴露无遗。

"我也算得上是风月场中的老手了，怎会有怯阵之心？只是我不惯于在大庭广众之下与人调情罢了。"纪空手眼见众人都将目光望向自己，哪里肯露出自己童男面目？吸气一口，装出一副老成模样。

"原来如此。我也觉得稀奇得很，凭纪兄弟的相貌，虽不属于绝世美男之流，却有一股让女人心仪的气质，正是女人梦寐以求的床上悍男，料想不会少得了女人。要不你我就先饮酒吃菜，先填饱了上面这张嘴再说？"张先生笑得极是淫邪，一双美目死死地盯在纪空手的脸上。

纪空手心中暗叫一声"惭愧"，正要站起身来，却被身边的两位美女轻轻按在席间，柔声道："公子喜欢什么，尽管吩咐，奴家二人便是公子手中的杯筷，何劳公子亲自动手？"

纪空手还没理会出美女话中的意思，只见两位美人款款而动，来到圆桌之前，一人吸了一口美酒，一人噘了颗葡萄，重新回到纪空手的身边，微翘红唇，送在纪空手的眼前。

"美酒已在樱桃小口中，公子请用。"张先生见纪空手脸生诧异，赶忙解释道。

纪空手这才明白过来，不敢推辞，只得就着美人的小嘴品尝美酒。

他耳红眼热之际，听得张先生笑道："公子所饮，乃是千年美酒，我以贵宾之礼待客，还望珍惜，不要浪费一丝一毫。"

纪空手酒已入喉，刚要开口，便见美女的香舌已然入口而来，舌滑生津，幽香扑鼻，搅得纪空手意乱情迷，暗叫一声："我是流氓我怕谁，拼着这如假包换的童男身不要，老子也风流一回！"

当下再也把持不定，一手搂过美女滑腻的胴体，着实品尝了一下美人的红唇滋味。

酒过三巡之后，百乐宫中，已是旖旎一片，纪空手只觉酒一下肚，小腹处蓦生一股暖融融的热流，耳听美人无病呻吟，入目又见胴体如蛇扭动，心神只觉一阵荡漾……

纪空手冥冥中感到被人注视着，心中猛一激灵，抬起头来，正好看见方锐携美人消失于百乐宫中，回头却发现张先生的一双美目依然盯着自己，眼中流盼，似有春情涌荡，他心中暗叫一声："完了，完了，老子彻底完了。"双手搂住身边的美女，走向了一间小舱房。

在两位美女的服侍之下，纪空手在暗黑的夜色下已是一丝不挂，火热的身体伴着激昂的反应，加上初夜的新奇与兴趣，令他在忐忑不安中期待着那一刻的来临。

突然间，一双滑若凝脂的小手从纪空手的后背环抱而来，然后便有一具热力四射的胴体贴在纪空手的背上。

纪空手虽然看不到身后的人，却感受到了对方如火的热度与饿狼般的激情。一对近乎夸张的肉峰顶在他的后背上，那种颤巍巍的感觉，几欲让人喷血。而更让纪空手感到吃惊的是，身后的女人竟然伸出双腿，向他的臀部围来，紧紧夹在腰间，令他感到了一阵濡湿之感。

纪空手陡然吃了一惊，低声道："你是谁?"凭着敏锐的直觉，他已然发觉身后的女人绝不是与自己入房的两个美女之一。

"你猜我会是谁?"一个女人哧哧的笑声传来，纪空手一听之下，蓦然心惊，因为他听出这女人的声音，竟然就是那富可敌国的张先生！

这绝对是纪空手想不到的一个人，虽然他早已看出，张先生其实是一个美艳至极的成熟女子，但他没料到她竟会看中自己，要与自己共同演绎这一出床上之戏。

纪空手默然无语，但身后的胴体如蛇般的蠕动依然给了他最强烈的刺激，他完全是在勉力控制着自己。

"你怎么不说话了？难道我不美吗？比不上那两个小骚货吗？其实我第一眼看到你，就已经爱极了你。"张先生近乎呻吟的声音响起在纪空手的耳际，犹如催情的咒语，催动着纪空手心中的情欲。

纪空手只觉腹下的那股热流已然充盈到了极限，完全不由自己控制。当张先生的小手握住他那昂首暴突的巨物时，他忍不住低吼一声，转过身来，却从后面抱住了张先生。

张先生感受着这有力的一抱，忍不住发出了一声近乎野猫叫春般的呻吟……

有意无意间，此刻两人所摆的姿势，女位在前，男位在后，双手环抱，正合龟伏交合之道。

纪空手陡然感到体内有一股力量蓦然而生，透过经脉走势，迅速向全身蔓延，异力来得迅猛而突然，甚至透过皮肤上的毛孔与手心上的穴道，如一股电流般窜入张先生的体内。

这种酥麻的感觉让张先生心生悸动，发出令人销魂的声音。

"掌灯，在灯下……干……更……更……有情趣……"张先生如梦呓般发出了一道指令，她显然深谙其道，明白如何来调动双方的情欲。而更让她感到刺激的是，在这张大床的四周，布下了一排亮晃晃的铜镜。

可以想象，在柔和的灯光下，对镜交合，当镜中人与镜外人做着相同的一个动作，相望着彼此间的表情时，那是一种何等销魂刺激的画面。

一想到这里，张先生已然觉得花房已开，曲径湿濡，浑身禁不住震颤起来。

但是当第一缕灯火照亮房中时，房中的三女一男同时发出了一声惊呼。

因为谁也没有料到，刚才还是娇艳如花的张先生，竟在这一刻间变成了一个额上有纹的半老徐娘。

"可恶!"张先生怒斥一声，欲火全消，她似乎没有想到纪空手能在无意中破了自己的驻颜之术。爱美乃是人之天性，她又岂能让一个男子看到自己的老态？当下跃起身来，手指点在纪空手的百会穴上。

纪空手只觉头脑一痛，晕了过去。

等到他从昏迷中清醒过来时，也不知过了几个时辰，身边躺着两个赤身的美女已然深深睡去。

他慢慢地想起刚才所发生的一切，不禁为自己一时的荒唐感到几分羞愧。此刻他的灵台清明，蓦然间听到自己头顶的一间舱房中传来一阵人声。

当下纪空手心中一动，运力于耳，一听之下，原来说话之人正是张先生与方锐两人。

"我们在此密议，不会让那小子听见吧?"方锐小心谨慎地道。

"那小子已经中了我的重手点穴，不到天明时分，他休想醒过来。"张先生极是自负，言语中带出一股恨意。

方锐沉默片刻，方才叹息一声，道："刚才我们仔细搜查了一遍，玄铁龟的确不在这小子身上，但他是玄铁龟的得主已确认无疑，所以我认为玄铁龟已经被他藏在哪个秘密地方了。如果我们要得到此物，还真得耐下性子，慢慢地从他的嘴中套出话来才行。"

张先生其实就是张盈所扮，此刻她的容颜已然恢复如初，只是想到刚才的一幕，仍是心有余悸，搞不懂自己的驻颜之术何以会在那个关键的时刻失灵。她原有一套牵情大法，与人交合之际，只要施用此法，便可让受牵者在那一刻间意志全无，如牛一般全凭自己摆布，没料到人算不如天算，眼看她就要大功告成之际，竟然会突生变故。

“这小子看似容易对付，其实意志坚定，抱负远大，十万两黄金不能打动其心，如云的美女也不能让他着迷，还枉费了老娘的几滴催情水，看来此事我们还得从长计议。”张盈似乎觉得有些不可思议。

但张盈绝没有想到自己会高看了纪空手。

他不是不爱那些撩人魂魄的美女，而是在他的手中，根本就没有玄铁龟的存在，就算他想美女，也无从想起。

直到此刻，纪空手才真正明白过来，从方锐的突然出现开始，这一连串的事情或离奇，或巧合，让人扑朔迷离，极是诡异，但倘若因玄铁龟之故，那么这发生的一切事情自然就有了合理的解释。

其实在上船之前，纪空手已经怀疑起方锐的动机，只是上船之后，一连串发生的事情让他目眩神迷，倒忘了这一茬了。现在想来，所幸玄铁龟已然被毁，否则不但玄铁龟易手他人，自己这条小命恐怕也难以保全。

听着窗外呼呼刮过的江风，纪空手此刻的心里亦如江风吹过水面，久久不能平静。他已经对张盈两人的密语不感兴趣，现在他所关心的，却是另一个问题。

“如果方锐所说的一切都是谎话，那么陈胜王人在淮阴，形势就非常严峻了，无论如何，我都得想方设法逃下船去。”他念头一起，心中一动，想到此刻逃走，正是最佳的时机，因为张盈他们并不知道他已经自解穴道，恢复了行动自由。

他正欲起身之际，忽听“嗯……”的一声，是他身边的女子梦呓一声，翻了个身，一条肉滑的大腿压在他的腹部。

纪空手心中暗骂一声，正要拖开她的大腿，忽听得头顶上传来方锐的声音：“我也觉得奇怪，刘邦明知他们是玄铁龟的得主，何以会将这两个小子故意支出沛县？陈胜这反贼死在陈地已有半月之久，按理说刘邦不可能不知道这个消息。难道，他真与问天楼有关，叫凤五暗下杀手？”

纪空手一惊之下，收摄心神，再听张盈说道：“你这么一说，我也想起临行之前赵相曾经再三嘱咐，说是刘邦此人年纪虽然不大，却背景复杂，要我多加小心，不可轻敌。我当时还不以为然，现在想来，恐怕赵相话中有话。”

“不管怎么说，此刻姓纪的小子既然落在我们手中，谅他也逃不出我们的手掌心！此次沛县之行，张先生又算立下了头功。”方锐笑嘻嘻地道。

“我看此刻论功行赏，为时尚早。我的天颜术无意中被这小子所破，所以我必须马上离开此地，因为如无相爷相助，我将会内力尽失。不过我提醒你，色之一关，乃这小子的弱点，怎么安排就看你的了。但你必须要做到先看住这小子，此人诡计多端，别让他找个机会溜了。”张盈吃了一个暗亏，自然不敢大意。

接着便传出一阵细微的脚步声，向舱房走来。纪空手赶紧调匀呼吸，佯装昏迷不醒。

待方锐巡查远去之后，纪空手心中暗道：“刘大哥难道真的是在骗我？这不可能！”他根本不相信刘邦会有意将自己支出沛县，另有图谋。因为在他的心中，他一直就把刘邦和樊哙当作自己的朋友。

可是张盈和方锐的对话显然也不是刻意为之，而是无心提起。看来陈胜王之死的消息绝无虚假，唯一的理由，就只能是刘大哥收到了错误的情报，才会让自己和韩信前往淮阴。

“一定是这样的！”纪空手在心里安慰着自己。

他静下心来，从近段时间发生的事情来看，发现自己与韩信在无意中竟成了江湖上人人必争的重要角色。单从凤五、方锐这些人的行事手段来看，已是无所不用其极，照此推断，日后自己与韩信的江湖之路必将会因玄铁龟之故而变得更加艰难，充满着未知的挑战。

他不由得掏出变成卵石的补天石，见其依然毫无光泽，豪无灵性，一狠心，从窗子抛入江中，这才长吁一口气，自言自语道：“他妈的，反正老子身上现在没有玄铁龟了，光着脚的不怕你穿鞋的，倒想看看你们这些人跟老子玩什么鬼把戏！”面对即将来临的重重危机，怡然不惧。

如果说他此刻还有唯一的担心，那就是韩信。

第九章　铁栅困虎

船行三日，一路风平浪静，眼看快到了九江郡。纪空手成日在舱房中独对方锐，吃饱了睡，睡好了吃，既不问胡商去了哪里，也不问张盈为何这几日不见踪迹。

但这并非说明他已无防人之心，而是他深知是福不是祸，是祸躲不过，该来的总归要来，徒自操心，只是庸人自扰罢了。

九江郡是长江下游的军事重镇，自古重商轻文，市面繁华，人口足有数万户之多。此际虽逢乱世，但各路义军似乎尚未眷顾于此，所以一时热闹异常。

船到九江码头，方锐一味相邀："此地的八凤楼乃是凤五最爱栖身之地，我们入城探访一番，或许能得到有用的消息。"

纪空手明知方锐说谎，却也不露声色，一口应允。他倒想看看方锐到底要使些什么花招，同时他也知道如果在船上独对方锐，自己将毫无走脱的机会。

两人下得船来，步入城中。此时已是夜幕初降时分，华灯渐上，市面人流熙熙攘攘，虽是二月初春天气，寒气依然，但是仍掩不了夜市的人气之旺。

到了八凤楼门前，纪空手随眼一看，这才知道八凤楼竟是一家场面宏大的妓院，看门前车来马往，燕声莺啼，便知此楼生意之好，定是位列全城数一数二的风月地。

他年纪虽小，但自幼混迹妓院赌馆，耳濡目染，丝毫不怯场，在一位老鸨的接待下，两人来到了偏院靠东的一座小楼中，品茗嚼梅，只等方锐点彩凤姑娘前来侍候。

趁此闲暇，纪空手似是无心道："方先生也太不够朋友了。"

方锐本在欣赏楼阁中挂着的几幅书画，闻言一怔："想必是方某何处怠慢了纪兄弟，才使纪兄弟如此埋怨于我？"

"非也。"纪空手微笑道，"我们又吃又住，叨扰了你那位朋友这么些天，今日你我出来开心，却不叫上他，岂不是不够朋友吗？"

方锐笑道："纪兄弟所言极是，只是我这位朋友一向不喜抛头露面，寂寞惯了，是以没有叫上他。别人不知，自然会说我这个人薄情寡义了。"

"怪不得我说一连数日，都未与你那位朋友见上一面，原来如此。"纪空手故作恍然大悟。

两人又闲谈几句，便听到门外响起一阵脚步声，门帘掀处，一双绣花小鞋先踏入门中，引得纪空手抬头望去，只觉眼前一亮，一个清丽脱俗的绝色丽人怀抱古琴，盈盈而入。

纪空手自觉阅人无数，却也是第一次见得这般美丽的女子，心中不觉有了醉意，但看这女子剪水双眸中荡出似水秋波，眉宇含春，嘴角带笑，端的是风情万种，别有韵味，真让纪空手吞了好几口口水。

"这位想必就是纪爷了，小女子可以坐下吗？"这女子见纪空手一副痴相，掩嘴一笑，指着他身边的一个空座道。

"当然。"纪空手闻得一股沁人的清香从鼻间淡淡流过，待她坐下，方才问道，"姑娘名叫彩凤？"

"是呀，纪爷莫非识得小女子吗？"彩凤不明白纪空手为何有此一问。

"不识，今日才见得姑娘一面，已是非常后悔，早知这世上还有姑娘这等绝色美人，我纵是在万里关山，亦该早早前来与姑娘相见才是。"纪空手嘴甜如蜜，哄得彩凤开心一笑，纵是方锐脸上，也闪过一丝得意之色。

纪空手似是无心地道："不过我想姑娘之名不该是彩凤才对。"

他此言一出，彩凤脸上固然惊诧，便是方锐心中亦是大吃一惊。

原来这女子的确不是彩凤，乃九江郡中最红的名妓卓小圆。若因为方锐有入世阁的关系，纪空手便是想见她一面亦属千难万难，又怎得佳人青睐，共坐相陪呢？

入世阁之名不仅响彻武林，放之大秦国土，也是一股不可小视的势力，只因入世阁当今阁主，就是“指鹿为马”的当朝第一权臣赵高。

赵高之所以能够登上今日高位，极势遮天，正是因为他利用入世阁在武林中的声望，力保始皇嬴政数度化解危机，最终在始皇崩驾时获得托孤重任，从此飞黄腾达，位极人臣。他因入世阁而名震当世，入世阁也因他而威震江湖，权势之大，当朝之中一时无二。

卓小圆毕竟久居风月场所，惊诧之情一闪即没，反而抿嘴一笑，娇声道：“我若不叫彩凤，该叫什么？”

纪空手美色惑眼，微微一笑，道：“彩凤之名，本也不错，但是用在姑娘身上，便是俗不可耐了。”

卓小圆与方锐这才放下心来。

酒过三杯之后，卓小圆应纪空手之请，席地而坐，将古琴横置膝上，弹起一首《花好月圆》来。

此曲欢庆有余，韵味不足，常见于风月场中娱宾之用，但在卓小圆的玉指弹拨下，却有一股哀怨莫名的味道，其音其韵，更是到了神妙之境。

纪空手对音律略知一二，谈到精通二字，尚有不及，但他却能从卓小圆的琴音中感受到那股哀怨之情，心中暗道：“如此佳人流落风尘，自怜自惜，难免有怨世愤俗之情，不足为怪，只是这琴音之中隐带杀伐之气，却又为何？”

他的念头刚转，陡然听到对面的小楼上有人大喝道：“他奶奶个熊，是哪个臭婊子奏起哀乐，败了你洪大爷的兴致，快快给老子停手！”

此人说话粗俗，口气霸道，想必一向横行惯了，口没遮拦，却听得“铮……”的一声，弦断音停，卓小圆听到“婊子”二字，心中惊怒，脸色苍白无血。

方锐轻叹一声道：“难得听到姑娘清音妙曲，却偏偏有人不识好歹，跑来聒噪，可惜可惜，可恨可恨。”说到最后几个字，眉间杀气陡生，手腕随之振出，便听“嗖……”的一声，一件细小物事宛如电芒疾飞，隐入窗外暗黑的夜色之中。

对面那人犹在大骂，忽然“哎哟……”一声，惊喝道：“是谁在暗算老子？”

纪空手推窗笑道：“是你老子教训你这混帐儿子！”

他见方锐出手，心中一动：“方锐的身手太高，若不趁乱逃走，我只怕连一点机会都没有，既然这洪大爷如此识趣，我何不把事情闹大？”

方锐正要阻止，却已不及，听到纪空手与人斗嘴，只是微微一笑，不再言语。

那位洪大爷人在对面窗口，上身精赤，一手抓住一根竹筷。在他的身后，牙床粉帐中，尚有半截欺霜赛雪的胴体隐露香被之外，一看便知他口中所说的“兴致”是什么好事。

他虽然接到这只用竹筷当作的暗器，但一接之下，手臂被一股大力震得发麻，知道出手者必是高人，心惊之下，大声问道：“在下乃白板会的洪峰，阁下是何方高人？”

纪空手哈哈笑道：“你道是打麻将吗？白板会？老子是发财帮的纪大爷！”

卓小圆莞尔一笑，脸上愁云尽去，方锐心中却暗暗吃惊：“白板会是问天楼的一系分支，向来在山东北部诸郡活动，这洪峰乃会中有数的高手之一，怎么不远千里来到九江？难道说他也旨在玄铁龟吗？”

自从丁衡死于淮阴的消息传出后，数月以来，江湖各大门派闻风而动，纷纷赶到江南一带，打探纪空手与韩信的下落，意图染指玄铁龟。方锐从西往东而来，一路上遇到了不少江湖高手，便是一些隐居已久的人物亦抛头露面，可见玄铁龟的诱惑之大。方锐思及此处，担心纪空手露出形迹，悄声喝道：“纪兄弟，人在江湖，还是少惹麻烦为妙，你且与彩凤姑娘喝上几杯，我去去便来。”

他话音虽低，却已起了杀人灭口之心，人一站起，浑身霎时透发慑人杀气。

纪空手笑道："要打架么？方先生，我来帮你！"

方锐眼眸一张，寒光闪闪，顿时有一股压力漫入虚空，饶是纪空手如此胆大，也唯有闭嘴不言。

方锐手按剑柄，"锵……"的一声，拔剑而出，整个人如苍鹰翱翔，穿窗而出。

洪峰绝没想到对方说打便打，剑从窗出，带出一股莫大的气旋扑来，竟是要硬掠这五丈距离的空间。

所以他唯有出刀！

刀是好刀，厚背薄刃，宽如木板，寒光雪亮，真似一面白板。

方锐人在空中，手腕振出，剑影已如雨幕密布。他虽无借力之处，却是凌空而下，更有一种惊人的威势，所以他相信洪峰绝不敢挡他的这一剑，只有退！

他算计得不错，当他距窗口还有一丈之距时，果然看到了洪峰在退，但他丝毫没有喜悦，反而一惊，因为他看到洪峰退了三步之后，脸上竟然露出了诡异的一笑。

他莫名心惊，就在这时，他感到了窗口两边有强劲的气劲涌出。

"上当了！"方锐心中惊呼，不由为自己的大意而后悔，更为洪峰设下的死局而愤怒。

洪峰等人肯定是有备而来，他们的目的自然是纪空手。

洪峰眼见方锐几近窗口，心中大喜，薄刀扬起，不劈反拍，刚猛气劲沿着刀身溢出，如气浪汹涌卷向身在空中的方锐。

他不指望这一拍能阻住方锐的杀势，只希望能使其身形为之一滞。一滞虽然短暂，却已足够让自己的同伙施出致命的绝杀。

这一切都是经过了周密计算的，似乎万无一失。无论从哪个角度来看，方锐都唯有死路一条。

但惊变却在这一刻发生了。

他挥刀的同时却听到了两声毛骨悚然的惨呼，自己的同伴随着裂开的墙壁如风般跌飞而下，窗口的两方木壁竟然硬生生地被方锐的剑气轰开了两个巨洞。

他心中大骇，抽刀欲退，忽见窗口中一条人影蹿入，其速之快，如闪电破空，杀向了他的咽喉。

原来，当方锐眼见危机逼近时，他毫不犹豫地运劲横移，剑芒以奇快之速分刺窗口两边暗伏的敌手，竟然一击得手。

洪峰的同伴以为这道木墙可以挡住剑气，但他们错了，错误的代价，只有死亡。

“呼……”阔板似的大刀在强烈的求生欲望激发下，爆发出昂然的战意，气旋狂涌，迎击方锐这无匹的一剑。

“轰……”一阵强烈的震荡几乎使八风楼中所有的人都为之震惊，如天崩地陷，又仿若海啸山裂，小楼飘摇于劲气中，摇摇欲坠。

尘扬木飞，床折椅碎，劲风撕裂着虚空中的一切，向四面八方散射冲击而去。

纪空手隔窗而望，心中窃喜。

就在他一怔之间，忽然感到腰间一麻，一股指力直透他大穴，顿时动弹不得。

韩信从昏迷中醒来，浑身犹如散架般毫无力道，千百道痛处一齐发作，令他冷汗直冒，生不如死。

他恍惚记起了与凤五相拼的惊天一击，而后纪空手被人擒走。

当他缓缓睁开眼睛时，这才发现自己正躺在一间潮湿而暗淡的地牢之中。地牢空旷，足可容下百人，如儿臂般粗的玄钢铁栅围成一道密封的巨网，任是武功绝世之人，也难以破牢而出。

“这里是什么地方？我怎么会被关在这里？”韩信有些迷茫不解，闻着这潮湿而沉闷的空气，他甚至有窒息之感。

经过了这么多的事情，生与死对韩信来说已经不是很重要了，他现在心中唯一的牵挂，就是纪空手，不知道纪空手是否能脱离险境。

他有些累了，身心俱疲，不知不觉又睡了过去，直到一阵沉稳有力的脚步声传来，才将他从睡梦中惊醒，抬头来看，竟是凤五。

此时凤五的脸上依然是招牌式的笑脸，仿佛和蔼可亲，但是韩信却懒得再看他一眼，侧转身去，背对着他。

“你是聪明人，应该知道我这么做的原因，我可以答应你，只要你说出玄铁龟的下落，你不仅不用在地牢中多待片刻，而且马上可以飞黄腾达，得享富贵。”凤五盯着韩信的背部，似乎想看出韩信心中的反应，偏偏韩信一动不动，给他来了个充耳不闻。

其实在韩信的心里，他倒巴不得玄铁龟没有被毁，反正自己也看不出它的神奇之处，将它一交了之，至少可以省了不少的麻烦，偏偏他此刻是有口难辩，也就懒得去理凤五了。

凤五哪知韩信的心事，看到韩信一副不理不睬的样子，似乎铁定了心不想说出秘密，顿时怒意横生，冷哼一声：“你不想说也可以，那你就准备在这地牢中终此一生吧！等哪一天你想说了，我再放你出去!”

说完一拂袖，转身拾级而上，走得几步又回头道：“哦，我差点忘了告诉你，这里可是问天楼的刑狱地牢，建成至今已有百年历史，还没有听说有人是活着逃出去的，你可千万别怪我不告诉你!”

韩信听得脚步声远去，这才缓缓地坐将起来。他相信凤五绝非危言耸听，的确有能力将自己囚禁一生，想起自己的余生只能在这个阴暗潮湿的地方度过，他的心里生出无尽的恐惧。

随后的很长一段时间里，韩信人在地牢中，无人说话，无人解闷，一个人无聊透顶，精神上几乎崩溃，除了一个又聋又哑的老头送来一日三餐之外，凤五每隔十日要来巡视一番，看看韩信是否有说出秘密的意思。

韩信也曾设想过几种逃跑的方案，未曾试过，便觉得有些异想天开，自己就一口否定了。这一日他突然想到了死，虽是一瞬间的念头，陡然间又生出了那股玄之又玄的感觉。

他心中大奇，细细回想起近日的情景，顿有所悟：“为什么总是我想死的时候，体内真气就会有这种感觉呢？难道说那股力量是随着我的心境而生？一旦断绝生机，它才有可能出现?”

他却不知，其体内的补天石异力纯属玄阴之气，只有断绝阳气，它才可能发挥出自己的奇效。

所谓阳气，就是生机，只有你心静如水，还复空明，才能达到玄阴之气可以爆发的空间，从而在瞬息间产生巨大的功力。

韩信仿佛在黑暗中看到了一线光明，喜悦之情不可以言语形容，只觉得这潮湿沉闷的空气中忽然注入了清新自然的活力，整个人的心境豁然进入了一个玄奇而神秘的世界。

他按照樊哙所教的运气法门，盘腿而坐，缓缓调息呼吸，然后试着用龟息之法断绝生气，开始一步一步地搜索着那玄之又玄的感觉，以期加以驾驭控制，随心所欲。

初时修炼，三五日内也难以寻到感觉，经历上千次的探索，十日之后，慢慢地略窥门径，试修百次总有一回可以把握到这种感觉，所谓熟能生巧，久练之后，韩信逐渐掌握了驾驭这股玄阴之气的规律，虽还不能随心所欲，但是比之初练时，已有天壤之别。

凤五最初并未发觉韩信的这一变化，来了数次之后，发现韩信虽然人在地牢，但精神却不见颓废，反而更增活力，这倒让他啧啧称奇。而更让他吃惊的是，他每见韩信一次，便觉得这个人愈发阴沉，冷得有一种让人恐惧的感觉，越到后来，这种感觉就愈发强烈，几乎让凤五不敢近身相对。

这一日又到送饭时间，韩信依然盘腿而坐，我行我素，却听得脚步声轻盈带出韵律，竟然有别于聋哑老头，更不是凤五的脚步声，韩信心中生奇，还未转头来看，便闻到一阵香风扑鼻而来，别有一番撩人的韵味。

“女人，原来这里还有女人!”韩信好奇心大起，抬眼来看，只见栅栏之外有一个清秀绝美的女子手提饭篮，缓步而来，她的身材不胖不瘦，相宜适度，细眉大眼中，自有无限风情。

“喂!”那女子叫道，她的声音轻柔委婉，极为动听，就像是贴在耳边说着悄悄话般让人心热不已。

“我可不叫喂，我叫韩信，不知姑娘芳名?”韩信微笑道，这是他来地牢之后第一次对人展露笑容，虽然有些僵硬，但是至少让人感觉到他在笑。

“你就是那个韩信吗？听我爹爹说，你可是一个怪人。”那女子看着须发蓬乱的韩信，不由掩嘴一笑。

“姑娘姓凤，凤五就是你的爹，我没猜错吧?”韩信看着姑娘点了点头，笑嘻嘻地道，“对于你爹来说，我也许是个怪人，但是面对姑娘，我就变成了有趣之人。”

这女子刚想问为什么，陡然间想到什么，小脸一红，道：“你的嘴可真甜，告诉你吧，我叫凤影，从今日起，就是由我来给你送饭了。”

“谢天谢地。”韩信微微一笑，“每日让我对着那个又聋又哑的老头，差点没把我憋死，从今以后，我总算有个说话的伴了。”

他这段时间不言不语，突然间来了个漂亮女子说话解闷，心情大好。在凤影的催促下，韩信边吃边聊，这顿饭足足吃了两个时辰，亏得他也能做得出来，其实这顿饭也就几个馒头。

看着凤影轻盈的身段消失，韩信的眼前尽是她迷人的笑靥，一点一点地撩动着他少年怀春的心扉。韩信心中惊奇：“这可怪了，就凤五这个模样，竟然生得出如此绝色的女儿，可见大千世界，真是无奇不有。”

他心牵着凤影，自然无心练功，倒是一门心思运功于耳，专门听着那轻盈带有韵律的脚步声。

凤影倒也准时，每到送饭时间，必然出现在长梯之上，而且每顿饭都任由韩信吃上两个时辰。两个人胡天海地，一阵乱侃，韩信这才明白了凤五在问天楼的身份地位。

问天楼本是一个神秘的组织，它的势力之大，的确敢与入世阁、流云斋这种顶尖门派相抗衡。凤五身为问天楼刑狱长老，门下就有三百子弟，专管问天楼刑堂问案，而且自成一系，声势绝不弱于江湖上的一般门派。

刑狱设在河尔郡以南盐池之滨，此处地势险峻，易守难攻，历经数代人创业，堪用“固若金汤”四字来形容它的森严戒备，可见凤五所言并非恫吓，而是实情。

不过刑狱戒备如何森严，韩信似乎并不关心，至少现在不关心。他的一门心思都放在凤影身上，她的一颦一笑，一娇一嗔，无不让韩信心旌神摇，为之倾倒。也正是因为他的心情大好，使得他对驾驭玄阴之气时的心境渐达空灵，功力在不知不觉中有所增强。

随着时间一天一天地流逝，韩信并不知道自己在这地牢之中待了多久，只是从凤影服饰上的增减看出外界的天气渐渐变暖。不过，他并不着急出去，只要有凤影相伴，他宁愿就这样度过今生一世。

但是这一天送饭的人却不是凤影，而是那个聋哑老头，他在递饭的同时，顺便递上了凤影书写的一张竹简，上面写着一行娟秀小字："偶染风寒，不胜遗憾，小别数日，再听君一通神侃。"

韩信一笑，不由着实担心起凤影来，每天总是饱含希望地望向长梯尽头，却总是失望地迎来这聋哑老头。

一连数日，又到送饭时间，韩信习惯性地运功于耳，希望这一次听到的是凤影的脚步声。

他的耳力目力随着玄阴之气的逐渐增强，已是今非昔比，进入了一流高手的境界，一旦运功，纵是十丈范围内的虫爬蚁鸣，亦在他的掌握之中。

可是当他耳力开始捕捉周围的动静时，这一次却听到了一种奇异的声音。

他循声望去，便见距自己五丈之外的一方巨石之上，出现了一幕他闻所未闻的绝世景观。

纪空手万万没有想到，在背后暗算自己的人，竟然是那个看似弱不禁风的卓小圆。

"你果然不是彩凤。"纪空手不惊反笑，丝毫不惧。对他来说，他只是一方任人宰割的鱼肉，无论落到谁的手上都一样，与其让方锐宰，倒不如被这位美人割。

“你的眼力不错，我叫卓小圆，方锐要我对你使用美人计，看来是找错人了。”卓小圆发现纪空手毫无反抗，平静至极，眼中顿时有些诧异，“因为我虽然是九江郡的名妓，同时也是幻狐门的一代门主，算得上是问天楼旗下的一系分支。如不是为了那冤家，奴家也不会在此卖艺。”

纪空手一听，顿时联想到了凤五，因为凤五也是问天楼的人。由此可见，问天楼对玄铁龟已是势在必得。

“可惜……”纪空手淡淡一笑，“我想你们动手的时间太早了，至少应该让你对我使了美人计之后再动手。”

卓小圆深深地看了他一眼，突然脸上一红，道：“你的胆子不小，人也挺风趣，只是如今时间紧迫，只有得罪了。”

她身材虽然娇小，但是挟起纪空手时，毫不吃力。身形掠起，向小楼的另一个窗口蹿出，翩然有度，仿若仙子下凡般飘逸。

就在卓小圆点上纪空手腰间穴道的同时，方锐与洪峰皆被迸裂的气劲倒卷而跌，血雾狂喷，几乎不能立起。

方锐没有想到洪峰居然会有与自己一战的实力，一时大意，差点两败俱伤，不过他的功力雄浑，略一运气，终于站起。

“你的刀法不错，只是和我硬拼内力，就欠缺了一些火候！”方锐冷冷地道，手中握剑，似乎对洪峰有些欣赏之意。

洪峰挣扎着站起，暗暗运力，发现体内虽有血堵迹象，却仍不失战斗力，不由咧嘴笑道：“是吗？只怕未必，你杀得了我两个兄弟，却未必奈何得了我！”

他这句话显然激怒了方锐，也激发了他胸中不灭的战意。经过刚才的伏击，方锐不敢大意，而是手腕关节爆响一声，紧了紧手中的剑柄。

“既是如此，你接招吧！”他不想多费口舌，所以他话音一落，整个人凝重如山，迅速进入了临战状态。

洪峰这才感觉到了方锐的气势，根本不容对手有喘息之机，只有抢先出刀！

唯有抢先出刀，自己的刀路才不会被对方的剑势左右，所以洪峰毫不犹豫地拍刀而出，强行挤入了这密布杀气的虚空。

刀如似血的残阳，连划过的轨迹也是凄美的，刀气如虹，更似天边挂出的一道彩虹。

方锐眼芒一跳，看出了这一刀的厉害，所以退了一步，在退后的同时，握剑的手却爆发出惊天力道，硬生生地砍劈过去。

剑如刀般砍劈，霸烈之气顿时充斥了整个空间，洪峰唯有格挡。

他每挡一招，人就退却一步，一口猩红的鲜血随之喷出。他连挡七招，脸色已是灰白，便是握刀的手也不住颤抖，却又不得不挡，因为他知道，不挡就唯有死路一条。

但他绝不能再退，也无路可退，当他退了七步时，正好抵在了房中的大床上，所以他似乎真的到了绝境。

“事实证明你是错的，所以你唯有去死!”方锐再不留情，手腕强力一振，剑势一变，改劈为刺，犹如毒蛇吐信般奔向了洪峰的咽喉。

“呼……”就在这时，床却动了，不仅床动，连床上的锦被亦如一张充满强力的巨网，向方锐当头罩落。

方锐眼前陡然一暗，更惊觉到这锦被之后有一道浓烈的杀气扑面而来，幸亏他反应极快，一个移形换位，整个人硬生生强移七尺，才算躲过了这记绝杀。

床是以木料做成的，当然不会自己动，床动，是因为床上有人。谁也没有料到那个横卧纱帐内的半裸女人是个高手，而且绝对是一个刺杀的高手。

方锐意识到这一点时，他的手臂已有伤，伤势不重，却证明了自己的确被人暗算，但他更惊异的是，对方明明占了上风，却见这半裸女子拉起洪峰，穿窗而逃。

这说明对方意不在自己，而是……

方锐思及此处，浑身冷汗冒出，回首一望，却哪里还有纪空手的身影?

那半裸女子正是白板会的会主殳枝梅，她一击不中，立刻撤退，果然有强者风范。此地乃是入世阁的地盘，多待一刻时间，便多一分危险，所以她带着洪峰，按照事先计划好的撤退路线，掠出八凤楼，来到了乌池巷中。

乌池巷地处城南僻静地段，是殳枝梅与卓小圆约定的会合地点，等到殳枝梅赶到巷口，便见一辆马车关窗垂帘，静静地停在那里。

“卓小姐亲自出马，果然是马到成功，可喜可贺。”殳枝梅上前几步，笑道。

她与卓小圆同属问天楼，又同是女子，关系一向亲密，此番两人联手，擒到楼主钦点的人物，此功可谓不小。她的心情自是大好，虽说自己折损了两员战将，但能在方锐手中全身而退，实是有些侥幸。

马车中却毫无动静，殳枝梅心中一凛，情知有变，立即止步。

她手中的剑陡然出手，白光闪起，“啪……”的一声将车帘一分为二，下半截帘身已然落地。她放眼一望，只见一人独坐车厢之中，一动不动，一双大眼露出着急之色，竟然是卓小圆。

殳枝梅大惊之下，跃上车去，手掌拍处，顿时解开了卓小圆的穴道，惊呼道：“纪空手人呢？怎么会只有你一个人？”

卓小圆运气几周天，这才幽然叹道：“我上了这小子的当，这小子诡计多端，绝不简单！”

她吩咐洪峰驾车，车轮滚动，这才说起了刚刚发生的一幕，颇显尴尬。

原来，卓小圆挟起纪空手出了八凤楼后，直奔乌池巷而来，到了地头，卓小圆刚要将纪空手扔入车厢，倏觉双臂一麻，身上四五处大穴同时受制，她大骇之下，却见纪空手缓缓站起，微微一笑：“卓姑娘辛苦了，若非是你，我纪空手不熟地形，自然逃不出八凤楼。”

卓小圆惊奇地问道：“我明明点了你的穴道，何以你不被受制？”

“我曾受过方锐与张盈的点穴之苦，所以这几日静心研究，倒让我误打误撞，找到了一个化解别人点穴的窍门，因此卓姑娘的点穴对我毫无用处，只是皮肉生痛罢了。”纪空手揉了揉手臂，得意地笑道。

卓小圆哪里知道纪空手会此绝活，一不小心，制人不成，反受其制，心中不由暗暗叫苦。

“不过我还是真心感谢你们，如果不是你们的精心布局，舍命相拼，要逃出方锐的掌握还真不容易。”纪空手人在险地，知道自己失踪之事一经传出，方锐必会以入世阁的名义，调集手下人手与官府势力，在九江城中全力搜查，所以不敢久留，放下车帘，径直去了。

卓小圆又羞又恼，强力运功，企图解开穴道，孰料纪空手的点穴之法亦是不同寻常，力道不大，但若强行突破，反易走火入魔，她心神一凛间，只能静静等待。

幸好这穴道之力渗入未深，稍过片刻，经过殳枝梅外力拍打，自行跳开，可是两人想到自己费尽心机，到头来反倒是成全了纪空手，不由神色黯然，都在心中自问：“此时只怕已是全城戒严，纪空手人生地不熟，会在哪里?”

只见那块方圆逾丈的大石上，赫然现出了两个大字，以一道石缝为界，各现两端，竟是一个“刘”字，一个“项”字。

韩信惊奇道：“我在这里待了不少时日，从来未曾发现这两个字，难道是有人趁我睡熟后才溜进来写的么?”他挠头不解，再看字时，却发现这两个大字竟是活动着的。

韩信大惊之下，眼力骤增数倍，定睛一看，这才哑然失笑，原来这字竟是由千万只蚂蚁排列组成，密密麻麻，蠕动不停，乍一看去，极富动感，让这字迹也有了生命一般。

他心中好奇：“这些蚂蚁难道是神物异类，怎么单写刘、项二字？莫非是秉承上苍旨意，意欲向我昭示玄机?”他对鬼神一向敬畏，宁可信其有，不可信其无，当下恭恭敬敬地俯伏地上，叩了三个响头。

再抬头来，便见那大石上的字已不成形，缓缓移动中，各自排列成队，纵横交错数十行，蚁类虽众，却丝毫不现乱迹。

韩信这才看清，在暗淡的光线下，组合成“刘”字的数万蚂蚁全是通体透白；组合成“项”字的蚂蚁全是通体赤红，以中间石缝为界，双方列阵以对，似乎正要展开一场蚁类历史上的大战。

韩信久等风影不至，正感无聊透顶，眼见如此有趣的事情，当下蹑足走近，负手躬腰，近观起来。

大石之上，两军对峙，那条三指宽的石缝在蚁类眼中，是一条不可逾越的生死线，两军的统帅各是一只个头比及同类大了数倍的蚁王，立于军中最显眼的位置，龇牙咧嘴，怒须横张，隐然有指挥千军万马的霸者风范。

虽然未战，却是杀气漫天，就连韩信也感受到了双方一触即发的凛凛战意。他初时只因有趣而观望，人在事外，全当游戏，看了一会儿，忽觉自己体内的玄阴之气蠢蠢欲动，似乎暗合这另类战争的杀意。

在刹那之间，韩信自然而然镇住心神，抛开了心中的一切杂念，将精神全部贯注于灵台之间，不存一念，不作一想，在异力所赋予的玄之又玄的感觉中，踏入了一个另类的世界。

他仿佛自己便成了白蚁王身边的一员战将，丈长大石，便是他所能见的天地世界。他的人置身于数万蚁群之中，无比震撼地感触着这大战将临的惊天杀意。

蚁战终于爆发，却是由双方小股兵力作试探性的接触，数百蚁虫跨入石缝，红白蚁怒杀一通，只是在小范围内展开了激战，而双方大军按兵不动，犹在对峙当中。

杀戮在最短的时间内迅速结束，随着石缝中蚁虫尸身的渲染，战意已达到极限。

白蚁王一声怒吼，与红蚁王的长啸同时升空，在战场上空悍然相撞，拉开了大战的帷幕。

韩信人在其中，毫不犹豫地挥师前冲，他只感觉自己已不在地牢之中的这方天地，而是步入了一个无边无际的广阔苍穹，将自己的全部激情化作无比高昂的战意，为杀而杀，绝不留情。

在战争的初期，红蚁王的实力强悍，兵力远胜白蚁一方，数度以强势突破白蚁军的防线，完全有一战胜之的气势。但是白蚁王率军与之周旋，或进或退，以灵巧而多变的战术与之周旋，或分割歼之，或诈降蓄势，或退守一隅，或千里奔袭，总是能够在战事最危险的时刻化险为夷，保持实力，犹如草原之上的小草，无论风吹雨打，却能显示自己顽强不灭的生命力。

随着战争的进一步演绎，白蚁军完成了以消耗敌人实力，最终达到抗衡的目的，开始了长期持久的对峙战。白蚁王并不因此窃喜，而是连施巧计，瓦解对方军心，让敌君臣相忌，同时不断壮大自己的实力，以期双方最后的决战。

决战终于开始了，白蚁军凭着自己长期不懈的努力，占尽天时、地利、人和，以绝对的优势将红蚁军击得溃不成军，逼得红蚁王自刎身亡。

韩信的整个人几乎分辨不出自己是人在局外，还是人在局中，他的全副精神都贯穿于整个战争中。喜怒哀乐，全随战争的发展而演变，就如同本就是蚁类的韩信，而不是人类的韩信，或许二者兼而有之吧。

随着蚁战的结束，虽是以红蚁尽数灭亡而告终，但是在白蚁军中又有战事开始演化。韩信正看得心神不定时，骤然整个战场上突降狂风骤雨，瞬间大地尽成水泽天国。

韩信一惊之下，元神自然归体，他冷不防打了个寒噤，却见凤影手端一个盆器，脸上焦虑之情大现，似乎极为担心。

“这是怎么回事？我是在做梦呢，还是真真切切地加入了这场战争？”韩信一个人犹自在想，根本辨不出自己这一切的感受是梦是幻，还是确有其事，他只是看到巨石之上留下的万千死蚁残体静默无言地横躺一地，昭示着这场蚁战是何等凶残暴烈。他只感到自己的心在无助地绞痛，赫然之下，触目惊心。

水线依然顺着柔黑的发丝流淌在韩信的面颊，令他的神智一点一点地回归元窍，渐复清明。他将自己的全部感情融入了这场凭空而生的蚁战之中，并且几乎看到了自己在这场蚁战中最终的结局。可惜的是，凤影的这一盆水却让他失去了这唯一可以让自己掌握自己命运的机会。

“一切皆是天意。”韩信的眼神茫然地在凤影的脸上徘徊，分明看出了少女脸上那种至真至深的痴情，所谓关心则乱，若非凤影看到了自己的痴迷之相，心生急乱，想必也不会做出如此举止。

“我怎么啦？”韩信似乎还沉浸在刚才那场惊心动魄的蚁战中，痴痴地问道。

“你终于清醒过来了！”凤影如燕子般雀跃道，丝毫没有掩饰自己的关切之情，“你不吃不睡，一个人痴坐在这里，可把我吓坏了。”

“哦。”韩信没有想到凤影言语中竟对自己如此关心，心中极为感动，道，“难得你如此关心我，我可得好生谢谢你。”

凤影俏脸一红，道：“谢倒不必了，只要你日后不再用这个样子吓人，我就谢天谢地了。你可知道，你这三日三夜可让人有多么担心？”

“什么？我坐了三天三夜？”韩信心中大惊，在他的记忆中，这场蚁战也不过是几个时辰的事情，谁想到不知不觉间竟然进行了三天三夜。难道说自己的元神真的在这几天中游离了自己的肉体，身临其境地参与了这场蚁战？否则的话，自己何以会如此痴迷？凤影闻言，眼中多了一丝担心之色，还以为韩信定是待在地牢的日子久了，头脑有些呆笨，便柔声安慰道：“你也用不着这般大惊小怪，我这就去找爹爹说说，总得让你出了这地牢我才甘心。”

凤影的脚步声终于消失了，偌大的地牢中，只留下韩信一人独坐，神思恍惚，依然在玄境中神游，望着水渍中留下的蚁体残骸，千万个问题霎时涌上心头。

“这绝对不是偶然发生的自然现象，而是上苍在冥冥之中向我昭示着什么，否则我何以会将自己的整个身心投入进去，领略着整个战争的进展变化与攻防艺术，感受着期间瞬息变化的喜怒哀乐？”韩信似乎从这团乱麻般的思想中理出了一丝头绪，却又不敢相信这一切都是上天安排的。他嘴上吃着凤影送来的饭菜，心中却在不停地思索着这些问题的症结所在。

“何为刘？何为项？当世之中，本是大秦王朝与陈胜王的天下之争，何以这蚁战演示的却是刘、项二人逐鹿中原的过程？如果说这刘姓、项姓之人都是大英雄，真豪杰，何以我又一无所知，闻所未闻?”这些问题的确让韩信感到了头痛，苦思不得其解，只能在昏沉沉中睡将过去。

在睡梦之中，韩信仿佛又置身于那场杀气漫天的蚁战中。

他却不知，就是这突现于地牢之中的这场蚁战，不仅改变了他本属平凡的一生，更令一位从来不知兵法为何物的无知小子最终成为一代光耀千古的军事奇才。

他更不知，就是那一盆充满了凤影无限爱意的冷水令他最终结束了他传奇的一生，若非如此，他本来可以重新掌握自己的命运。

所以，这一切都是天意，不可以人力来逆转的天意!

其实卓小圆与殳枝梅都绝对没有想到，纪空手此刻就在她们的身下。

以纪空手的才智，当然不会去平白无故地冒险。入世阁在九江郡中的势力，他早有耳闻，而方锐在入世阁中又有极高的地位，一旦调集人手，自己是很难凭一人之力突出重围的。而唯一的办法，就只有借助殳枝梅与卓小圆逃离九江郡。

事实上，纪空手人在八凤楼时，就已经看出了殳枝梅与卓小圆联手设局对付方锐，这一连串精心布置的妙局只能证明一件事情，那就是她们既然对自己有势在必得的决心，肯定就有将他送出九江郡的能力，否则就没有必要费尽心机。当卓小圆按照事先预设的路线毫无阻碍地逃出八凤楼时，这更加坚定了纪空手对这些人的信心。

所以当他走出不远时，又悄然潜回车底，双手双脚同时运劲，藏身于车厢之下。他的功力虽不能发挥至极限，但是他对补天石异力的悟性奇高，一旦驾驭，便是连殳枝梅与卓小圆这等高手也难以发现他的存在。

他静心潜听，人随着辘辘车轮穿行于大街小巷，七转八拐，一路上总是能听到有人接应之声，马车好不容易驶进一家偌大的宅院，行至百步之后，在一片暗香袭人的花园碎石路上停住。

车外灯火闪烁，人影涌动，早有十几条汉子拥将上来，待看到车中只有殳枝梅与卓小圆时，便听得一个粗厚雄浑的声音沉声问道：“人呢？怎么会只有你们回来?”

殳枝梅下得车来，显得对此人颇为忌惮，语声嗫嚅：“禀告申长老，枝梅无能，还请责罚!”

在申长老的追问之下，殳枝梅方才说出事情原委，卓小圆更是噤若寒蝉，为自己一时大意致使行动失败感到忐忑不安。

这申长老名叫申帅，乃问天楼五大长老之一，主管追杀缉捕之事，是问天楼权重一时的人物。他似乎没有想到自己一手安排的计划竟然会因纪空手的一着移穴换位而前功尽弃，当下眼芒一闪，吩咐数人出外探听消息，同时叫上殳枝梅等人离开花园，另行议事去了。

纪空手人在车下，听得申帅的脚步声，便知此人的功力远在自己之上，当下不敢大意，屏住呼吸，直到众人远去，他这才缓缓地从车底之下钻出。

此际已是子夜时分，梅香暗动，静寂无声，纪空手站在一座假山下，寻思自己才出狼窝，又入虎口，这一下竟来到了问天楼在九江郡的老巢，不禁多了三分苦笑。

他不由得不对申帅有了三分佩服之心，平心而论，要想在戒备森严的九江郡运出一个人去，端的是一桩极难的事情。毕竟入世阁不仅人手众多，而且有官府协助，纵然逃出城去，亦未必能逃过他们的掌握。而申帅却反其道而行之，事先在九江郡中寻到一处可供躲藏的隐秘去处，一旦事成，便隐匿城中，并不急于出逃，只等风声过去，到时候便能神不知、鬼不觉地逃出九江郡了。

但是纪空手却不能在这里久待下去，无论是入世阁，还是问天楼，这两股势力对他来说都是强大的敌人，他在这里多待一刻，便多一分危险，所以他想定之后，立刻行动，准备寻机逃离。

但纪空手人未走三步，骤然间发现自己的身后有一股阴冷之气缓缓逼来，似有若无，如果不是他一直提高警觉，只怕难以察觉。

他心中蓦惊之下，猛然回头，便见三丈之外有一条人影立于夜色之中，配上残梅枯树的映衬，更添数分鬼魅阴森之气。

“申长老？”纪空手脑中闪过一道灵光，情不自禁地惊呼出来。

“你认得我？”那人的声音一出，便证实了纪空手的猜测。事实上以纪空手此时的功力，要想躲过申帅的耳目是一件不太可能的事情，难怪申帅并没有斥责殳枝梅等人。

“我虽认不得，却听得出你的声音。你们如此费尽心机地寻找我，无非是想寻到玄铁龟的下落，不过我只能遗憾地告诉你，玄铁龟名存实亡，再也不存在于这天地之间了。”纪空手看出双方实力的悬殊，与其如此被人误会下去，倒不如坦诚相告，或许能博得申帅信任也未可知。

但是玄铁龟之秘流传江湖数百年之久，引得无数武人觊觎，申帅身为老江湖，又岂会轻信纪空手所说之实情，当下冷哼一声：“你当我是三岁小孩吗？谁不知道玄铁龟中隐藏有天下至高武学的奥秘？得者视之珍宝犹恐不及，又怎会将它随手毁去？你只要乖乖地将它交出，我不仅奉上金银珠宝以作赔偿，还可以让你安全逃离九江，舒舒服服地过你的下半辈子。”

“这样说来，申长老还是信不过我了，既是如此，我便无话可说了！”纪空手只有苦笑，昂起头来，听之任之了。

申帅眼中偶闪怒意，却一闪即逝。在他的心中，自是认为纪空手拥有玄铁龟之秘，只是不说出罢了。但若是纪空手见面就将玄铁龟之秘相告，他也不会做这等非分之想，否则方锐早已捷足先登，也用不着他申帅费尽心机了。

“我对你并无恶意，也并非是信不过你，只是此事关系重大，我不过是受人之托，忠人之事，既然找不到玄铁龟，也只有将你的人留下，也好对人有个交代。”申帅缓缓一笑，心想不能用强，唯有利诱，只要留得纪空手在身边，他总有办法让其口吐实情。

纪空手似看穿了申帅的用心，无非是与方锐计出同辙，并无新意可言。他淡然一笑，道：“申长老如此说话，无非是恃强欺弱，以你的身手，我自然是没有还手之力，所以无论从哪种角度来看，我现在都是申长老砧板上的鱼肉。”

申帅听出纪空手话中似有不服之意，微笑道：“我自认为自己是一个处事公正的人，在这件事情上，当然也得公平对待。这样吧，我们以五招为限，只要你能在五招之内不被我击倒，你就可以大摇大摆地离开这里，绝对没有人敢出手阻拦！”

“我能相信你吗？”纪空手语带嘲讽地笑道。

“你只能相信！”申帅却断然答道。

纪空手思路缜密，未战先谋败，何况申帅所言也是实情，即使没有这五招之约，要是申帅强留，他也是无计可施，反而申帅定下五招之约，倒是给了他一线机会，不过他并未惊喜，而是认真地问道：“如果我输了呢？”

“很简单，你只要乖乖地留在我身边，不作非分之想就行了。”申帅淡然一笑，似乎对这场赌约拥有必胜的信心。

纪空手一边听着申帅说话，一边已经留意到整个花园都受申帅手下人控制，其中似乎不乏高手，若是自己强行突围，且不说申帅在旁，便是其这帮手下就够自己头痛的了。他自得补天石异力之后，对自己的功力信心大增，面对如斯绝境，他蓦然生出了一丝相拼之心。

主意拿定，他的整个人在战意的鼓动下，仿若一杆挺立的标枪，昂然而立，面对申帅这等强手，竟然不露丝毫怯意，反而微微一笑，道：“这种赌约实在是便宜了我，希望你不要出尔反尔，自食其言！”

申帅狂笑一声，道：“申某像是个言而无信的小人吗？”

他话音一落，便觉空气有异，一股强大的压力迎面而来。

压力的来源当然是纪空手的拳，他遇上申帅这等高手，如果一味防御，只是徒劳无益，所谓进攻才是最好的防守，是以在毫无征兆的情况下，他突然出手了。

拳风出，带动周遭的气流，隐然生出呼呼之声，声势骇人，申帅没有想到纪空手的出手会是如此凌厉，当下不敢大意，怒吼一声，迎着来拳攻出了他一向自负的劲腿。

申帅的腿法极为厉害，却不是他最为拿手的武功。他最擅长的是剑，以一路剑法跻身当世一流高手的行列，可惜的是他的对手是纪空手，碍于身份，他唯有出腿。

饶是如此，申帅的劲腿扬起，幻化虚空，依然有摧枯拉朽的凶猛之势，狂飙的劲风笼罩了数丈空间，根本不容纪空手的拳风挤入半点。

纪空手心惊之下，始知申帅所言绝无半点夸张，对方的确有在五招之内挫败自己的能力。

这一瞬间，纪空手甚至丧失了他心中好不容易建立起来的一点自信。

自从得到樊哙与刘邦的指点之后，纪空手对武道的领悟的确是进入了一个全新的境界，以他的天赋，加上补天石异力的神奇功效，使得他在短时间内脱胎换骨，几乎达到了高手的境界。

然而他遇上了凤五、方锐，现在又面对的是问天楼的申帅，这三人都是当世中极为有数的高手，凭纪空手的能耐，要想在他们手上赢得一招半式，无异于是难如登天。

认识到自己此时的处境，纪空手终于明白申帅为何会如此自信，不过他并不甘心就这么认输，而是及时撤招，不与申帅的腿法硬抗，同时脚下踏出见空步，连续移位数次，闪出申帅的控制范围。

这一连串的动作潇洒自如，更具实效，申帅收腿而立，眼中多了一丝诧异之色。他实在没想到纪空手竟然如此轻易地脱离了自己腿法的控制，而且那灵动的步法精妙绝伦，便是自己也未必领悟到其中的奥妙所在。

两人相距一丈，一招出手，尚未交击，便即分离。虽然未有实质的接触，但是这一番试探，使得双方都对这五招之约有了重新的认识。

“这应该算是一招吧?”纪空手突然笑了笑，似乎想松弛一下自己在强压之下紧绷的神经。

“当然，还有四招，不过我想即使只剩下一招，你依然改变不了必败的结局!”申帅冷冷地一笑，口气依然非常自负。

纪空手缓缓地深吸了一口气，望向夜色中的申帅，只觉得此人随意地一站便自然而然地流露出一股令人心悸的霸杀之气，更令人心惊的是他就像是一株山崖顶上的孤松，那种高傲的气质让人蓦生一种高不可攀之感。

纪空手微一皱眉，面对此时的申帅，他有一种似曾相识之感。他突然想到了凤五，想到了方锐，甚至想到了刘邦，在这些人中，无一不是高手，无一不是拥有高手的气度。他们最大的共同点，是在每一个敌手面前都能表现出他们无畏的勇气、从容的气度。

“也许正是因为这样，他们才成为真正的高手。未战先怯，面对高手而不敢放手一搏，这似乎正是我不能成为高手的原因。”纪空手思及此处，陡然间似乎看到了一线生机，整个人精神一振，眼芒射出，直视对手。

申帅感受到了纪空手这一刻间的变化，也第一次感受到了来自纪空手身上的压力，他弄不明白眼前这位年轻人何以会在一瞬之间前后有别。他只知道，这位少年在与他对峙之时，似乎领悟到了什么，以至于心境发生了异常的变化。

他不再犹豫，也不再等待下去，他感受到来自纪空手目光中透射而出的威胁，是以，他必须出手。

第十章　初悟天机

凤影再次回到地牢的时候，已是天近黄昏。

她不再是一个人前来，在她的身后，是枯瘦却充满力感的凤五。他的脸上，依然是那副冷傲的表情，让人不可揣度其心。

韩信静静地背墙而坐，似乎并没有觉察到二人的到来。直到凤影柔声地叫了数声他的名字，他才轻叹一口气，道："你本不该带他来的，没有玄铁龟，他又怎会轻易放我出去?"

"你说得不错，在老夫前来之时，也是这样认为的。不过这一刻，老夫却改变了主意。"凤五冷哼一声，口气似有几分松动。

凤影大喜道："韩大哥，你听到了吗？我爹要放你出去哩!"

韩信缓缓地回过头来，看了凤五一眼，道："你难道不想得到玄铁龟?"

凤五轻轻地抚摸着凤影一头乌黑的秀发，眉间似有说不出的爱怜之意，摇摇头道："玄铁龟固然重要，但我女儿的性命又岂是玄铁龟所能相比的？你只需答应老夫一件事情，老夫便放你出去。"

韩信一怔之下，看看凤影，却见她满脸羞红，甚是忸怩，而听凤五话中之意，似乎是她以命要挟，才逼得凤五有放人之举。不由心生感动，站将起来道："前辈请讲!"

他爱屋及乌，对凤五也改换了称谓，博得凤影莞尔一笑，可是凤五却默不作声，将他打量半晌，方才轻叹道："冤孽，冤孽，影儿怎就偏偏会看上你?"

"爹，你又胡说八道了。"凤影娇嗔道。

韩信听得此言，整个人都仿佛惊呆了一般，心中的喜悦无以言表。他虽与风影相识未久，却极为投缘，早就将她当作是自己最亲近的人，此时见得风影含羞撒娇之态，始知风影对自己亦是一片深情。

他再也掩饰不住心中激动的情感，扑到栅栏前，大声叫唤道：“影妹，这一切都是真的吗？我好欢喜，我真的好欢喜！”

他自幼孤身一人，虽然有纪空手这个朋友相伴，可是每到夜深人静的时候，他总是渴望有温暖的亲情出现。随着自己年岁的增长，他对异性的好感愈发浓烈，这会儿听到在这个世界中竟然还有一位少女对自己也怀着深深的眷念之情，他孤寂的心灵只觉有一股暖流通过，蔓延全身。那份狂喜几乎不能以言语来形容，仿佛有一个声音在他的思维深处呐喊：“从今日起，我不再是一个人孤单地活着，今生今世，还有风影与我相伴！”

风影看着韩信为己如此痴狂，心中的感动终于使她放下了少女的矜持，伸手过去，两双手紧紧地握在一处，柔声道：“我也和你一样，心里真的好欢喜好欢喜。”

韩信只觉风影的小手温暖滑腻，发出喜悦的颤抖，在这一瞬间，他感觉到自己竟成了这个世界上最幸福的人，只愿时光永远停留在这一刻，让两人尽情享受这温情，感受这爱意，体会这真情流露的美好时光。

“咳……”的一声，惊醒了二人温馨时刻，两人骤然分开，这才发现身边还有风五的存在。

风五此刻的心情，实在是矛盾至极。他身为问天楼的刑狱长老，一向将问天楼的利益放在首位，从来不计较个人得失。韩信作为他擒来的要犯，其本意就在于追寻玄铁龟的下落，谁想到自己让女儿送饭，竟然送出了一段情来，这的确是他始料未及的。

他早年丧妻，得此一女，一向将她当作掌上明珠看待。在他的眼中，甚至把女儿的一切看得比自己的性命更重要。当女儿向他提出释放韩信的要求时，他第一次向她摇了摇头。

他不能答应这个要求，因为韩信是问天楼楼主钦点的要犯。韩信的存在关系到玄铁龟的下落，而玄铁龟的存在又关系到问天楼争霸天下的成败与否，但是爱女以死要挟，这让他感到两头为难。

不过凤五久历江湖，阅历颇广，权衡再三，倒让他想到了一个两全之策，所以他郑重其事地望向韩信，一字一句地沉声问道："你真的是这样喜欢影儿吗?"

韩信肃然道："这是毋庸置疑的，这些日子以来，我始终在想着同一个问题，那就是如果将我的生命与影妹相比，我究竟会选择哪一个？我想了很久，都没有找到答案，但是在这一刻，我却可以明明白白地告诉你，如果上天真的要让我在两者之间作个抉择，我会毫不犹豫地选择影妹，因为我终于发现，没有了她，我的生命也就不再有任何意义。"

凤影眼中似有热泪滚动，喃喃道："我也一样。"

两人四目相对，只觉得天上地下，唯有这份相知相惜的真情最为可贵。

凤五一摆手，道："既是如此，你又何必吝惜玄铁龟的下落呢？只要你说出来，你就是我凤五的乘龙快婿!"

凤影嗔道："爹。"她眼中隐含幽怨，似乎不满凤五竟将自己的感情作为交换的礼物。

韩信忙道："我可以对天发誓，玄铁龟的确已被毁去，剩下的两枚石头，亦被前辈扔到荒野，若是我韩信有半句谎言，让我天打雷劈，不得好死。"

凤五眼芒缓缓地在韩信的脸上划过，只有在这一刻，他才真正相信玄铁龟的确是不存在于天地间了，因为他从韩信的眼中看到了真诚，看到了韩信对凤影的那种无限爱意，他没有理由不相信这个少年。

"天意，天意，一切都是天意。"凤五仰头长叹，心中顿有失落之感。

韩信生怕凤五不信，遂将自己的经历一五一十毫无隐瞒地说出，甚至连自己得到补天石异力之后身体发生的变化也毫无保留地讲了出来，只听得凤五眼睛发亮，寻思半晌，似乎明白了一些什么。

"难道说玄铁龟的奥秘是藏在那两枚毫不起眼的石头上?"凤五喃喃自问，"或者说玄铁龟中记载的并非是天下无敌的武功，而只是一种修炼内力的窃门？”

他从未听说过世间尚有这等奇事，心中啧啧称奇，想及初次与韩信交手之时，的确是让他感到了此人的内力十分怪异，倒有了七分相信。

“你把手伸出来。”凤五带着命令的口吻道。

韩信看出凤五对自己并无恶意，当下伸出手来，凤五就着栅栏伸指搭向韩信手上的合谷穴，此处穴位乃是人体真气出入运行的关键所在，由此处搭脉，可以洞察到体内真气的大致情况。

谁知凤五的手指尚距韩信的合谷穴处三寸距离，骤然感到有一道电波般的反弹之力向自己震射过来，其势极猛，令他的手指有酸麻之感，他不由“咦”了一声，甚是惊奇。

以凤五的功力，当然看出韩信体内的真气的确长进甚速，掐指算来，两人未曾见面不过百日，但是韩信在这段时间的变化简直让人难以置信。凤五心中一动，始知韩信所言全是真话，并无半句诳语。

“也许老夫真的错怪了你。”凤五拍了拍手，从腰间取出钥匙，打开玄铁栅栏道，“从今日起，你自由了。”

韩信大喜，出得栅栏，与凤影相拥一起。两人喃喃私语，随着凤五出了地牢，韩信这才发现，地牢的出口竟在一座假山下面，一走出来，便闻到一股浓烈的花香，听得溪水淙淙之声，原来他们正置身于一个偌大的花园之中。

“好美的景致。”韩信只觉精神一爽，由衷赞道。

“只要你愿意，我每天都陪着你来看看。”凤影小脸通红，很是兴奋地道。

凤五冷哼一声：“这可不行，我凤舞山庄自建庄之日起，还从来不留外人在此，影儿，你难道不懂规矩吗？”

凤影拉着凤五的手，撒娇道：“影儿当然知道规矩，不过，韩大哥可不是外人呀！”她说到后面一句，声如蚊鸣，几不可闻。

韩信听得凤影所言，心中一荡，忙道：“凤前辈，韩信出身贫寒，一生流浪，苦于寻不到栖身之所，若是前辈不弃，韩信愿意为前辈看门护院，扫地打杂。”

凤五哼了一声，道：“你只怕醉翁之意不在酒吧？”

韩信脸上一红，沉声答道：“是，韩信此心，只为影妹，还望凤前辈成全！”

他答得干脆，引得凤影脸上露出一丝会心的笑意，凤五却打量了他半晌，方才说道：“你能如此待影儿，我实感欣慰。只是我凤舞山庄隶属于问天楼管辖，又是刑狱重地，不能因为你而破坏了这个规矩。”

他的每一句话说出，其实都是欲擒故纵之计，也正是他事先想好的两全之策。他已看出韩信功力深厚，只要有高人指点，用心调教，假以时日，此子必非池中之物。既然玄铁龟已不存在，但要是得到韩信这等强助，对问天楼来说未尝不是一个补偿，他也可以向问天楼主作个交代。

这个机关虽然算尽，但是必须有一个前提，那就是韩信对凤影的感情乃是出自真心，否则一切都是枉想。

韩信忙跪下磕头道：“规矩是人定的，还请前辈能想出变通之法，成全了我。”

凤影见之，心中生痛，小手拉住凤五的衣袖，道：“爹，你若不允，我……我……”竟急得泪水夺眶而出。

凤五抚着她的头道：“影儿莫急，办法倒是有一个，不过须得他答应我三件事情。”

韩信听到事有转机，忙道：“不要说是三件事情，就是千件百件，我也认了。”

“好。”凤五眼中露出一丝得意的笑意，“你随我来。”

三人穿过花园甬道，来到一座精致小巧的阁楼中，一路上遇到不少巡逻之人，个个身负武功，显示着凤舞山庄的确是戒备森严，更有几处暗哨设在不起眼的位置，韩信虽不见人，却能感觉到他们的气息。

凤五推开阁楼之门，拍了拍手，便见有人燃起了灯火，整个阁楼顿时一片通明。韩信抬眼望去，只见正厅上悬挂着一幅巨大图像，图像前设了一张长方案板，香炉红烛，供着几方玄黑牌位，竟是专为祭祀所用。

凤五点燃一炷香，恭恭敬敬地顶礼膜拜，半晌之后方回头说道："这是我问天楼所设香堂，内中所供，俱是历代楼主的亡灵牌位，我带你来，是因为我要你答应的三件事情，都非易事，你一定要想好了才能答应我，假若日后反悔，你须记着，头上三尺，自有神明，我不找你，自有天会找你。"

韩信一脸肃然，道："我铭记于心。"

凤五微微一笑，道："记着就好。你可知道，影儿自小丧母，都是我一手拉扯长大，所以我们父女情深，绝非是其他东西可比的。"说到这里，凤影已是情动，紧紧偎在凤五身边。凤五轻拍她的肩头，继续说道："所谓女大不中留，女儿大了，终归是要嫁人的，我现在将她托付给你，希望你能好好待她。"

韩信大喜，道："前辈尽管放心，韩信虽然是个无能之辈，却也绝对不会让影妹受半点委屈。"

"你若真是无能之辈，我又怎会放心？"凤五哼了一声，"你此时答应，倒也爽快。你可知道男女情爱若是一朝一夕当然容易，如果让你这一生一世都喜欢一个人，你才懂得它是何等的艰难。"

韩信轻轻地拉住凤影的小手，一字一句地缓缓道："人心难测，世事难料，很多事情的确不是我能左右的，但是我可以保证，我对影妹的情意，全是发自肺腑，发自真心。"

"这就好。"凤五缓缓地点了点头，继续说道，"我要你答应的第二件事，却是我的一片私心，你可知道，我今年年岁几何？"

韩信道："前辈看上去精神矍烁，年轻得很，我可猜不出来。"他得凤五允婚，心中的喜悦实在是用言语难以形容，口齿也不知不觉地多了几分伶俐。

"你用不着拍我的马屁，告诉你吧，我今年已是知天命之年，身为冥雪弟子，迄今未有传人，我愧对冥雪历代先辈啊！"凤五长叹一声，眼睛紧盯韩信，脸上的表情不知是喜是忧，极为复杂。

韩信乍闻此言，不知所措，倒是凤影反应过来，推着韩信叫道："韩大哥，你还不向我爹爹下跪吗？”

韩信顿时明白过来，跪下连磕了三个响头，道：“弟子韩信参见师父！”

凤五双手一抬，一股无形劲力发出，缓缓将韩信扶起。他隔空使力，内功的确惊人，韩信见之，心中叹服。

凤五道：“你既行了见师礼，从今以后，你就是冥雪弟子。冥雪一宗存在于武林也有上百年的历史，传到你手上，已是第七代了。我们冥雪宗一向不喜张扬，选收弟子亦是慎之又慎，到了为师这一代，门下弟子一共两人，除了我之外，还有一个，就是那日劫走纪空手的方锐。”

韩信这才想到纪空手，不由担心起他的安危，凤五将之看在眼中，沉声道：“方锐劫走纪空手，其意仍在玄铁龟，你大可放心，他在未得到玄铁龟之前，是不敢对纪空手下手的。”

韩信长舒了一口气，道：“如果事实如此，弟子也就放心了。”

凤五道：“方锐其人，武功与我在伯仲之间，与我同师学艺，按礼数来说你该叫他师叔才对，只是他心术不正，违背师门祖训，竟然投靠赵高的入世阁，以求荣华富贵，真是可气可杀！”

韩信奇怪地问道：“入世阁是个什么玩意？”

凤五接过凤影递上的香茗，饮上一口，道：“当世武林，有‘楼、阁、亭、榭、斋’一说，指的是当今五大武学圣地。其中知音亭、听香榭一向处事低调，内中传人少有在江湖中走动，是以名声不响，知者不多。倒是问天楼、入世阁、流云斋三股势力分霸天下，旗鼓相当，数十年来纷争不断，到了近十年，三方争霸更是到了白热化的地步。”

韩信还是首次听到这些江湖逸闻，心中新奇，不由问道：“这也是他们为何如此看重玄铁龟的原因吧？”

凤五点头道：“传说玄铁龟中记载了天下无敌的武功，当然引得众人觊觎，谁若得之，自然可以登上天下霸主之位。但是在它未出现时，三方势力相互抗衡，倒也难分伯仲，只是入世阁的领袖赵高棋高一着，费尽心机，竟然博得大秦二世胡亥的青睐，拜为权相，使得入世阁在这几年来借助官府之力，渐渐有力压其他两门的趋势。”

韩信惊奇地道："难道问天楼与流云斋便任他为之吗?"

凤五眼神一亮，道："当然不是，不过赵高的做法却打开了这两门领袖者的思路。能得天下者，又何尝不能称霸武林？所以他们利用大量的人力物力，通过古法卦象、玄天神镜、摸骨测气种种手段，终于在茫茫人海中各自选定了一位具有帝王之相者全力辅佐，企图推翻暴秦，取而代之，从而号令天下。"

韩信疑道："这世上真有如此神奇之事，竟能未卜先知，通晓未来之事?"

凤五微微一笑，道："天下之大，无奇不有，虽未可全信，但也不可不信。可就算你身具帝王龙气，若是不全力以赴，尽心施为，也是枉然之举，所以说是否真正具有帝王之相还在其次，关键在于事在人为。"

韩信连连点头，突然悟到什么，道："莫非陈胜王就是这流云斋和问天楼选定的人么?"

凤五摇头道："陈胜王起事，只是意料之中，也是大势所趋，可惜他目光短浅，手下又无能人志士辅佐，早已被秦军所灭。如今天下义军无数，群雄逐鹿，不过真正能够最终争夺天下的，无非一个是刘，一个是项。"

韩信心中猛然吃惊，记起了地牢中的蚁战之事，心想："这世上难道真有这么巧合的事情？如果这一切都是事实，我岂不是已预知这场争霸天下大战的一切进程?"

他的心中根本不敢相信世上竟有这等事情，同时忆起刘邦叫他与纪空手回淮阴营救陈胜王，直在心中对着自己说道："不会的，不会的。"他虽能遇见争霸天下之事，但刘邦的做法使他心里不仅不见窃喜，反而多出了一丝恐惧。

凤五显然没有注意到韩信的神色，继续道："因为在他们的身后，各有一支当今武林最具实力的组织在支持他们，一个是流云斋，一个就是我们问天楼。"说完顿了一顿，又接着道，"所以我的第三件事情，就是要你全力效忠问天楼!"

申帅的出手，很慢很慢，就像是蜗牛爬行，一点一点地向虚空寸进。纪空手人在一丈之外，却感到了一股莫大的压力正从四面八方向自己逼迫而来。

他不再等待，终于出拳。虚空中霎时充斥了无数只刚猛的铁拳，甚至连他自己也融入了这强猛的气势之中，袭卷向申帅那漫布虚空的手掌。

掌立，在拳出的同时而立，如一道厚实的山梁，横亘于虚空之中。它没有丝毫的变化，没有强猛的罡气，就这么简简单单的一立，挡住了千百道幻变无穷的拳影。

纪空手心惊之下，右臂一振，幻影瞬间俱灭，千百道拳影变成了一拳，以排山倒海之势击向那静立虚空的掌心。

“呼啦啦……”掌影却在这时动了，动得很快，每向前移动一寸，都似乎加强了一分力道，如天网裹向这突来的拳头。

两人都没有退，而是选择了硬撼。

“砰……”拳劲与掌力轰然相击，爆发出狂猛的气流，如一道强烈的旋风，向四面八方狂泻而去。

尘土漫空，枯叶狂舞，花园中的沉闷突然被打破，到处都是浓烈逼人的杀气。

纪空手身形微晃，大喝一声：“又是一招。”回拳一收，整个人和拳一齐击出。

他这一招，丝毫不依半点拳路，倒似他自己凭空想象出来的一式招法，充满着个性与想象，让人根本看不清楚他的拳势与走向。

申帅的眼里闪过一丝诧异与惊骇，似乎没有想到纪空手的拳法与步法的配合会如此精妙，事实上他与纪空手相击一掌时就感受到了这个少年给自己带来的压力，一旦让对手在攻击中占到上风，自己是很难在三两招内挽回颓势的。

所以他只有对攻。当纪空手这无孔不入的拳劲正以密网捕鱼之势透过每一寸虚空时，他低啸一声，掌从身前掠出，捕捉着对方不可捉摸的拳路。

殳枝梅与卓小圆不知何时已立在数丈开外，静静地观看着纪空手与申帅的交手，看到申帅的表情并不轻松，她们都不得不对纪空手的武功有了重新的评价。卓小圆更是在心中暗道：“这小子的身手原来如此之好，我栽在他的手上，倒也正常。”

就在卓小圆念头一转间，纪空手突然手臂绞动，发出的拳劲竟然呈螺旋形状向申帅逼杀过去，两人拳掌接触，申帅整个人一阵战栗，差点被这股异力甩到一边。

申帅心头一震，他的确没有想到纪空手的拳劲尚有变化，这简直大出他的意料之外。他之所以出现在九江郡，是因为接到凤五的飞鸽传书，才率人赶到九江伺机劫走纪空手。他当然也知道凤五曾经与纪空手有过交手，据凤五所说，纪空手除了内力惊人之外，其他的根本不值一提。

但是事实上纪空手远比凤五口中形容的更难对付，申帅相信凤五不会骗他，那么合理的解释就是在这段时间内纪空手的武功有了惊人变化。

“这是第四招了。”就在申帅处于震惊之中时，纪空手整个人突然缩成一团，以无比迅速的势头向申帅的腰腹处猛撞上去。

申帅再也顾不得高手的面子，退后一步，剑锋已然从鞘中闪出。他并非不能用空手与纪空手周旋下去，但是要想在两招之内一决胜负，却是痴心妄想，所以他唯有拔剑。

剑现虚空，化作天上的一片流云，灵动中透着飘逸与闲散，充分体现了申帅从容的气度。

纪空手这才知道手中有剑的申帅与手中无剑的申帅并非是一回事，高手就是高手，一剑漫空，自己唯有以更快的速度向后疾退。

纪空手这么一退，申帅的脸上便多出了一丝不易察觉的笑意，因为他知道，自己赢定了，他的剑法速度之快，当世少有人及，倘若又让他占得先机，胜券便稳操在手。直到这时，他才真正明白纪空手武功虽有长进，但欠缺临阵对敌的经验。

“呼……”剑锋在手腕急振中，连抖数十道剑花，在劲力的催逼下，化为了星星点点的雪花，优雅而不失灵动，追随着纪空手滚动的身躯，根本不容他有任何的喘息之机。

任何人都已看出，纪空手已经没有反击的机会。他现在竭尽全力要做的，就是躲闪申帅这神出鬼没、如影随形的一剑，只要他的速度稍慢，随时都有受制于人的可能。

纪空手当然清楚自己此时的处境，同时也为自己的一时大意而懊恼。刚才自己出手的一招在当时的情况下，无疑是非常正确的，只要申帅用掌格挡，双方至少要在三招之后才能见分晓，也就是说自己可以赢得这场赌约。可是他忘记了一点，那就是申帅腰间的那把剑，赌约中并没有讲明申帅不能用剑，所以申帅拔剑，便令整个局势彻底扭转。

纪空手心中在想，手脚却丝毫不慢，滚出五丈之外，依然没有改变自己的处境，他看不到剑的存在，却能感觉到剑锋带出的杀气如一个巨大的黑洞正向自己吞噬而来，虚空中传出呜呜剑啸之声，整个空间尽现一片肃杀。

纪空手再滚数尺，突然感觉到身后有物相阻，他毫不迟疑，人如游蛇般附在这个物体上，直转了一百八十度，就在这一瞬之间，申帅的剑已然杀到，擦着纪空手的肩膀刺入了其依附的物体之上。

这个物体是一棵老树，盘根错节，树围极粗，纪空手正是借此挡住了申帅这凌厉的一剑。

“唰啦啦……”剑气击在树干上，枝丫尽碎，枯叶如雨直落。树身摇晃间，纪空手借力一跃，人从树后扑出，伸手去拍申帅的手腕。

申帅这一剑用力极猛，剑锋入树，插入七寸，他没有想到这棵老树竟然替纪空手挡了一剑，更没有想到纪空手反应如此之快，会从树后出手夺剑。

这一连串的变故都在瞬息间发生，根本就不容申帅有任何思想的时间，他几乎是出于本能，弃剑直退。

纪空手再不迟疑，人已腾空跃起，突然沉气下坠，足尖点在插入树干的剑柄上，借这一弹之力，人已掠出了七八丈开外，很快消失于一片暗黑树影之中。

申帅回过神来，几乎不敢相信自己的眼睛，那些围伏四周的好手更是没有想到纪空手人在弱势之时还能伺机逃走，无不目瞪口呆。

剑柄兀自嗡嗡直响，由疾到缓，渐至无声。申帅缓缓上前，运力一拍，剑身弹入他的手中。望着手下渐渐围拢过来，他心中顿起无名怒火，喝道："看什么看，还不快追?"

殳枝梅小声禀道："申长老，此刻全城已经戒严，我们如果这个时候出去，只怕会与入世阁的人发生冲突。"

申帅顿时清醒过来，以他们的这点实力，根本不可能与入世阁在九江城中的势力相抗衡，当务之急，只能忍声息气，等待时机。

他轻叹一声，挥挥手，让众人散去，自己一个人静立在那棵老树前，望着那被剑锋穿过的树洞，怎么也想不明白纪空手何以能从自己的手中溜走。

对于这样的结局，还有一个人是没有想到的，他，就是纪空手。

面对申帅这种一等一的高手，在未动手之前，就算纪空手放胆想象，也绝对想不到自己不仅接下了申帅的四招，而且还成功脱逃。

纪空手没有想到补天石异力会如此神奇，在极短的时间内，已经将他从一个毫无内力根基的少年变成了拥有雄厚实力的高手，加上他对武道精神近乎痴迷的执着与悟性，使得他很快跻身高手之列。他在与申帅一战中得到的最大好处，不是与高手决战的经验，也不是临场的应变，而是拥有了高手的自信。

因为自信，才能无畏；只有无畏，才能最大限度地发挥出补天石异力的功效。在纪空手的身上，积蓄的正是天下最刚猛的玄阳之气，唯有无畏无惧，傲视一切，玄阳之气才能通达全身经络，达到行云流水之境。

正因为纪空手拥有的是玄阳之气，所以遇敌愈强，它的抗击力就愈发强烈。只有遇上比它更强的压力，它的力量才会一点一点地达到极致。

纪空手并不知道这些，还以为这一切都是运气使然。所以他借力腾空后，丝毫不敢停留，而是脚踏树枝，几个纵跃，跳出高墙。

他的身形极快，施展出见空步，当真有乘云御风之感。踏着长街石板，未及百米远，忽然看到前方有灯火闪晃，人声喧嚷，他心中一惊，知道这些人必是为己而来，当下避无可避，只能纵身上房。

他明白自己此刻的处境，无论是问天楼，还是入世阁，这些人都对自己有势在必得之心。只是一个在明，一个在暗，但不管是哪路人马，都不是自己能够应付得了的，现在除了走一步算一步外，他可真是无计可施了。

他贴在屋脊上伏行，爬上一幢高楼，向下俯瞰，只见目力所及，无论是大街小巷，还是楼阁花园，都有灯火照耀，人影晃动，更有数十条黑影沿着屋顶攀行搜索，渐渐向自己的藏身之处迫来。

什么是绝境？纪空手此刻算是明白了，但他绝不会任人宰割，更不会束手就擒，他算计到追兵与自己的距离，决定向北逃窜。

由此向北，全是一片高大建筑，逃窜时可掩藏身形，更重要的一点是靠近九江名胜——七岛湖，湖阔船多，便于隐身逃走。

主意拿定，纪空手借着檐角背瓦的暗影，悄然无声地向北纵跃。他的气息悠长，踩着见空步的步法，极难被人发现。那些上房搜寻的人无疑都是入世阁的高手，但要在远距离的范围内听音辨位，难度不小。

眼见再过几座高楼，纪空手便能隐入湖滨之畔的密林，就在这时，“砰……”的一声，一串烟花升入天空，整个黑夜在一瞬间亮如白昼。

“在那里！”有人高呼一声。

纪空手听这声音，极是耳熟，正是方锐！他没有想到对方还有如此一手，知道行踪暴露，再不迟疑，全力展开身形，向密林窜去。

这片密林面积极大，古树遮天，杂草茂盛，的确是易于藏身之处。但是纪空手却丝毫没有停留的意思，而是飞身疾走，因为他深知入世阁的势力太大，完全有能力包围这片密林，到时再想逃出，实在是妄想之举。

所以他直奔湖边，毫不犹豫地潜入湖水，向湖中深处游去。湖水虽然彻寒，但是他体内的玄阳之气自然而然地生出御寒功效，使得他根本不受寒冷的影响，人在水中，如飞鱼般向湖中夜游的船只游去。

此时的湖上，依然来往穿梭着数十只游船，华灯悬挂，笙歌飞扬，纪空手人在水中，认准一艘双帆重楼的豪华大船，深吸一口气，潜入水下照直游去。

他认定方锐等人一旦在岸上搜寻无果，必会乘舟下湖，继续搜寻。而这豪华大船的主人非富即贵，或许与官府有些渊源，自己正可借此藏身，也许能逃过此劫。

等到他攀上这艘大船的船舷时，屏住呼吸，四处打量，却发现这大船布置豪华，排场极大，但是不闻人声，静得可怕，与附近的各色游船喧嚷一时的热闹场面相比，显得格外静寂。

他心生好奇，躲入一间暗舱之中，调养心气。适才与申帅一战，无疑耗尽了他太多的内力，再经过这一番逃亡，整个人几近虚脱，他正好趁此闲暇调养，以备急时之需。

补天石异力此刻已完全融入了他的经络血脉中，再无内外之别。当纪空手暗运内气，灵台一片空灵时，补天石异力便随着血气运行大小周天，每转一圈，自身的内力便增强一分，等到半个时辰过去，纪空手只觉整个人精神大振，比之与申帅一战之前，内力似乎又增进了不少。

他的耳目此刻已是高度灵敏，周围数丈之内的动静尽在他的听力之下，便是船下湖水拍打船舷的声音，也在他的掌握之中。突然间，他心神一动，发现从他身后十丈处的一间舱房中，隐隐约约传来两人对话的声音。

“玄铁龟出现江湖，是这段时间最轰动江湖的消息，怪不得这几天来九江城中高手云集，便是入世阁与问天楼也无法抗拒诱惑，加入了这场强取豪夺的纷争当中。”说话之人的声音很轻，纪空手用心去听，亦是不能分出男女。

“小公主所言极是，想那玄铁龟的传说流传于世也有上百年的历史，看来所言非虚。我们此行虽然意不在此，但是既然碰上了，是否也要趟趟这趟浑水？”这人的声音粗犷豪迈，语气却十分恭敬，显然对这“小公主”非常敬畏。纪空手心中一怔：“小公主？难道是大秦公主吗？”当世之中，列国俱灭，唯有大秦一统天下，此人既是公主身份，想来应该与大秦有关。

“我们此次东行，主要是静观问天楼与流云斋的动静，这玄铁龟一事尚是其次。我曾经听爹爹说过玄铁龟的事情，说到这玄铁龟是否真的记载了天下无敌的武功时，他老人家心存怀疑，认为是有人以讹传讹，故弄玄虚，要不然玄铁龟存世百年，几易其主，怎么不见有人参透其中奥秘?”那被唤作“小公主”的女子轻声说道。

纪空手心中好奇：“我曾听方锐分析当今武林大势时，说到当世武林中，是以‘楼、阁、亭、榭、斋’引领群雄，听这小公主的口气，莫非她也是这些门派之一么?”他心中一震，更是留了心思。

那粗豪的声音又响起：“主公雄才大略，见识非凡，他老人家既是这般说法，想来不差。这么说来，我们便袖手旁观，任凭问天楼与入世阁去争个你死我活吧!”

“此话却又差矣。”小公主道，“我倒听说那玄铁龟与那个叫纪空手的小无赖有关。”

纪空手听到别人说起自己，心中惊奇：“想不到我也成了名人。”他却不知，近段时间在江湖中人的口中，他与韩信的大名最受人津津乐道，风头之劲，一时无二。

那小公主继续说道：“此人据说在得到玄铁龟前，从来不识武功为何物，但是近段时间他的身手竟然变化得极是厉害，大有突飞猛进之势。据我猜测，想必与玄铁龟大有关系，反正我们人已来到了九江，不妨静观其变，该出手时也插上一杠。”

纪空手听到这里，不由愤然思道：“你说得倒轻巧，你这么插上一杠，却凭空又让我多了一个强敌。”

他已从这两人的谈话之间听出了这二人气息平和悠长，显然内功精湛，身手不弱。当下不敢大意，屏住呼吸，准备寻机逃窜。

就在这时，船舱之外忽然放亮，人声隐隐，舟桨声不断。纪空手暗叫一声：“不好，方锐他们追上来了!”当即潜出舱外，上到楼船最顶层处，观望动静。

他此时居高临下，视线极好，可以洞察四周环境，一旦被人发现，随时可以跳湖逃遁，眼见这艘大船渐被几艘快船围上，当头一船甲板上立有一人，正是入世阁的高手方锐。

韩信对凤五的前两件事情都答应得非常干脆，但是对于效忠问天楼，他感到了一丝犹豫。

对于他这样一个无家可归的浪子来说，能够投靠像问天楼这样有实力的组织，是他的荣幸，何况问天楼相助的一支义军又是刘姓，居然暗合上天昭示的玄机，这让他感到大有作为。不过，良臣择主而栖，这个决定关乎到自己一生的命运，他不得不慎之又慎。

凤五看出了韩信的心思，微微一笑，道："你有什么问题，尽管向为师提出，只要是为师知道的，定知无不言，言无不尽。"他言下已以恩师自居。

韩信考虑良久，这才恭声答道："弟子一生流浪江湖，无依无靠，得蒙师父厚爱，收入门墙，弟子实在欢喜得很。只是弟子从来不知问天楼之名，今日仓促提起，便要尽效忠之心，只怕于情于理都有不合。"

凤五想想也觉有理，毕竟这是人生大事，让他在这么短的时间内作出决定，未免有些草率，不由点头道："既是如此，我也不勉强你，三日之后，你再答复我吧。"

韩信轻舒了一口气，三人出阁，来到了山庄的会客厅中。凤影叫来几名丫环，送上茶点，三人边吃边谈。凤五想到晚年收徒，爱女又与之情投意合，心中的喜悦自然流露眉间，对韩信的态度更是亲近了几分。

韩信少年孤苦，哪里享受过这等亲情温馨的时刻？思及过往之事，真若天上地下，恍如一梦。眼中流露出的爱意，尽洒在凤影一人身上，心中实在有种说不出的欢喜。

凤五看在眼中，倒也识趣，寻了个借口径自去了，整个厅堂之中便只剩下韩信与凤影，二人你望着我，我望着你，一个情字，锁定在他们目光之间。

风影扑哧一笑，道："认识你这么长的时间，就数你今天的话最少，莫非是多了我这么一个累赘，感到烦心了吗？"

韩信捕捉着风影那俏皮的目光，脸上情不自禁地流露出一种幸福的笑意，道："像你这样的累赘，我情愿是多多益善，也只有到了这一刻，我才感到自己是多么幸运能认识你。"

"能听到你这么说，我也算是知足了。"风影淡淡笑道，"你可知道，看到你在牢中失魂落魄的样子，我是多么担心你会出事。我总在想，若是你不在这个世上了，我是否还有活下去的勇气。"

风影语出真心，自然而然地表露出一种对韩信的深深依恋，听得韩信心中微微一荡，握着风影伸来的柔荑，感动地道："我也是这般想法。"

两人相互体会着从手上传来的对方体温，心中洋溢着无限的甜蜜。风影悠然道："这也许就是书上所说的缘分吧，若不是我那一日来地牢中看见你，也不会替你送饭，与你聊天了。你可知道，从你口中说出来的许多事情，听在我的耳里，总是那么新奇有趣。"

韩信心中苦笑，道："在你眼中看上去新奇有趣的事情，在我看来却无趣得很。像你这样一个千金小姐，又怎能想象得到我这些年来做人的辛酸？"他的思绪缥渺，感慨万千，想到今后自己的人生道路，不由轻轻地叹了一口气。

风影奇怪地问道："韩大哥，你在想什么？莫非爹爹逼你效忠问天楼，让你感到烦心了么？"

"那倒没有。"韩信微微一笑，"师父叫我效忠问天楼，却也古怪，难道是问天楼与我们冥雪一派还有瓜葛不成？"

他既然拜入凤五门下，自然是应该效忠师门才对，可是凤五却要他效忠问天楼，若是他一口答应，假若有一天问天楼与冥雪发生冲突，他又应该效忠于谁呢？韩信觉得这是一件值得考虑的事情。

风影道："人家都说师门恩重，但在我爹爹眼中，问天楼显然要比师门重要得多。记得自我记事之日起，我便听得爹爹言道，'师门于我，固然重要，但问天楼楼主是我凤家世代追奉的主人，在师门与祖训之间，我唯有选择这一条路。’”

韩信奇怪地道：“我听说问天楼创世已有百年，按这么算来，应该是问天楼于你凤家曾经有过莫大的恩惠，所以你爹爹才会效忠于问天楼。”

凤影微微点头，道：“你这么说，倒也猜了个八九不离十，告诉你吧，你可知道这问天楼是何人所创？”

韩信摇头道：“我初涉江湖未久，怎会知道？”

凤影道：“我倒忘了，你连这名字都是听说未久，又怎知道这些江湖逸闻呢。一百多年前，当时的卫国遭大秦吞并，卫国王室宗族子弟意图复国，便以‘问天楼’三字建立了一个反秦复国的组织，企图有朝一日，再创卫国辉煌。当时问天楼楼主便是卫国公子卫如意，他身怀灭国之恨，卧薪尝胆，辛劳奔波，率领手下四大家臣屡次行刺秦王，虽未成功一次，但他的义举却感动了许多武林中人，使得江湖高手纷纷投效，因此问天楼便成为了当时武林五霸之一。”

韩信这才知晓问天楼的由来，想到卫如意当时百折不挠、誓死相拼的大丈夫行径，心中油然生出敬服之意。

凤影看他一眼，又道：“问天楼由此在武林中创下了偌大的名头，在卫如意之下，他的四大家臣更是当时享誉武林的绝顶高手，忠心耿耿，一心护主，留下了不少传奇百世的佳话。在他们的鼎立相助下，使得问天楼屹立江湖之上，历经百年沧桑，至今不倒。”

韩信心中一动，道：“我明白了，这四大家臣中，其中定有一个是凤姓，那便是你们的祖先了。”

凤影微一点头，见得韩信头脑灵光，心中大悦，继续说道：“这四大家臣各姓申、凤、成、宁，一向与武林有着极深的渊源。他们各领一职，分布四方，支撑起问天楼的整个骨架。”

韩信忽然想到了一件事情，此事关系到他一生前程，是以他不得不问道：“那么问天楼支持的义军又是哪一路人马呢？”

他心中隐隐觉得，如果问天楼选定的人选是刘邦，那么一切问题都将迎刃而解。因为他与刘邦亦师亦友，虽然接触时间不长，却感受到了来自刘邦身上的王者霸气，只是此时天下大乱，群雄纷起，姓刘者又何止刘邦一人？是以他不敢确定。

在他的心中，自从在蚁战中悟到玄机之后，他对自己今后的命运走向有了十分清楚的认识，这也是他不能答应凤五的原因之一。他总觉得，这是上苍在冥冥中给自己的昭示，如果逆天而行，必将受到上苍的惩罚。在这千载难逢的机会面前，他只有珍惜，才能预见和掌握自己未来的命运。

“这个我也不太清楚。”凤影摇摇头道，“此乃问天楼的最高机密，除了我爹爹和少数几个大人物知道外，相信不会再有人可以知道。”

韩信感到了一丝失望，但是在这一瞬间，他突然下定了决心，决定追随问天楼辅佐这支刘姓义军。它也许不是刘邦统领的那支义军，但为了自己今生的荣誉与前途，有时候牺牲一下自己的朋友，也是无奈之举。

凤影从韩信坚定的表情中看出他心中作出了抉择，不由担心地问道：“你是否想告诉我你已经有了自己的选择？”

“是的。”韩信微微一笑，道，“是一个绝对不会让你失望的选择。”

凤影闻言一震，随即整个人投入韩信的怀中，眼中流露出无尽的喜悦。因为她知道，从此刻起，再没有什么可以成为他们之间的障碍，他们注定是一对情人走完这今生一世。

方锐没有想到问天楼会在自己的眼皮底下劫走纪空手，恼羞成怒之下，他出动了入世阁的众多高手及官府的力量，在九江城内展开了地毯式的搜查。所幸的是，经过不懈的努力，他终于又重新看到了纪空手的踪影。

但不幸的是，纪空手的身影恍若惊鸿一现，便隐没在七岛湖暗黑的水域之中。面对如此广阔的湖面，要想在这其中搜寻一个人，这是一件非常困难的事情，但是方锐并不死心，还是出动了数十艘快船搜查过来。因为他知道，若是让赵高知晓了他得而复失的消息，他必定会吃不了兜着走。

就在这种忐忑不安的心情之下，他终于注意到了眼前的这艘豪华大船。这并非是他有超人的第六感官，而是这艘大船实在是太特别了，无灯无声，与湖面上穿梭往来的画舫相比，简直格格不入。

他是久历江湖之人，虽然心急如焚，却不冒失。他看出了能乘这种豪华大船之人绝非等闲之辈，所以指挥快船围上之后，并未下令上船搜人，而是将自己的船只停靠在与大船相距两丈处的水面上。

“在下入世阁方锐，有要事相扰，还请主人出来一见。”他人立船头，拱手行礼，声音中隐挟内劲，遥遥传出，便是百丈之外亦可听清。

但是大船静寂无声，没有一丝反应，就像空无一人般，连纪空手也不由在心中纳闷：“听那两人的对话，显然是武林中人，此刻竟然连方锐也不放在眼中，这可有些奇了。”

方锐连呼三声，都未有人应，心中不免有气，放高嗓门叫道：“主人既不相见，请恕方锐无礼了！”他大手一挥，正要下令手下跳船而上，却听得大船上有人沉声喝道：“你算什么东西，也想见我家主人！”

话音一落，蓦见大船之上灯火燃起，人影攒动，竟有数十人之多，每人手中各持火把，照得大船亮如白昼，声势慑人。

纪空手心中暗惊：“原来这大船上藏有这么多人，可不要让他们发现了我的行踪。”身子不由自主地又往里缩了几寸。

但见这群人一分为二，各列两行，站立甲板之上。一个年近五旬的青衣老者缓缓踱步而出，步履虽慢，却极有韵律，每一步踏出，都给人一种无形的压力。方锐见得此人，脸上立时色变，心中惊异：“这不是知音亭的吹笛翁吗？素闻知音亭不问武林之事，门下少有人涉足江湖，此时此刻，他却现身九江，难道也想意图不轨？”

他深吸一口气，压下自己心中的惊惧，双手抱拳，道：“原来是吹笛翁在此，这可叫方锐失了礼数。此刻在下有要事在身，乞求一见你家主公，不知船中是五音先生，还是小公主？”

他口中说的五音先生，正是知音亭首脑人物，相传此人武功之高，已经排名天下前十之列。论身份地位，便是与一代权臣、入世阁阁主赵高相比也不遑多让，方锐当然不敢托大。而那位小公主，则是五音先生的爱女红颜，据说其相貌音律俱是一流，更对武道素有心得，方锐久仰芳名，也是迄今不曾见得芳容。

吹笛翁见方锐言语恭谨，神色稍缓。他对方锐之名也有所闻，知道其人乃入世阁八大高手之一，自然不敢小觑，执手回礼道：“我家小公主一向不见生客，方先生虽然身份尊崇，只怕也要失望而归了。”

方锐听之，心中暗怒，他身为入世阁高手，行走江湖，原是骄傲横蛮惯了，若非对方是赵高一心笼络之人，他又岂会如此礼数周到，谦恭顺从？当下轻哼一声：“换在平日，方锐自当退避三舍，不敢打扰小公主的清静，只是此刻方锐追缉入世阁要犯，还望吹笛翁通融一二。”

他言下之意，大有一言不合强行搜船之举，双方属下更是持刀在手，怒目横对，空气中洋溢出一触即发之势。

吹笛翁看在眼中，冷冷一笑，双手背负，竟似不将方锐放在眼里。他与方锐都是齐名的高手，素有闻名，只是不曾交手，倒想借此机会一较高下。

纪空手人在远处，亦感受到了这两大高手泻溢空中的杀气。他早知这二人的身手远胜江天、毛禹之流，但他的心中却不似先前那种高山仰止、不可逾越的感觉，反而觉得这二人功力虽高，但他们形成的气机磁场并非不可捉摸。

虽然方锐与吹笛翁相隔数丈，人立船头，纹丝不动，但是纪空手却看到了两人都企图利用自己强大的内力控制双方相峙的空间，那涌动的气流宛如黑云压城，在挤压碰撞中爆闪出大战在即的战意。

就在方锐眉心一跳，伸手按剑之时，他蓦然听到了一个淡如云烟、缥渺于广阔天地之间的箫音。

箫音幽咽，和着悠悠的湖水荡漾开来，宛如情人的哀诉，又似来自云天之外的一片流云，使得闻者俱都沉浸在这悠然缠绵的意境之中。方才还是漫天弥漫的杀气，便在这醉人的箫音中如丝般一点点地化入空中，直至无形。

一曲既终，余韵犹存，纪空手仿若梦中初醒，灵智一清，已经辨明箫音的来处正是这艘大船的客舱中，想来吹箫之人必是这些人口中所说的“小公主”了。

他心中一荡，寻思道：“能吹奏得如此绝妙好曲之人，想来必是国色天香的人物，我若有幸一见，也算不虚此行了。”他一心只想佳人真容，一时之间，竟然忘了自己此时正处于危局之中。

方锐拱手道：“久闻小公主对音律的领悟已臻化境，今日所闻，果然名不虚传。既然小公主不愿相见方锐这等俗物，那方锐只有告辞了。”

他和吹笛翁虽未过招，却在相峙中掂量到了其人功力，当然不敢贸然动手。而更令他感到恐惧的是，小公主的箫音看似温婉平和，却似有一种内劲贯入箫声之中，对自己的战意有着不可抗拒的抑制作用。他认清形势，明白自己倘若用强，定然讨不了好，倒不如忍一时之气。更何况他也拿不定纪空手是否藏匿于船中，若是因此与知音亭发生冲突，未免得不偿失。

方锐拿定主意，挥手让众属下撤离，只一时半刻，小公主所居的豪华大船附近数十丈内，再也不见半点船只。

吹笛翁拍一拍手，属下手中的灯火俱灭，整个船上又恢复到了死寂般的状态。

纪空手轻舒一口气，知道自己暂时躲过了一劫，正要重新潜回舱中歇息，突然间感到了自己身后有异，急忙回头，只见一个婀娜多姿的身影在暗黑的夜色中似隐似现，有一种说不出的诡异，更有一种说不出的飘逸。

纪空手心中一沉，忖道：“此人接近我一丈范围内才被我发觉，可见功力之高，绝非我所能比。幸好她并无恶意，否则吾命休矣。”他的耳目已是极为灵光，自然认得来者是个少女，心中不由暗叫：“莫非她就是小公主?”

面对来人，纪空手明知反抗无用，心中也不惊惧，微微一笑，道：“在下被人追杀，慌不择路，借贵船暂避一时，不想打扰了主人，得罪莫怪。”

这少女眼神中露出一丝诧异之色，显然没有料到纪空手在这种情况下还能如此镇定，不由冷冷地问了一句："你就是纪空手？"

"纪空手只是淮阴城中的一个小无赖，又非名人，谁会冒名顶替？不错，纪空手正是区区在下。"纪空手明知抵赖不了，便一口应承，倒想看看知音亭这帮人又会怎样对付自己。

他从小生活在市井之中，残酷的生存环境造就了他坚忍不拔的性格，举手投足间，更有一种对待万事万物都毫不在乎的味道，大有我是流氓我怕谁的势头。

红颜只觉眼前一亮，似乎还是第一次碰到有人这样与她说话。她身为五音先生的掌上明珠，自幼受宠，又得他人的拥戴，仿若众星捧月，在知音亭的地位极为尊崇。平时便是有人大声对她说话亦不得见，偏偏纪空手这副无所畏惧的痞子形象让她心生兴趣。

"你很坦白，不过你可知道你现在的处境？"红颜的眼中射出柔和的光线，语气却依旧冰冷。

"我现在是众人眼中的香饽饽，谁见了都想咬上一口，你难道不是这样吗？"纪空手嘻嘻一笑。

"放肆！"从红颜的身后传来一个声音，正是吹笛翁，他显然不想让纪空手胡说八道，得罪红颜。

红颜小脸一红，摆手道："让他说吧，他的话粗理不粗，至少他没有说错，我的确是对玄铁龟很有兴趣。"

红颜的直言不讳让纪空手怔了一怔，他不由得重新打量起眼前的这位佳人来，虽然夜色之下看不真切，但他分明感到了这张俏脸上的那一份羞涩。

"我并没有乱说一气，事实如此嘛！先是问天楼的凤五，接着又是入世阁的方锐，还有卓小圆、殳枝梅带来的申长老，哪个不是对我势在必得？"纪空手看了看红颜惊讶的脸色，忍不住又附上一句，"便是连你们也想插上一杠，我难道还不是人人欲抢的香饽饽吗？"

红颜虽然料到武林中人对玄铁龟的觊觎之心，却没有想到就在这么短的时间内，问天楼与入世阁之间竟然为了纪空手已经明争暗斗起来，而更让她吃惊的是，听纪空手所言，他已经偷听到了自己与吹笛翁的对话，以她二人的功力尚不能察觉，可见此人确有异于常人之处。

“纪公子所言极是，但红颜对你并无恶意，只是想就玄铁龟一事，向纪公子讨教几个问题。”红颜摆明自己的立场，继续说道，“此处风大，又有入世阁的人在旁监视，如果纪公子不介意的话，不妨移驾舱内，你我细谈如何?”

她的言语极为有礼，自有一股让人不可抗拒的力量，纪空手难得听到有人叫声“纪公子”，心中高兴，便随在她的身后，进了一间客舱。

这间客舱不大，却焚香置琴，极为雅致，两人刚一坐定，吹笛翁已吩咐下人燃灯上茶。

烛火在舱房中燃起，驱散了黑暗，纪空手借着光亮望去，突然“呀……”的一声，几乎不敢相信自己的眼睛。

这位知音亭的小公主至多也不会超过十六七岁，却丝毫不带一丝稚气，她的整个人长得非常贵气，清秀典雅，宛如温室长成的牡丹，高不可攀。她的骨骼匀称，姿态优雅，文静大方中不失少女应有的矜持。两人相视一眼，目光交接下，红颜在心中惊道：“这是个什么样的男人呀!”竟然开启了少女心扉的一道缝隙。

她所见到的纪空手，无疑是一个货真价实的纪空手，他的大胆，他的智慧，他那毫不在乎的神态，他那略带几分忧郁的眼神，无不构成一个具有独特性格的男人形象。他的年纪不大，脸上却有着饱经世事的沧桑；他的身材并不魁梧，却有着充满力感的剽悍。在红颜的眼中，她看到的仿佛并不是纪空手，而是一头夜行于大漠黄沙之中的苍狼。

相对的一望只是一瞬，但在彼此之间似乎都留下了对方美好的印象。当红颜发现纪空手眼中闪烁着发光且令人心动的东西时，俏脸一红，低垂螓首，没有丝毫的不悦之色，反而在心中多了一丝暗暗的欢喜。一股少女特有的处子幽香，更是盖过了房中淡淡的檀香，令纪空手有闻之欲醉的感觉。

吹笛翁见得纪空手的目光如此大胆放肆，眉间怒气顿生，轻咳一声，红颜这才知晓自己有些失态，不由微微一笑，道："纪公子请用茶。"

纪空手道："刚才听得姑娘吹箫一曲，我便在心里暗想，能够吹得如此妙曲者，必是国色天香之佳人，否则断然不能领悟到音律中至美的意境。此时见得姑娘，才证明我所想不虚。"他答非所问，却语出真情，红颜听在心中，并不怪他无礼，反是乐滋滋的。

"原来纪公子懂得音律?"红颜有些奇怪。

"懂得倒未必，不过跟着丁老爷子的时候，听他说过一二。"丁衡虽是盗神，但是所学颇杂，对琴棋书画、吹拉弹唱这些雅事固然偏好，对那些鸡鸣狗盗、赌骗坑拐之类的下三滥东西亦是精通不凡，纪空手耳濡目染，加上天生聪慧，自然一学即会，一会即精，这时候权当急用，倒也应景贴题。